나는 이런 책을 읽어 왔다

다치바나 식 독서론, 독서술, 서재론

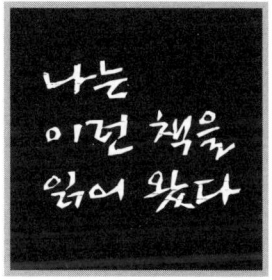

다치바나 다카시 지음 | 이언숙 옮김

청어람미디어

차 례

一

나의 지적 호기심

저는 많은 사람들 앞에 나서서 말하는 것을 그다지 좋아하지 않습니다. 특히 도쿄東京 근교에서는 일절 강연이나 대화를 위한 자리를 마련하지 않고 있습니다. 그런데 오늘 이렇게 여러분 앞에 나선 이유는, 실은 이곳 아사히朝日 컬처 센터 치바千葉 지국의 사장님이신 하쓰야마初山 씨와의 관계 때문인데, 이 분은 예전에 제 담당 편집장님이셨습니다. 20여 년 전 제가 「문예춘추文藝春秋」에 「다나카 가쿠에이 연구田中角榮研究」라는 논문을 실었을 때, 하쓰야마 씨는 「아사히 저널朝日ジャーナル」의 데스크였습니다. 이 분이 제 논문 「다나카 가쿠에이 연구」를 읽고 「아사히 저널」에도 글을 싣고 싶다고 찾아오셨습니다. 그 후 저는 「아사히 저널」에서 하쓰야마 씨와 함께 일을 하게 되었습니다. 그리고 하쓰야마 씨 후임으로 지금 TBS TV에서 앵커로 활약하고 계신 쓰쿠시 데쓰야筑紫哲也

씨가 제 담당으로 오시면서, 함께 다나카 전 수상의 금권 문제와 록히드 재판을 중심으로 10년 이상 「아사히 저널」에서 일을 하였습니다. 하쓰야마 씨와는 그런 인연이 있습니다.

록히드 재판이 몇 년씩 해를 넘기면서 지루하게 계속되자 세상의 관심도 급속히 줄어들었습니다. 하지만 그런 가운데서도 「아사히 저널」만은 저의 연구 활동을 적극적으로 지원해 주었고, 마지막까지 지면을 할애해 주었습니다.

그 까닭에 저로서는 하쓰야마 씨의 부탁이라면 도저히 거절할 수가 없습니다. 그래서 제가 지금 이 자리에 서 있는 것입니다. 또 한 가지 사실을 말씀드리자면, 오늘의 주제인 〈나의 지적 호기심〉도 하쓰야마 씨께서 "이런 주제는 어때요? 괜찮죠?" 하며 정해 주신 것입니다(웃음). 솔직히 저는 지적 호기심이라는 주제로 다른 사람들에게 강연하는 것을 별로 생각해 본 적이 없었거든요(웃음). 그럼, 오늘은 제가 어떤 호기심으로 지금까지 제 일을 해 오고 있는지에 대해 말씀 드릴까 합니다.

여러분들 앞에는 저의 저서 목록이 적힌 작은 책자가 있을 것입니다. 이 책자의 목록을 보시면 아시겠지만, 저는 지금까지 현재 서점에서 판매 중인 책까지 합쳐 40여 권 이상을 저술하였습니다. 책으로 나와 있는 것 외에 잡지에 발표한 논문은 아마 그 두 배 이상 될 것입니다. 그리고 보면 제 생활은 늘 원고 쓰기의 연속인 셈입니다. 이 정도로 원고를 많이 쓰고 또 TV에도 자주 출연하고 있으니까 아마 수입이 꽤 괜찮을 거라고 생각하는 분이 많으실

테지만, 사실 원고료가 아시면 깜짝 놀랄 정도로 형편 없습니다. 그래서 넘어지지 않으려면 자전거 페달을 쉼 없이 밟아야 하듯, 열심히 원고를 써야 생활을 유지할 수 있습니다.

여기 책자에 나와 있는 제 저서 가운데 여러분들이 직접 읽으신 책이 어느 정도인지 알 수 없지만, 지금 새삼 다시 훑어보니 제 자신조차 놀랄 정도로 참으로 다양한 주제에 관해 글을 써 왔다는 생각이 듭니다. 자주 오해를 받고 있습니다만, 저는 이런 작업을 기본적으로 저 혼자 하고 있습니다. 다시 말해, 취재 기자의 도움을 받고 있지 않습니다. 처음 제 이름이 알려지기 시작한 「다나카 가쿠에이 연구」를 집필할 때, 20명 정도의 인원으로 팀을 구성하여 자료 수집과 취재를 한 일이 많이 알려지면서 언제나 여러 사람이 저와 함께 팀을 이루어 일을 하고 있다는 인상이 강하게 남아 있습니다. 하지만, 제가 팀을 만들어 작업한 경우는 「다나카 가쿠에이 연구」 외에 『다나카 가쿠에이 신금맥 연구田中角榮新金脈研究』, 『농협農協』, 『일본 공산당 연구日本共産黨の硏究』를 집필할 때 정도였습니다. 그 때도 2~3명의 도움을 받았을 뿐입니다.

그렇기 때문에 오늘 이렇게 제 저서의 목록을 다시 훑어보니 그 때의 작업이 얼마나 힘들었는지 기억이 하나하나 되살아납니다. 예를 들어 『임사 체험臨死體驗』이라는 책을 집필할 때입니다. 처음에는 NHK에서 같은 제목의 대형 프로그램을 먼저 제작하기로 하였습니다. 그래서 저는 취재를 위해 1년 정도 일본 전국을 돌아다니며 임사 체험자들을 찾아내어 설문 조사를 하거나 인터뷰를 하

였습니다. 그리고 미국이나 인도, 캐나다, 이탈리아의 연구자나 체험자들을 방문하여 경험담을 듣기도 하면서 취재를 계속하였습니다. 여기까지는 TV 측과 공동 작업이었습니다. 이 때의 취재를 바탕으로 프로그램을 제작한 다음, 이번에는 「문예춘추」에 같은 주제로 3년 정도 연재하면서 더 많은 문헌을 찾아보고, TV를 시청한 뒤 편지를 보내 준 체험자나 관련 분야의 연구자들을 만나 인터뷰를 계속하였습니다. 이 때부터는 모두 저 혼자 작업했습니다. 임사 체험과 관련된 취재는 대략 5년 정도 걸렸는데, 대부분의 작업을 저 혼자 한 셈입니다. 『뇌사腦死』라는 책을 집필할 때도 의학 관련 기초 지식의 공부부터 시작하여 4~5년 정도 걸렸고, 『원숭이학의 현재ザル學の現在』도 전문 연구자들을 인터뷰하여 3년 이상 걸려 완성한 책입니다.

이처럼 몇 년씩 걸리는 작업들은 대체로 동시 다발적으로 진행됩니다. 예를 들면, 최근까지 「문예춘추」에 「임사 체험」 연재 원고를 매달 보내야 했습니다. 그리고 「문학계文學界」에 다케미쓰 도루武滿徹라는 음악가에 관한 취재를 벌써 2년 넘게 연재하고 있으며, 「과학 아사히科學朝日」에도 「뇌 연구 최전선腦研究最前線」이라는 글을 연재하고 있는데, 이 작업도 벌써 2년째를 맞고 있고 매달 400자 원고지로 40~50장 분량을 세 번이나 써 보내야 했습니다. 게다가 정치 관계나 우주와 관련된 새로운 소식이 들어오면 월간지에서 기사를 의뢰해 와서, 그 원고까지 써야 하는 경우가 생깁니다. 저의 일상이란 이렇게 계속해서 밀려오는 원고 마감에 맞추

기 위해 아침부터 밤까지 쓰고 또 써야 하는 원고와의 한판 전쟁
과도 같은 생활입니다.

　다음으로 말씀 드리고자 하는 것은 구체적인 제 일의 내용입니
다. 실제로 책상에 앉아 원고를 쓰는 시간도 물론 길지만, 그 이상
으로 긴 시간을 요하는 것은 취재와 취재를 위한 준비입니다. 제
가 지금 하고 있는 일 가운데 상당 부분은 사람을 만나 직접 이야
기를 들어야 가능한 일입니다. 원고를 쓰기 위한 제 1단계는 관련
분야의 책을 모아 읽는 것입니다. 하지만 어느 분야에서나 마찬가
지겠지만, 최신의 첨단 정보는 이미 나와 있는 책 속에 있지 않습
니다. 과학 관련 분야는 특히 그렇습니다. 책으로 나온 정보는 이
미 빛 바랜 정보입니다. 그렇기 때문에 잡지에 실린 최근 논문을
읽을 필요가 있습니다. 하지만 중요한 점은 최신 첨단 정보는 무
엇보다도 연구자의 머리 속에 있다는 사실입니다. 『원숭이학의
현재』나 노벨 생리의학상을 수상한 도네가와 스스무利根川進 씨와
의 대담인 『정신과 물질精神と物質』, 그리고 「과학 아사히」에 연재
했던 것을 모은 『사이언스 나우サイエンス・ナウ』나 『전뇌 진화론電腦
進化論』 등은 모두 직접 연구자들을 찾아가 인터뷰한 최신 정보의
모음들입니다.

　그런데 이처럼 최신 정보를 가지고 있는 연구자들을 인터뷰하
기 위해서는 사전에 충분한 준비가 필요합니다. 어떠한 분야의 전
문가이든 대부분 취재하려는 사람의 질문을 들으면, 그 문제에 대
해서 질문자가 어느 정도의 기초 지식을 가지고 있는지 금방 눈치

를 챕니다. 그래서 그 질문 내용이 너무 깊이가 없고 표면적이다 싶으면 전문가들은 적당히 되는 대로 대답을 합니다. 이럴 경우 전문가들은 어처구니가 없을 정도로 대충 대충 대답을 해줍니다. 모두들 무척 바쁜 전문가들이어서 바보 같은 질문에 일일이 대답해 줄 시간이 없는 것입니다. '이 사람에게는 이 정도의 대답이면 충분하겠군' 하고 생각하면 그 이상의 것은 시간 절약을 위해서라도 모두 생략해 버립니다. 전문적인 사항들을 비전문가에게 설명한들 이해할 리가 없으므로 구체적인 설명은 시간 낭비라고 생각합니다.

그러나 질문의 방법을 조금 바꾸어 이쪽에서 어느 정도 정확한 예비 지식을 가지고 인터뷰하러 왔다는 것을 상대에게 깨닫게 해주면, 그 대답의 수준은 확 달라집니다. 그런데도 여전히 간단하게 대답을 한다면, 그 대답에 대해 좀더 깊이 파고들어 가는 질문을 계속해야 합니다. 그러면 상대방도 '아, 이 사람에게는 적당하게 넘어가는 대답을 해서는 안 되겠구나' 깨닫고 그 때부터 대답하는 태도가 완전히 바뀝니다.

저 자신도 자주 인터뷰의 대상이 되는데, 인터뷰하러 온 사람의 수준이 너무 천차만별이어서, 어떤 경우에는 화가 나서 큰소리라도 치고 싶을 정도로 수준 이하의 질문을 받을 때가 있습니다. 제 책을 전혀 읽어 보지 않고 이야기를 나누러 온 사람까지 있을 정도입니다. 저는 누군가를 인터뷰하러 갈 때 인터뷰 상대가 쓴 글은 거의 다 읽어 보고 방문합니다. 물론, 대중 소설가로서 너무나 방대한 저서를 가진 분의 경우에는 좀 다릅니다만. 인터뷰 상대가 과학자인 경우에는 주로 영어 논문이어서 힘이 들긴 하지만 정성 껏 읽고 갑니다. 이렇게 철저히 준비하지 않으면 인터뷰를 통해 깊이 있는 대화를 나누기란 하늘의 별 따기입니다.

앞에서 잠깐 언급하였던 「과학 아사히」에 연재하고 있는 「뇌 연구 최전선」은 이런 준비가 요구되는 가장 대표적인 경우입니다. 현대 과학에서 다른 어떤 분야보다 눈부신 발전을 거듭하고 있는 것이 바로 뇌 과학 분야인데, 이 연재는 뇌 과학 분야의 최첨단 정보를 가지고 있는 학자들과의 인터뷰를 통해 얻어진 결과입니다. 제가 직접 이런 말씀을 드리는 것이 좀 쑥스럽지만, 상당히 재미있는 연재니까(웃음) 언제 기회가 되면 꼭 한번 읽어 보십시오.

최근에 연재한 기사를 조금만 소개하면, 조류의 뇌에 관한 연구 결과를 두 번의 연재를 통해 다루었습니다. 첫 회에는 게이오 대학慶応大学의 와타나베 시게루渡辺茂 교수의 비둘기 뇌에 관한 실험에 대해 글을 썼습니다. 이 실험은 비둘기에게 피카소와 모네의 그림을 보여 주고 이를 구분할 수 있도록 훈련시키는 것입니다. 먼저 피카소의 그림과 모네의 그림을 각각 10장씩 준비하여 비둘기에게 보여 줍니다. 그리고 피카소 그룹의 비둘기가 피카소 그림을 보았을 때, 모네 그룹의 비둘기가 모네 그림을 보았을 때, 새장의 문을 콕콕 두드리면 먹이를 주는 훈련을 합니다. 그리고 나서 약 2주일 정도 되면 90%의 비둘기가 그림을 구분하게 됩니다.

하지만, 이것만으로는 진정한 의미에서 비둘기들이 그림을 '보고 구분한다'고는 말할 수 없을 것입니다. 어떠한 특정 단서를 가지고 식별하는 것인지도 모르고, 그림 20장을 그냥 모두 외워 버린 것인지도 모릅니다. 그래서 다음 실험에서는 비둘기들에게 피카소와 모네의 새로운 그림을 다른 화가들의 그림과 섞어 놓은 상태에서 보여 주었습니다. 그랬더니 놀랍게도 피카소와 모네의 새로운 그림을 구분해 낼 뿐만 아니라, 모네 그림을 보여 준 그룹의 비둘기들은 세잔느, 르누아르 등 인상파 화가의 그림에, 피카소 그림을 보여 준 그룹의 비둘기들은 브라크, 마티스 등 전위파 화가의 그림에 강한 반응을 보인 것입니다(웃음). 다시 말해, 비둘기들은 화가의 화풍까지도 식별할 수 있었습니다. 또 재미있는 것은 그림을 거꾸로 세워 놓고 실험해 본 결과, 모네 그림에 반응한 비둘기들의 정답률이 크게 떨어진 데 반해, 피카소의 그림에 반응한 비둘기들은 큰 변화가 없었다는 점입니다(웃음). 놀랍게도 인간과 똑같은 반응을 보인 겁니다.

그림 이외에도, 바하와 스트라빈스키의 음악을 비둘기들에게 들려 주고 곡을 구분하게 하는 실험도 있었습니다. 지금까지 이런 고차원적인 인지 능력은 인간에게만 있는 것으로 알려져 왔는데, 비둘기에게도 인간과 같은 종합적인 판단 능력이 있다는 것을 알게 된 것입니다. 비둘기의 뇌는 아주 작아서 그 무게가 2g 정도밖에 되지 않습니다. 그런데 어떻게 이런 고차원적인 판단이 가능한 것일까요? 아무래도 비둘기는 우리 인간과는 전혀 다른 논리를 바탕으로 이 세계를 인지하고 있는 듯합니다. 이런 비둘기들의 인지 논리를 알면 우리 인간들이 가진 인지 논리를 보다 깊이 있게 파악할 수 있지 않을까 하는 측면에서 실험중인 것이 바로 이 연구입니다.

두 번째 연재는 돗쿄 의과대학獨協醫科大學의 사이토 노조무齋藤望 교수가 연구하고 있는, 금화조라는 작은 새의 뇌 세포에 관한 실험에 대해 쓴 글입니다. 이 실험은 인간의 언어 능력을 연구하기 위한 것인데, 여러분들에게는 매우 생소하게 들리리라 생각됩니다. 인간의 지적 능력에 관한 연구라면 원숭이를 실험 대상으로 하는 경우가 많으니까요. 물론 언어 능력에 관한 연구 가운데 수화나 도형 문자 등의 시각 언어의 연구를 할 때는 원숭이를 실험 대상으로 합니다만, 음성 언어의 연구는 그렇지 않습니다. 우리 인간은 음성을 미묘하게 조절함으로써 정보를 교환합니다. 예를 들어 '이것은'이라고 말할 때, '이'·'것'·'은' 하고 아주 조금만 입술을 움직여서 각기 다른 음을 내어 정보를 전달합니다. 그러나 원숭이는 발성기관이 발달하지 않아 정보 교환이 가능할 정도로 다양한 소리를 낼 수 없습니다. 인간 이외에 음성을 도구로 이용하여 정보를 교환할 수 있는 동물은 앞에서 언급한 금화조와 같은 명금류鳴禽類밖에 없습니다.

조류는 동물 가운데 유일하게 인간처럼 두 다리로 걸을 수 있기 때문에, 기도가 길고 곧게 뻗어 공명이 잘 되는 구조를 가지고 있습니다. 또한 조류에게 입술은 없지만, 기도 아래쪽에 있는 명기鳴器라는 발성기관에 외순, 내순이라는 인간의 입술과 같은 역할을 하는 음성 조절 기관이 있어서 미묘한 음성의 변화를 가능하게 합니다. 그래서 소나그램(주파수 분석기)이라는 기계로 명금류의 울음 소리를 스펙트럼 분석해 보면, 이들은 음소의 조합으로 음절을 만들고 다시 음절을 조합하여 단어를 만들고 그 단어들을 연결하여 문장을 만든다는 점에서 인간과 별 차이 없는 구조의 음성 언어를 가지고 있음을 알게 되었습니다. 물론 금화조의 언어 능력은 수만 가지의 단어를 조합하여 아무리 복잡한 내용이라도 모두 전달할 수 있는 인간의 능력과 비교하면 아무것도 아닐 수 있습니다. 그러나 음성 언어의 기본적 구조에 국한한다면 실험 모델로서 전혀 손색이 없습니다. 따라서 이 실험은 금화조가 우는(노래하는) 법을 학습해 가는 과정에 뇌의 어느 부분이 관여하고 있는지를, 금화조의 뇌에 전기를 자극하여 알아보는 연구입니다. 이 연구를 통하여 인간이 언어를 학습하는 메커니즘에 대해 보다 명확히 알 수 있으리라 기대하는 것입니다.

이런 연구에 대해 전문가들과 이야기를 나누고자 할 때, 그 전문가의 연구에 관해서만 공부해서는 만족할 만한 결과를 기대할 수 없습니다. 보다 광범위하게, 관련 분야와 대립되는 학설까지도 파악해 두어야 합니다. 또한 뇌의 경우에는 대부분의 연구가 신경 생리학이나 세포, DNA 연구를 전제로 하고 있으며, 각각의 실험에 사용되는 첨단 기기, 하드웨어 부분도 사전에 이해해 두어야 하므로 만만찮은 준비가 필요합니다.

마침 금화조에 관한 연구를 취재하러 가기 바로 전날, 인공위성

'기쿠 6호きく六號'의 사고가 일어났습니다. 그래서 갑자기 TV 출연 의뢰를 받고 나가게 되어, 서둘러 '기쿠 6호'에 관해 여러 사람들로부터 이야기를 듣기도 하고 관련 자료를 다시 읽어보기도 하면서 준비를 하였습니다. 바로 그 전날은 앞에서도 말씀드린 「문학계」에 연재하고 있는 「다케미쓰 도오루·음악창조를 위한 여행 武滿徹·音樂創造への旅」의 원고 마감일이었습니다. 이 글은 존 케이지라는 전위음악가가 1961년 일본에 왔을 때 일본 음악계에 얼마나 커다란 영향을 주었는지에 관한 것인데, 어떤 의미에서는 시대사적인 것이어서 방대한 자료를 찾아 읽고 나서야 비로소 쓸 수 있는 글입니다.

이처럼 취재 혹은 집필을 위해서 아침부터 밤까지 자료를 읽고 공부를 하는 일이 저의 일상 생활인 셈입니다.

객관적으로 보면 상상 이상으로 만만찮은 생활이고 제 자신조차 '참 엄청난 일이구나'라고 생각할 때도 있습니다만, 사실 제 본심을 말씀 드리면 그렇게 대단하지도 않습니다. 이 일을 하면서 별로 스트레스를 받지 않기 때문입니다. 다시 말씀 드리면, 저는 공부하는 것이 정말 좋습니다. 젊었을 때에는 왠지 창피하기도 해서 이런 말을 입 밖에 내지 않았지만 최근에는 아무렇지도 않게 말할 수 있게 되었습니다. 30대까지만 해도 영화를 보러 가거나 파칭코를 하러 가거나 친구들과 만나 잡담을 하며 지내기도 했지만 지금은 거의 그런 일이 없습니다. 보통 사람들이 즐거움으로 삼고 있는 일들이 이제는 더 이상 재미있지 않습니다. 공부를 하고 있을 때가 가장 즐겁습니다. 놀고 싶은 욕구보다는 알고 싶고 공부하고 싶은 욕구가 훨씬 강한 것이지요.

게다가 제 나이가 지금 54세(1995년)인데, 앞으로 남은 시간이 그다지 많지 않다는 생각이 점점 들기 시작하였습니다. 저의 아버님은 현재 84세이지만 여전히 건강하셔서, 수명만을 고려한다면 저도 80세까지는 살지 않을까 생각합니다. 하지만 맑은 머리를 가지고, 제 자신이 만족할 만한 지적 수준을 유지하며 활동할 수 있는 시간이 앞으로 얼마나 될지는 알 수 없습니다. 어쨌거나 이미 인생의 3분의 2는 지나간 셈이고 어쩌면 앞으로 5~6년이면 끝날지도 모르는 일입니다. 앞으로 남은 시간이 참으로 짧다는 자각이……, 그렇습니다, 50살이 지나면서 보다 분명해졌습니다. 이런 생각이 들자, 역시 시간이 남아 있을 때 더 많은 것을 알아야 겠다는 욕구가 오히려 젊었을 때보다도 한층 더 강해졌습니다.

하지만 이렇게 해서 알게 된 대부분의 것들은 아마도 저와 함께 무덤에 묻히게 되겠지요. 물론 제가 책을 쓰는 일을 하고 있으니까 제가 알게 된 것들의 일부분은 책으로 남게 되겠지만 말입니다. 그러나 책을 쓰는 경우에도, '자신이 알게 된 것'과 '사람들에게 전해 주어야 하는 것', '공부한 것'과 '책을 집필하는 것'이라는 입력과 출력의 비율이 어떻게 결정되는가는, 글을 쓰는 사람에 따라 크게 차이가 납니다. 사람들로부터 들은 내용을 금방 글로 옮겨 하나를 입력하면 1.5배로 늘려서 출력할 수 있는 사람도 있습니다(웃음). 하지만 「뇌 연구 최전선」을 예로 들면, 이 글을 쓰기 위해 대략 대형 책꽂이 1개 반 정도의 책을 읽었습니다. 다른 테마의 글을 쓸 때도, 큰 주제라면 대개 이 정도의 책을 읽습니다. 제 작업실에 있는 책꽂이는 한 단에 40권 정도의 책이 들어가는데, 이런 단이 7개 있으니 책꽂이 하나에 약 300권 정도의 책이 들어갑니다. 따라서 책꽂이 1개 반 정도의 분량이라면 테마 하나에 약 500권 정도의 책을 읽고 있는 셈입니다. 모든 책을 처음부터 끝까지 읽는 것은 아니고 부분적으로 발췌하여 읽는 경우가 많기는 하지만, 여기에 잡지의 기사나 논문, 인터뷰 등의 자료도 활용하므로 입력과 출력의 비율은 낮게 잡아도 100대 1 정도 되지 않을까요?

그러니까 열심히 공부한 것이 다 출력되어 버리지 않고 대부분은 제 머리 속에 남아 있는 셈입니다. 그런데 왜 이렇게까지 공부를 하는가 하면, 기본적으로 이런 지적 욕구는 책을 쓰기 위한 욕구가 아니라 제가 본래 가지고 있는 '어떻게 해서든 알고 싶다', '좀더 자세히 알고 싶다'는 욕구 때문입니다. 확신을 가지고 말씀드립니다만, 이는 저만이 가지고 있는 욕구가 아니라 분명 모든 사람들이 가지고 있는 욕구입니다.

몇 번에 걸쳐 제 저서에서도 인용하였듯이, 그리스의 철학자 아리스토텔레스의 저서 가운데 『형이상학』이라는 책이 있습니다. 철학 분야에서 가장 기초적인 문헌 가운데 하나인 이 책의 첫 줄에는 "인간은 태어날 때부터 알려고 하는 욕구를 가지고 있다"라는 문구가 적혀 있습니다. 인간이라면 누구나 가장 기본적인 욕구로서 지적 호기심을 가지고 있다는 말입니다. 이는 인간의 본능이라고 해도 크게 틀리지 않을 것입니다. 식욕, 성욕과 함께 가장 근원적인 욕망으로서 모든 사람들이 가지고 있는 욕구인 것입니다.

식욕은 개체 유지의 본능에 기초한 욕구입니다. 자기 자신이라는 생명체를 살리기 위해서 가장 필요한 욕구입니다. 그리고 성욕은 종족 유지의 본능에 기초한 욕구입니다. 성욕이 없으면 '인간'이라는 종족은 멸종해 버릴 것입니다. 따라서 가장 근원적인 욕구는 없어서는 안 되는, 반드시 필요한 기능과 역할을 담당하고 있는 셈입니다.

인간이 가지고 있는 지적 욕구에는 어떠한 기능이 있는지 생각해 보겠는데, 요컨대 여기서 인간 사회를 지금의 수준까지 발전시키기 위해 필요했던 것이 바로 지적 욕구였음을 알 수 있습니다. 원숭이 사회와 인간 사회를 비교해 보면, 우리 인간은 원숭이와는 전혀 다른 사회를 이루고 있으며 그러한 사회 속에서 일상 생활을 꾸려가고 있습니다. 한마디로 문명 사회를 형성하여 그 사회 속에서 생활을 영위하고 있는 것입니다. 이러한 문명 사회를 인간이 만들 수 있었던 것은 바로 인간의 지적 욕구의 역사적인 축적 과정 때문이라고 말할 수 있습니다. 우리들이 지금 누리고 있는 편리함이나 모든 실용품이 그렇습니다. 수십만 년 전에 진화하여 비로소 인간이 된 무리들, 즉 수렵과 채집으로 생활을 하였던 무리들은 대부분 원숭이와 별 차이 없는 생활을 하고 있었습니다. 개체 유지 본능과 종족 유지 본능만으로 생활하고 있었던 것이지요.

그 시점에서부터 현대 문명 사회를 이루기까지의 변화를 하나하나 살펴보면, 거의 모든 변화가 인간의 지적 욕구에서 나온 것임을 알 수 있습니다.

이처럼 인간의 지적 욕구를 살펴볼 때, 두 가지 범주로 나누어 생각해 볼 수 있습니다. 그것은 실용적인 지적 욕구와 순수한 지적 욕구로 나누어 보는 방법으로, 이 둘 사이에는 명백한 질적 차이가 존재합니다. 실용적인 지적 욕구란, 어떤 목적이 있어서 그 목적을 위해 알고자 하는 욕구입니다. 이것을 알면 이렇게 할 수 있고, 저것을 알면 저렇게 할 수 있다, 이것을 앎으로써 이런 편리함 혹은 이익, 실용성을 얻을 수 있다고 여기는 욕구입니다. 한편 이에 반해 순수한 지적 욕구란 그저 알고 싶어하는 욕구로, 이러한 욕구들이 인간에게 있는 것입니다.

이 밖에도 여성 주간지적 지적 욕구라는 것이 있습니다. 연예인들의 결혼이나 사생활을 알고 싶어하는 저속하고 속물적인 지적 욕구가 그것인데, 여기에서는 그런 욕구에 대해서는 일단 접어두고 조금 고차원적인 지적 욕구에 대해서만 이야기하자면, 인간의 지적 욕구란 실용적인 지적 욕구와 순수한 지적 욕구로 나누어 볼 수 있습니다.

앞에서 '문명 사회'라는 말을 언급하였는데, 우리들이 현재 생활하고 있는 이 사회를 대표할 수 있는 대부분의 것들은, 이 두 가지의 지적 욕구 가운데 특히 실용적인 지적 욕구에 의해 형성되었다고 할 수 있습니다. 실용적인 지적 욕구가 만들어 낸 기술, 공학, 엔지니어링에 의해 구축된 결과물인 것입니다. 그러나 이런 결과물들을 저변에서 지탱해 주고 있는 것은 역시 순수한 지적 욕구이며, 순수한 지적 욕구에 의해 형성된 기초 과학 연구임을 부인할 수 없습니다.

이 세상에는 식욕이 비정상적으로 강한 이상 식욕자나 성욕이 비정상적으로 강한 이상 성욕자가 있습니다. 마찬가지로 지적 욕구가 필요 이상으로 강한 이상 지적 욕구자 역시 존재합니다. 제가 그런 사람 중의 한 사람입니다만, 과학자들은 대부분 기본적으로 이런 성향을 가지고 있습니다. 어찌되었든 무엇이건 알고 싶은 것입니다. "왜 그토록 알고 싶어하죠?"라고 누군가 묻는다면 모두들 나름대로 이유를 말하겠지만, 결국에는 이유라고 할 만한 특별한 것이 없고, "그저 알고 싶어서요"라고밖에 할 말이 없을 것입니다. 인간은 이처럼 강하고 순수한 지적 욕구를 가지고 있기 때문에 지금과 같은 '문명 사회'를 형성할 수 있었습니다.

실용적인 지적 욕구와 순수한 지적 욕구 간의 차이를 생각할 때 떠오르는 흥미로운 점은 우주 개발과 관련된 연구입니다. 저는 우주 관련 취재를 오랫동안 해 온 경험이 있어서 종종 심포지엄에 초대되어 패널로 참석하기도 합니다. 우주 관련 심포지엄은 상당히 빈번하게 개최되고 있는데, 그 이유는 우주 개발 관련 기술에 상상 이상으로 비용이 많이 들기 때문입니다. 지난 번 쏘아 올린 인공위성 '기쿠 6호'만 하더라도 415억 엔, 개발비까지 포함하여 700억 엔 정도의 비용이 들었다고 합니다. '기쿠 6호'보다 훨씬 작은 '히마와리(해바라기)' 크기의 인공위성이라도 40~50억 엔의 비용이 듭니다. 이에 반해, 바이오 관련 기술의 경우에는 정말 적은 비용으로 개발할 수 있습니다. 앞서 언급한 뇌 관련 연구에서도 실험 대상인 금화조라는 새는 한 마리에 1,000엔 정도면 살 수 있다고 합니다. 연간 500마리 정도의 금화조를 실험하고 있다고 하니 1,000엔짜리 금화조 500마리면 50만 엔 정도의 비용입니다. 우주 관련 개발이 모두 몇 억, 몇 십억이라고 이야기되는 것과 비교해 보면 비용 면에서 전혀 차원이 다른 셈입니다.

그 정도로 엄청난 비용을 사용하는 데다 국민의 세금을 투자하는 것이므로, 왜 이 연구가 필요한지를 전문가뿐만 아니라 일반 시민들에게도 알려 많은 사람들이 납득할 수 있도록 논의를 하지 않으면 예산을 책정받을 수 없습니다. 그렇기 때문에 심포지엄 등이 자주 열리는 것입니다.

심포지엄의 참석자들은 일반적인 설득 논리로 우주 개발 사업이 세상을 위해 얼마나 유용한지를 매우 열성적으로 강조합니다. 분명 우주 개발 사업은 세상을 위해 아주 유용하게 쓰이고 있습니다. 예를 들어 기상위성 하나만 보아도 알 수 있을 것입니다. '히마와리'라는 기상위성을 쏘아 올리기 전에는 일본 상공의 구름이 어떠한 상태인지를 잘 알 수 없었습니다. 알 수 없었다는 표현에는 좀 어폐가 있지만, 이전에는 어떻게 기상을 관찰하였는가 하면 전국에 관측소가 있어서—현縣 하나에 몇 군데 관측소가 있었는데—정해진 시간에 각 관측소의 직원이 모두 나와 하늘을 보고 구름의 양이 얼마이고, 구름의 형태는 어떻다는 것을 기록하였습니다. 이를 모두 집계하여 일본 전체의 구름 상태가 지금 어떤지를 조사하였던 것입니다. 그래서 예전의 일기예보는 정말 맞지 않기로 유명하지 않았습니까?(웃음) 이전에는 아주 원시적인 관측 수단밖에 없었으니까 빗나가기 일쑤인 것은 당연하겠지요. 그런 의미에서 우주 개발은 우리 생활에 많은 이익을 가져다준다고 할 수 있습니다.

그리고 모리毛利 씨와 무카이向井 씨가 우주에 갔을 때 여러 가지 과학 실험을 하는 모습을 보았을 겁니다. 그 때 실시한 과학 실험들이 당장의 이익으로 직결되는 것은 아니지만, 이 실험을 통하여 새로운 소재를 개발하여 경제적인 이익을 낳을 수 있다는 설명이 설득을 위한 근거로서 제시되고 있습니다. 앞에서 말한 두 가지의 범주로 바꾸어 말하면, 이런 설명은 모두 지적 욕구의 실용성을 전면에 부각시키는 설득 논리입니다.

그러나 이런 경제적 이익을 위해 우주 개발을 해야 한다는 주장을 전개하기 위해서는, 실은 투입 자본과 그것을 통해 얻을 수 있는 이익을 비교하여 비용 계산을 해 볼 필요가 있습니다. 하지만 계산해 보면 오히려 부족분을 자기 주머니에서 충당해야 하는 결과와 만나게 됩니다. 즉, 그다지 이익을 기대할 수 없다는 거지요.

그렇기 때문에 저는 어느 심포지엄에 참석하였을 때, 이러이러한 경제적 이익이 이만큼 있으므로 우주 개발 분야에 진출해야 한다는 설득 논리는 그 근본부터 잘못되었다고 지적한 적이 있습니다. 그러한 논리보다는 우주 진출은 인간의 숙명과도 같다고 설명하는 방식이 더 좋을 것이라고 판단합니다.

왜냐하면 인간이란 눈앞에 뭔가 새로운 것이 있을 때, 그것이 대체 무엇인지 알고 싶어하는 매우 강렬한 심리적 욕구를 가진 동물이기 때문입니다.

원숭이에서 인간으로 진화해 오는 과정을 살펴보면, 원숭이는 모두 정글에서 살았습니다. 정글은 풍부한 자연과 풍족한 먹을거리가 있는, 살아가기에 정말 좋은 환경을 가지고 있습니다. 그런데 우리들 선조인 인간들은 정글을 나와 사바나 지역으로 진출하였습니다. 사바나는 매우 빈약한 자연을 가지고 있는 세계입니다. 드넓은 곳이기는 하지만 이곳으로 진출한다 해도 얻게 되는 이익은 거의 없는 세계입니다. 원숭이는 초식 동물로서, 특히 과일을 주로 먹고 살아가기 때문에 정글이야말로 생존에 가장 적합한 곳입니다. 하지만 눈앞에 펼쳐진 사바나를 보고 비록 그곳의 환경이 열악한 듯하지만, 그곳에 무엇이 있는지 알고 싶어서 어쨌든 가보자고 생각한 한 무리의 원숭이들이 있었습니다. 이 원숭이 무리가 사바나로 진출하면서 비로소 원숭이에서 인간으로 진화하는 첫발을 내디딜 수 있었습니다. 정글에 남아 있던 원숭이들은 여전히 원숭이로서 살아가게 되었고 말입니다.

다시 말해 인류는 눈앞의 이익이야 어찌되었든 일단 저쪽에 무엇이 있는지 알고 싶고, 가보고 싶다는 가장 기본적인 욕구에 이끌려 사바나로 진출한 원숭이의 자손이라는 것이지요. 그러므로 지금 눈앞에 우주라는 미지의 세계가 펼쳐져 있고 더욱이 그곳으로 갈 수 있는 교통 수단이 있다고 할 때, 경제적 이익을 고려해 그곳으로 나가는 것이 손해인지 이익인지 철저히 따져 보고 이익이면 가고 손해면 가지 않겠다는 것은, 정글을 떠나지 않고 남은 원숭이와 다를 바 없다고 저는 지적하였습니다.

이와 마찬가지로 인간이 지금까지 만들어 낸 모든 문명은 언뜻 보면 실용적인 지적 욕구, 즉 경제적인 합리성을 가진 지적 욕구의 소산인 것처럼 보이지만, 실은 표면적인 측면일 뿐 우리 인류를 보다 깊은 곳에서 움직여 온 것은 보다 원초적인 순수한 지적 욕구, 즉 어찌되었든 알고 싶고 조금 더 알고 싶다는 근원적인 욕구였다고 생각합니다. 순수한 지적 욕구를 통해 알게 된 것을 어떻게 활용하면 어떤 이익이 발생할까와 같은 실리성은 그 뒤에 따라오는 것이고, 언제나 선행되었던 것은 실리는 뒷전으로 한 순수한 지적 욕구였습니다.

그렇다면 이런 지적 욕구가 인간에게만 있는 것인지 의문이 생기는데, 사실 저급한 수준이기는 하지만 다른 모든 동물에게도 있습니다. 애완 동물을 기르고 계신 분들은 잘 아시리라 생각됩니다만, 예를 들어 고양이를 지금까지 한 번도 가본 적이 없는 집에 데려갔다고 가정해 봅시다. 그러면 이 고양이는 분명 방안을 한 번 빙 돌아다닐 것입니다. 저쪽으로 가서 킁킁대고 이쪽으로 와서 킁킁대면서 방안을 한 바퀴 돌아다닐 것입니다. 원숭이를 새로운 우리로 옮겼을 때도 같은 반응을 보입니다. 동물들은 새로운 환경을 접하면 그곳이 어떤 곳인지 알고 싶어 반드시 탐색을 하며 돌아다닙니다. 자신을 둘러싸고 있는 환경을 알아두려는 이런 행동은 모든 생물의 기본적인 욕구인 것입니다.

심지어 단세포 동물인 아메바조차도 새로운 환경을 접하게 되면, 촉수를 뻗어 이쪽 저쪽을 더듬으면서 주변 환경의 화학적인 조건을 탐색합니다. 즉, 인간이 가진 '지적 욕구'의 근간에 자리 잡고 있는 것은, 아메바도 가지고 있는 주위 환경을 알고 싶어하는 욕구 같은 것입니다. 자신이 존재하며 살아가고 있는 세계가 어떠한 세계인지 알고 싶어하는 것입니다.

생물이란 주위의 환경과 여러 가지 물질이나 정보를 교환함으로써 비로소 살아갈 수 있는 존재입니다. 그러므로 살아가는 데 필요한 자신을 둘러싸고 있는 세계, 즉 주위 환경이 어떠한 모습인지 알고 싶어하는 욕구는 식욕이나 성욕과 마찬가지로 분명한 존재 근거를 가집니다. 주위의 세계를 알게 됨으로써 생물은 보다 능숙하게 그 세계에서 생존해 갈 수 있습니다. 보다 능숙하게 생존한다는 것은 자신을 둘러싸고 있는 세계에 보다 잘 적응해 갈 수 있다는 것을 의미합니다. 따라서 순수한 지적 욕구라고 하면, 왠지 인간에게만 있는 고유하면서 매우 고차원적인 것처럼 생각하는데, 사실 그것은 모든 생물의 본능에 바탕을 둔 근원적이며 강렬한 욕구라고 말할 수 있습니다.

그러나 잘 아시다시피 인간의 지적 욕구는 다른 동물들과는 그 차원이 전혀 다른 것입니다. 물론 인간은 다른 동물과 마찬가지로 자연 환경이라는 외부 세계를 알고 싶어하는 욕구를 지녔기 때문에 모든 과학이 그 연장선상에서 태어났다고 말할 수 있습니다. 예를 들어 우리들이 어떠한 존재인지를 정의해 본다면, 먼저 우리들은 우주 안의 존재입니다. 그 때문에 우주가 어떤 곳인지 알고 싶어져 우주 관련 학문이 탄생하게 된 것입니다. 또한 우리들은 지구 안의 존재라고도 정의할 수 있을 것입니다. 따라서 이 지구의 구조가 어떻게 이루어져 있는지 궁금해지는 것입니다. 혹은 생물 세계의 일원이라는 등 인간을 다양한 차원에서 정의해 봄으로써 그것을 통해 여러 가지 과학이 탄생하게 되는 것입니다.

또한 인간은 다른 동물과 비교해 볼 때, 주위 환경과의 정보 교환, 물질 교환을 이루는 데 굉장히 복잡한 과정을 거칩니다. 다른 동물과 비교할 것까지도 없이, 원숭이에서 진화한 원시인과 비교해 보더라도 현재 우리 인간들은 그들과 비교조차 할 수 없을 정도로 거대한 사회 시스템을 형성하여 그 안에서 하나의 개체로 존재하고 있습니다. 주위 환경이라는 세계와의 관계에서도 산소를 들이마시고 탄산가스를 내쉬는 단순한 물질 교환뿐만 아니라, 인간이 만들어 낸 인간 사회의 시스템과 여러 가지 방식으로 물질이나 정보의 교환을 이루고 있습니다. 인간이란 자연적인 존재인 동시에 사회적인 존재이므로, 역시 사회적인 지식에 대한 지적 욕구가 있어서 이와 관련된 지식을 축적해 왔던 것입니다.

인간이 가진 지식의 총량을 생각해 보면, 현대 문명 사회를 헤쳐나가기 위해 필요한 지식은 그 양적인 면에서 엄청나게 증가하였습니다. 자연적 존재로서의 인간에게 필요한 지식은 양적인 면에서 그다지 놀랄 만한 것은 아닙니다. 그것은 원숭이도 가지고 있을 법한 생활의 지혜 정도인데, 먹을 거리의 종류라든가 그것을 먹는 방법, 위기를 피하는 방법이라든가 동족인 동료들과 사귀는 방법 등입니다. 이는 건강한 DNA를 가지고 태어나 일반적인 생활 환경 속에서 자라난다면 자연히 배울 수 있는 지식이므로, 새삼스럽게 누군가에게서 배울 필요가 없습니다. 이런 지식은 모든 동물이 각각의 종種에 따라 보유하고 있는 고유의 공통된 지식이어서, 그 종의 구성원이라면 기본적으로 모두 가지고 있습니다. 그리고 양적인 면에서도 그렇게 대단한 것이 못 됩니다. 원숭이든 인간이든 자연적 존재로서 필요한 지식의 내용을 전부 책으로 기술하더라도 몇 권이면 충분할 것입니다.

그러나 인간이 가진 지식의 총량을 책으로 기술한다면 몇 백만 권 이상이 될 것입니다. 그리고 그 대부분은 문명 이전의 인간에게는 전혀 필요 없는 지식입니다. 그뿐 아니라 문명 이전의 인간이 이 지식에 관해 듣는다면 도대체 무슨 말을 하고 있는 것인지 전혀 이해할 수 없는 지식입니다. 다시 말해 현재의 인간이 보유하고 있는 지식 가운데 대부분은 문명이 만들어 낸 지식이며, 문명의 유지 발전을 위해 필요한 지식입니다.

지식이 문명을 낳고 문명은 지식을 확대하고 확대된 지식은 더욱 문명을 발전시켜 나가는 형태로, 지식과 문명의 상호 확대 재생산 과정이 수천 년 동안 진행되면서 지금과 같은 장대한 규모의 지식 피라미드를 축적하였던 것입니다. 이것이야말로 원숭이 사회와 확연히 다른 인간 사회의 가장 큰 특징입니다. 이 정도로 지식의 총체가 거대해졌기 때문에 인간 사회 전체 구성원이 공유하는 지식은 아주 미미한 부분일 뿐이고, 지식의 대부분은 특정 소수의 전유물이 되어 버렸습니다. 문명 사회 시스템의 어떤 부분과 어느 정도의 관련을 맺고 있느냐에 따라서 각자가 소유하는 지식은 한정되어 버리는 셈입니다. 또한 서로 지식을 나누어 가졌다고 하더라도, 이처럼 거대해진 지식의 총체를 종 전체가 계승하여 더욱 발전시켜야 할 의무가 있으므로, 이에 대한 조직적이고 체계적인 교육을 실시해야 하며 교육의 내용도 수준을 높여 가야 합니다.

지식을 나누어 가짐으로써 인류 문명 사회가 지금까지 유지·발전되어 왔다고는 하지만, 지식의 총량이 많아지면 많아질수록 나누어 갖게 될 지식의 폭은 더욱 좁아질 수밖에 없습니다. 그 결과, 지식의 총량과 개인이 보유하고 있는 지식의 양의 비율을 측정해 보면, 문명이 발전하면 할수록 인간은 더욱 무지의 정도가 심해진다는 것을 알게 되는데, 이것은 앞으로 문명 사회가 나아가게 될 방향을 고려할 때 중대한 사태라고 할 수 있습니다.

또 하나, 지의 세계에서 인간이 다른 동물과 근본적으로 다른 점은, 인간의 내적 의식 세계가 상상할 수 없을 정도로 복잡하여, 그 위에 성립된 지의 세계가 양적인 면에서는 물론이거니와 질적인 면에서도 거대하다는 사실입니다. 언어를 습득한 것도 그 이유 중 하나이지만 복잡한 마음의 세계, 자신의 내적 세계를 알고자 하는 욕구가 무엇보다도 강하다는 것입니다. 인간이란 대체 무엇인가, 나라는 존재는 대체 무엇인가, 혹은 인간 관계에 있어서 일반적인 인간이란 대체 무엇인가, 타인이란 대체 무엇인가 등과 같은 지적 욕구 또한 매우 크다는 것입니다.

다음은 『생, 사, 신비 체험生, 死, 神秘體驗』이라는 책의 머리말에 썼던 내용입니다만, 의학용어 중 '소재식所在識'이라는 것이 있습니다. 병원에서 환자의 의식 수준이 점점 낮아지고 있을 때 그 수준이 어느 정도인지를 판단하기 위해 우선 소재식 검사를 합니다. 이 검사는 아주 단순한 질문으로 이루어져 있습니다. 환자에게 "여기는 어디입니까?"라고 묻습니다. 그리고 나서 "당신은 누구입니까?", "지금은 언제입니까?"라고 묻습니다. 이 세 가지 질문을 하는 것이 소재식 검사입니다.

"여기는 어디입니까?"라는 질문은 공간적으로 자신이 어디에 있는지를 알아보는 질문입니다. "당신은 누구입니까?"라는 질문은, 50억 이상의 인간이 살고 있는 인간 사회의 관계 속에서 자기자신의 위치를 알아보는 검사입니다. 그리고 "지금은 언제입니까?"라는 질문은, 시간의 축 속에서 지금 자신이 살고 있는 시간의 위치를 알아보는 검사입니다. 이상의 세 가지 질문에 대해 정확히 알고 대답하는 사람은 정상적인 의식을 가진 것으로 판정을 받습니다.

이런 질문에 대답하지 못하는, 그러니까 "여기는 어디입니까?"라고 물어도 여기가 어디라고 대답하지 못하는 사람은 의식 수준이 아주 낮은 사람으로 판정을 받게 됩니다. 병원 내의 검사에서는 "여기는 어디입니까?"라고 물었을 때 '○○병원'이라고 대답해도 맞는 것으로 인정합니다. 또한 "당신은 누구입니까?"라는 질문에는 이름을 말해도 되고, "지금은 언제입니까?"라는 질문에는 날짜와 시간을 말하면 됩니다. 하지만 본질적인 측면에서 볼 때 이런 대답은 각 질문에 대한 적절한 대답이 아닙니다. "여기는 어디입니까?"라는 질문을 더욱 파고들면 이 우주라는 곳이 어떠한 세계인지 생각하지 않을 수 없습니다. 또한 "당신은 누구입니까?"라는 질문에 대해서도 본질적인 대답을 하려고 한다면 설명하는 데 끝이 없을 것입니다. "지금은 언제입니까?"라는 질문도 마찬가지입니다. 본래 시간이라는 것에 대해 우리 인간들은 전혀 이해하지 못하고 있습니다.

이런 소재식 검사에 이용되는 세 가지 질문은 인류가 전 역사를 통하여 찾고자 노력해 온 목표, 바로 그것입니다. 우리 인간은 이 질문들에 대한 본질적인 대답을 아직 얻지 못하고 있습니다. 대답을 얻지 못하였기 때문에 이 질문에 더 매달리게 되고, 더 많은 지적 욕구를 키워 가는 결과를 가져오기도 하였습니다. 이 세 가지 질문에 대해 진정으로 깊이 있는 대답을 찾고자 기울여 온 노력이야말로 우리들의 과학이며, 문화이며, 문명을 만들어 온 원동력이 아니었을까 생각합니다.

그러한 의미에서 지적 욕구를 가지고 있다는 것은 바로 인간 사회를 지탱하는 기반이며, 인간이라는 종 전체에게 매우 중요한 의미로 자리잡고 있음을 알 수 있습니다.

그러나 동시에 인간 한 사람 한 사람에게도 지적 욕구는 매우 중요한 의미로 자리잡고 있습니다. 다시 말해, 인간이 태어나서 자라는 과정은 다른 각도에서 보면 학습 과정의 반복이라고도 말할 수 있습니다. 인간은 갓난아이로 태어나 어머니나 주위 사람들과 정보를 주고받거나 영향을 받으면서 기본적인 몸의 움직임 등을 배워 갑니다. 그 과정에서 DNA에 기억된 고유의 능력에 플러스 알파의 능력이 하나 둘씩 더해지며, 이 때 뇌의 신경은 스스로 점점 복잡해지는 배선들을 만들어 갑니다. 그러므로 인간이 성장해 간다는 것은 이처럼 자신의 뇌를 키워 가는 과정이라고도 말할 수 있습니다.

정보 처리의 세계에 '오토마톤automaton'이라는 용어가 있습니다. 간단하게 말하면, 어떤 내용이 입력되었을 때 자동적으로 특정한 출력이 이루어지는 구조인데, 단계가 낮은 수준의 '오토마톤'의 예로 자동판매기의 구조를 생각해 볼 수 있습니다. 어떤 버튼을 누르면 특정 상품이 나오는 그런 구조입니다. 인간의 정신, 그리고 행동이라는 것은, 대략적으로 이 오토마톤 부분과 자동화되지 않는 의식화된 행동 부분의 두 가지 영역으로 이루어져 있다고 할 수 있습니다. 그리고 양적으로 볼 때 인간의 일상적인 행동은 대부분이 자동화된 행동인 것입니다.

예를 들어 젓가락 잡는 법을 처음 배울 때는, 손가락 하나하나를 어떻게 움직이면 좋을지 생각하면서 열심히 배웁니다. 그러나 시간이 좀 지나면 젓가락 잡는 법을 전혀 의식하지 않은 채 젓가락을 사용하여 식사를 합니다. 운전 교습소에서 처음 운전을 배울 때도 다음은 클러치, 다음은 방향 지시등 하고 정신을 집중하면서 운전을 하지만, 이것이 익숙해지면 다른 생각을 하면서 운전을 하기도 합니다. 인간의 일상적인 행동이란 대부분 이처럼 자동화된 부분에 의해 이루어져 있으며, 인간이 자신의 행동을 분명하게 의식하면서 모니터하여 결과를 남기는 것은 아주 미미한 부분입니다. 최근 뇌 과학의 발전으로 점차 이런 사실을 알게 되었습니다.

그리고 이렇게 자동화된 부분은 주로 소뇌 안에 저장되어 있습니다. 소뇌라는 기관은 아주 작지만, 소뇌를 제외한 뇌 세포의 수와 거의 비슷할 정도로 무척 정밀한 조직입니다. 인간은 무엇인가를 배우고 그것을 완전히 습득하여, 의식하지 않더라도 행동이 가능해지는 단계의 수준에 이르면, 그 때까지의 절차가 모두 소뇌에 저장되는 것입니다.

이처럼 인간은 매일 새로운 지식을 학습하고 새롭게 학습한 지식은 자동화 부분에 저장하면서, 다시 다음 학습을 향해 의식을 돌립니다. 이렇게 하나 둘씩 새로운 것을 배우면서 성장해 가는 것입니다.

그런데 지적 욕구의 수준이 낮은 사람은 자신의 오토마톤 현상에 만족하여 곧 학습에 대한 의욕을 상실합니다. 새로운 것은 이제 더 이상 배울 필요가 없으며, 자신이 지금까지 배운 것만으로도 충분히 인생을 살아갈 수 있다고 생각합니다. 그 다음에는 오직 여러 가지 육체적 쾌락을 즐기거나 맛있는 음식에 탐닉하거나 술을 마시거나 TV를 보면서 실없이 웃으며 살아가면 된다는 식으로 생각하는 경향이 있습니다. 이는 사람에 따라 크게 차이는 나지만, 30대 정도가 되면 이렇게 생각하는 사람이 생각보다 훨씬 많아집니다. 반면, 지적 욕구의 수준이 높은 사람은 어떤 것이 오토마톤화되고 나면 자신의 의식을 새로운 곳으로 이끌어, 다음에는 이것을, 그 다음에는 저것을 학습하려고 찾아 나섭니다.

인간은 오토마톤적으로 행하고 있는 행동에 대해 거의 기억하지 못합니다. 차를 운전하고 있을 때 팔과 다리가 어떻게 움직였는지 나중에 전혀 생각나지 않는 것처럼 말이죠. 하지만 지적 호기심을 발동시켜 의식화한 행위를 행동으로 옮겼을 때는 그 기억이 아주 선명하게 남습니다.

인간의 정신, 인격이라는 것은 어떤 의미에서 그 사람이 가진 과거에 대한 기억의 총체에 의해 형성되는 것입니다. '이게 바로 접니다'라고 말하는 것은 과거 기억의 총체, 경험의 총체입니다. 오토마톤화된 자신에게 만족하고 있는 사람의 기억과 의식의 내면은 텅 빈 채 단지 그날그날의 행위만이 흘러가고 있을 뿐입니다. 그러므로 그 사람에게 남겨지는 본질이라고 할 만한 것이, 차근차근 생각해 보면 아무것도 없는 그런 인간으로 남게 됩니다.

그런 의미에서 인간의 지적 욕구는 그 사람의 본질을 형성해 가는 가장 근본적인 구성 요소라고 말할 수 있습니다.

일본에는 100세 이상 된 장수 노인들이 많이 있습니다. 이렇게

100세가 넘도록 장수한 사람들의 뇌를 조사한 연구가 실제로 있었습니다. 100세가 넘으면 인간의 뇌도 상당히 그 기능이 저하될 것이라고 생각하시죠? 그러나 꼭 그렇지만은 않습니다. 사람에 따라 놀랄 정도로 차이가 있어서, 정말 건강한 사람의 뇌는 60대의 뇌와 거의 다르지 않다고 합니다.

물론 노화라는 것이 있습니다. 별로 나이를 먹진 않았지만, 저 역시 건망증이 심한 편이라 사람 이름이 생각나지 않아 고생한 적도 있으니까요. 사실 이런 증상은 아주 가벼운 뇌경색의 일종입니다. MRI라는 촬영 장비를 이용하면, 이를 보다 분명히 알 수 있습니다. 그러나 뇌라는 기관은 매우 복잡하고 정밀한 구조를 이루고 있어, 가벼운 뇌경색이 아무리 발생하더라도 즉각 우회 도로라고 할 수 있는 대체 통로가 생겨 기능을 보존해 줍니다. 아무리 뇌를 사용하더라도 이런 우회 도로가 바로 만들어질 수 있는 구조를 가지고 있습니다. 근육이나 다른 장기에 찾아오는 단순한 노화와는 전혀 그 성질이 다르다고 할 수 있습니다. 그러니까 뇌 기관은 적절하게 사용하면 마지막 순간까지 건강하게 가지고 갈 수 있다는 겁니다. 더구나 오늘날, 앞에서도 말씀 드린 오토마톤화된 자신에게 만족하지 않고, 지적 욕구를 항상 새로운 것을 향해 돌리는 인간이야말로 지속적으로 내면적인 성장을 이룰 수 있습니다. 진정한 의미에서 이런 삶의 방식이야말로 인간으로서 보다 잘 사는 방법이라고 생각합니다.

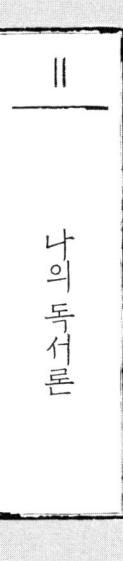

II

나의 독서론

'인류의 지知의 총체'를 향한 도전

목적으로서의 독서, 수단으로서의 독서

실은 오늘, 〈나의 독서론〉이라는 제목을 넘겨받고 좀 당황했습니다. 이 제목은 제가 붙인 것이 아니라, 어떤 이야기를 해 나가도 괜찮을 그런 제목을 붙여 달라고 출판사에 부탁했더니 이렇게 정해진 것입니다. 처음부터 독서론에 대해 이야기하려는 의도가 전혀 없었기 때문에, 이런 제목이 붙여지고 나서야 새삼 독서론에 대해 생각해 보게 되었습니다.

독서론에 대해 이야기를 해 나가야 하므로 독서가 과연 무엇인지 다시 한 번 생각해 보기 시작하였습니다만, 아무리 생각에 생각을 거듭해 보아도 어렵기 그지없는 테마입니다. 왜냐하면 독서라는 개념은 너무나 광범위하고 애매하기 때문입니다. 예를 들어 자연과학 서적을 읽는 것과 에로틱한 연애 소설을 읽는 것은 책을 읽는다는 면에서는 동일하지만, 그 안에 내포된 내용을 살펴보면 전혀 다른 행위입니다. 따라서 독서론을 전개할 때 무엇을, 어떤 목적으로 읽는가 하는 문제와 따로 떼어놓고 생각한다면 무의미한 일이 될 것입니다.

그래서 우선은 어떤 독서에 대해 이야기할지를 정해야겠습니다. 외견상 책으로서의 체제는 갖추고 있으나 전혀 책 제목과 어울리지 않는 별 볼일 없는 책은 여기서 생략하겠습니다. 이를 전제로 독서에 대해 이야기하려고 하는데, 먼저 독서라는 것을 두 가지 종류로 나누어 보겠습니다.

하나는 독서 그 자체가 목적인 독서, 또 하나는 독서를 하나의 수단으로 활용하는 독서로 나눌 수 있습니다.

목적으로서의 독서란 책을 읽는 것 자체가 목적이자 즐거움인 책 읽기인데, 대표적인 예로 문학 작품을 읽는 것을 들 수 있습니다.

그리고 수단으로서의 독서란 특별한 목적을 가지고 책을 읽는 것을 말합니다. 다시 말해, 독서를 통해 책 속에 담겨 있는 지식이라든가 정보 혹은 원하는 것을 얻으려는 목적으로 책을 읽는 것입니다. 간단한 예로 요리 만드는 법을 배우고 싶어 요리책을 보는 것을 들 수 있으며, 비즈니스 관련 서적, 자연과학 서적 등의 독서도 이 범주에 포함됩니다.

출판되는 책들 가운데 어떤 것을 목적으로서의 독서에 포함시킬 것인지, 수단으로서의 독서에 포함시킬 것인지는 사람에 따라 다르겠지만 대략 반반 정도가 아닐까 생각됩니다.

지금까지 일반적으로 독서론을 이야기할 때 주로 다루어지던 것은 전자인 목적으로서의 독서에 관한 내용이 대부분이었습니다. 다시 말해, 문학 서적이나 여러 가지 교양 서적의 독서 방법에 관해 이야기하는 것을 일반적으로 독서론이라고 부르고 있으며, 오늘 이 제목을 보고 이곳에 와 주신 여러분들께서도 제가 그런 독서론에 바탕을 두고 강연할 것이라고 대부분 짐작하실 것입니다. 하지만 솔직히 말씀 드려서 최근에 저는 일반적인 독서론으로서의 독서는 전혀 하고 있지 않습니다.

젊은 시절에는 오직 목적으로서의 독서가 중심이어서 대학 시절에 수업도 빠지고 아침부터 밤까지 하루 종일 원하는 책만 읽었습니다. 당시 읽었던 책들 중 대부분은 문학 서적, 교양 서적이었습니다. 특히 문학 서적이 많았는데, 그 중에서도 구미 문학에 관해서는 당시 일본 독서광 100명 중 한 사람에 포함되지 않았을까 싶을 정도로 많이 읽었습니다.

그러나 이런 독서는 학창 시절에 한정된 것이었고, 이후에는 소설을 거의 읽지 않았습니다. 어쩌다 한두 권 읽기도 하였습니다만, 학창 시절에 읽던 양에 비하면 아마 5%에도 미치지 못할 것입니다.

지금 출판계는 문학잡지가 잘 팔리지 않으며, 단행본으로 출판된 문학 서적도 판매량이 아주 낮고, 독자들이 문학 작품으로부터 점점 멀어지면서, 이에 대해 출판계가 어떻게 대응해야 할지 우왕

좌왕하는 상황이 벌어지고 있습니다. 어떻게 보면 저야말로 문학 작품으로부터 멀어진 독자의 전형이기 때문에 제 의견을 말씀 드리면 문학 담당 편집자들에게 다소 참고가 될지도 모르겠습니다. 독자들이 문학 작품으로부터 멀어지는 이유는 간단합니다. 요컨대, 문학 작품을 읽어도 재미가 없기 때문입니다. 저도 젊었을 때는 문학 작품이 정말 재미있어 열중해서 읽었습니다만, 지금은 읽어도 재미를 느끼는 경우가 거의 없습니다.

제가 문학 작품을 읽지 않게 된 계기를 말씀 드리겠습니다. 저는 대학을 졸업하고 곧 문예춘추사에 입사하여 주간지의 취재 기자로 활동하였습니다. 2년 반 동안 취재 기자로 일을 하다가 그 뒤 다시 대학에 입학하였지만, 취재 기자로 활동한 2년 반 동안, 학창 시절에 길러 왔던 교양이라는 것이 얼마나 편향된 것이었는지를 깨닫게 되었던 것입니다.

학창 시절에 문학, 철학, 사회과학 관련 서적은 많이 읽었습니다만, 소위 논픽션 관련 서적은 거의 읽지 않았습니다. 이런 지식의 불균형을 회사에 들어가자마자 선배 사원에게 지적받고 나서 곰곰이 생각해 보니, 과연 그 말이 틀리지 않아 우선 논픽션 관련 서적 가운데 재미있어 보이는 것부터 구입해 하나하나 읽기 시작하였습니다. 학창 시절에는 논픽션 관련 서적을 완전히 무시하였습니다. 요컨대 전통적인 대학 교양인으로서 읽어 볼 만한 책 이외의 것은 모두 쓸모없다는 의식이 젊은 시절 내 머리 속에 강하게 자리잡고 있었던 것입니다. 그러나 이런 저런 이유로 논픽션 서적을 읽어 보니 그 나름대로 매우 재미있다는 것을 알게 되었습니다.

그래서 월급의 대부분을 책 사는 데 쓰면서, 학창 시절에 문학 서적이나 교양 서적을 열심히 읽었던 것처럼 엄청난 양의 논픽션 서적을 탐독하였습니다. 이처럼 논픽션 서적을 탐독하면서 문학가의 상상력이라는 것이 살아 있는 현실과 비교할 때 얼마나 빈약한 것인지를 알게 되었고, 학창 시절에 왜 그렇게 쓸데없는 책을 읽는 데 열중하였는지 도리어 의문을 갖게 되었습니다.

더구나 주간지 기자였을 때 논픽션 서적 탐독 못지않게 재미있었던 일은 취재 활동 그 자체였습니다. 기자라는 직업을 가진 이상 매주 어떤 테마에 관해서 취재를 해야 했습니다. 구체적이고 생생한 사건 한가운데로 직접 뛰어들어가 그 사건을 내 눈으로 직접 보고, 생생하게 사건을 겪고 있는 사람들과 만나 직접 이야기를 나눌 때면, 활자화된 논픽션에서 느끼는 것보다 더 큰 재미를 느낄 수 있었습니다. 그러니 하물며 빈약한 상상력의 산물인 픽션은 말해 무엇하겠습니까? 전혀 비교가 되지 않습니다.

이처럼 눈앞에 살아 있는 생생한 현실의 거대함에 거의 압도당하여, 결국 저는 문학 작품을 읽지 않게 되었던 것이 아닐까 하는 생각이 듭니다. 지금도 가끔 문학 서적을 구입하기는 하지만 읽어 보면 거의 대부분 기대에 미치지 못하고, 이것이 반복되니까 생쥐가 조건반사 하듯이 점점 문학 작품을 읽지 않게 되었습니다.

그러므로 저는 오늘날의 문학 부진 현상의 근본 원인을, 독자가 문학 작품에서 멀어졌기 때문이 아니라, 오히려 현실을 살아가는 사람들의 이야기를 다루는 작품을 현대 문학 속에서 찾아 볼 수 없다는 데서 찾고 싶습니다. 이런 점을 무시하고 독자가 문학 작품을 읽지 않는다고 비난하는 사람이 있습니다만, 이는 상황을 전혀 엉뚱하게 파악하고 있기 때문이라고 생각합니다.

저 자신이 문학 작품을 읽지 않게 된 과정에서 논픽션, 나아가 생생한 현실이 제공하는 살아 있는 재미에 빠져들었던 것과 마찬가지로, 문학 작품을 읽지 않게 된 독자들은 픽션보다 훨씬 재미 있는 논픽션 서적이 천지에 널려 있고, 또한 그 이상으로 흥미를 끄는 생생하게 살아 있는 현실이 사방에 펼쳐져 있다는 사실을 알게 된 사람들이라고 생각합니다.

예를 들어 미우라 가즈요시三浦和義 사건의 경우(1981년 미국 LA 시내에서 미우라 부부가 총격을 받고 부인은 중태였다가 1년 후 사망, 남편인 미우라 가즈요시는 경상을 입은 사건. 1984년 보험금을 노린 남편의 자작극이라는 혐의로 기소되어 미우라 가즈요시는 1심에서 유죄, 2심에서는 무죄 판결을 받음. 현재 검찰 측에서 상고한 상태―역자 주), 생각해 보면 볼수록 흥미로운 사건입니다. 한 사건에 대해 이런 저런 갖가지 비판은 있을 수 있습니다만, 흥미롭다는 측면에서는 뭐라 말할 수 없을 정도입니다. 살인, 섹스, 폭력, 역전, 수수께끼, 추적…… 엔터테인먼트의 요소를 모두 갖춘 생생한 드라마가 바로 눈앞의 현실에서 일어나 진행되고, 이를 TV 카메라를 통해 볼 수 있습니다. 흥미를 끈다는 면에서 과연 이것을 능가할 만한 픽션이나 논픽션이 있겠습니까?

아마 없을 것입니다.

실제로 생생한 드라마를 현실에서 실시간으로 보는 것 이상으로 재미있는 일은 그다지 흔치 않습니다. 스포츠 프로그램이 많은 것도, 대형 사건을 현장에서 중계할 때 시청률이 높은 것도 바로 이런 재미 때문입니다.

영상 매체가 가진 힘이란 가공할 만합니다. 사람을 끌어당기는 힘을 비교하여 살펴볼 때 활자 매체는 도저히 따라잡을 수 없습니다. 활자 매체가 영상 매체에 밀리는 경향은 이후에도 더욱 심화되리라고 봅니다.

이런 경향 자체를 저는 반드시 부정적으로만 볼 필요는 없다고 생각합니다. 예를 들어 지금 NHK가 몇 개월마다 방영하고 있는 BBC 제작의 〈셰익스피어〉는 누가 뭐라 해도 대단한 걸작입니다. 이 방송은 제3채널로 볼 수 있으므로 시청률은 기껏해야 3~4% 밖에 되지 않으리라 생각하지만, TV 시청률에서의 1%는 100만 명이니까 3~4%의 시청률이라면 300~400만 명이라는 수치가 나오는 셈입니다. 출판계에서 이 수치라면 베스트셀러 중의 베스트셀러가 될 것입니다. 아마 일본에서 활자를 통해 셰익스피어를 읽은 사람은 채 100만 명도 되지 않을텐데, 이 TV 프로그램은 수백만 명이 보고 있습니다. 더욱이 활자로 셰익스피어를 읽는 것보다 훨씬 실체에 접근하여 있는 그대로의 셰익스피어를 TV를 통해 만날 수 있는 것입니다. 대상을 실체에 보다 가깝게 전달할 수 있는 분야에서 영상 매체가 가진 힘은, 활자 매체가 아무리 발버둥

친다고 해도 이제는 따라잡기 어려운 시점에 와 있다는 생각이 듭니다.

출판은 본래 '일과성—過性'을 지니고 있다

문학 작품 등 책을 읽는 것 자체를 즐거움으로 여기는 독서의 영역은 사실 영상 매체와 가장 큰 경합을 벌이고 있습니다. 그런데 지금 젊은 사람들은 인생이라는 일정한 시간 속에서 과거 우리들이 젊은 시절에 접하지 못한 다양한 매체에 시간을 할애하고 있으며, 시간을 소비하는 성향을 보아도 영상과 경합을 벌이는 분야에서 독서가 영상 매체에 밀리는 것은 당연하다는 생각이 듭니다. 사실 저 자신이 앞으로 얼마나 살지는 알 수 없습니다만, 저조차도 앞으로 문학 작품을 천천히 음미하며 탐독하는 일은 이제 거의 없지 않을까 싶습니다.

그런데 저는 영상 매체에 상당한 열정을 가지고 있어서 최근 몇 년 간 구입한 비디오 테이프나 레이저 디스크 등의 숫자가 문학 서적의 몇 배나 되는데, 금액으로 환산하면 몇 십 배는 될 것입니다. 이런 경향은 저 한 사람에게 국한된 현상이 아니라 일반적으로도 점점 확산되고 있어서, 미래 어느 시점에 가서 활자 문학이 부활하리라는 기대는 이제 더 이상 할 수 없지 않을까 하는 생각마저 듭니다.

다음으로, 소위 교양 관련 서적들은 어떤 변화를 겪게 될 것인지 생각해 보겠는데, 참고로 말씀 드리면 저는 이 분야의 서적 역시 최근에 거의 읽지 않고 있습니다. 최근 IBM에서 발행하고 있는 「무한대無限大」라는 홍보 잡지에 〈활자 문화의 운명活字文化の運命〉이라는 특집을 실었습니다. 이 특집의 대부분은 이와나미 쇼텐岩波書店의 사장인 미도리가와 도오루緣川亨 씨와 미라이샤未來社의 사장인 니시타니 요시오西谷能雄 씨의 대담으로 채워졌습니다.

이와나미 쇼텐과 미라이샤가 전통적인 독서 교양인을 육성해 온 전형적인 출판사라는 것은 잘 알려져 있습니다. 따라서 이 두 사람이 대담하는 내용도 그런 흐름에서 크게 벗어나지 않았는데, 여기서 두 사람의 현 상황 분석의 전형적인 부분을 잠깐 소개하겠습니다.

이들의 대담은 잡지가 서적을 압도하고 있는 일본 출판계의 현 상황을 지적하면서 시작되고 있습니다. 다음은 계속 기반이 약해지고 있는 서적 부문의 속내를 들여다보고 미도리가와 씨가 한 말입니다.

"……규모가 작아진 출판 시장을 살펴보면, 그 안에 문고판과 신서판新書判의 비중이 커진 것을 볼 수 있습니다. 이들 페이퍼백 가운데 압도적인 다수를 차지하고 있는 것은 소위 엔터테인먼트 관련 서적입니다. 문고판과 신서판을 합치면 출판 시장의 40% 정도를 차지하지 않을까요? B6판 이상 되는 판형의 학술 서적, 일반 교양 서적, 문예 서적 등은 전체 비율에서 차지하는 비중이 점점 낮아지고 있습니다. 서적 가운데 문고판, 신서판이 차지하는 비중이 40%에 이른다는 것은 잡지와 마찬가지로 한 번 읽고 버려

지거나 일정한 기간에만 읽혀지다가 역할을 끝내고 사라지는, 소위 일과성 출판물이 상당히 많다는 것을 의미합니다. 이전에는 과거의 지의 총체를 고전이라는 이름으로 전해 준 후 그것을 바탕으로 현대의 지를 축적하는 역할과 기능을 하는 데 출판 본래의 존재 이유가 있었습니다. 그런데 오늘날에는 지를 축적하는 역할을 담당하는 출판의 비중이 너무 낮아져 일과성의 문화를 표현하는 장으로 변질되어 버렸습니다"라고 현 상황을 분석하고 있습니다.

이런 현상 분석의 도식은 "출판에는 '일과성 출판물'과 일과성이 아닌 오래 '남는 출판물'이 있다, 오래 '남는 출판물'이란 고전을 계승하여 과거의 지의 총체에 현대의 지를 결합한 것이다, 오래 남는 출판물이야말로 출판이 갖는 본연의 모습이며 일과성 출판물은 본연의 출판물이 아니다"라는 견해로 요약될 수 있을 것입니다.

이 대담을 읽고 왠지 '이게 아닌데……'라는 생각이 들었습니다. 오히려 출판은 본래부터 일과성을 지니고 있는 것이 아닐까요, 현대에 와서 그렇게 변한 것이 아니라 지금까지 출판은 항상 일과성을 지니고 있었던 것은 아닐까요?

몇 년 전의 출판물, 예를 들어 다이쇼기(大正期 : 1912~1926년―역자 주) 출판물의 목록도 상관없으며 쇼와 초기(昭和初期 : 1926년 이후부터 1940년대까지―역자 주)의 출판물이라도 상관없고 1950년대나 1960년대의 출판물이라도 상관없이, 어느 시기를 살펴보아도 그 시대에 출판된 서적 가운데 진정으로 일과성이 아닌 것, 일과성이라는 시간의 설정 방법에 문제가 있기는 하지만 적어도 미도리가 와 씨가 정의한 과거의 지의 총체 내지는 여기에 더하여진 현대의 지라는 정의에 꼭 들어맞는, 진정한 의미에서 세대를 넘어 계승되는 서적이 각 시대에 어느 정도 존재하고 있었는지 의문입니다. 아마 거의 존재하지 않았다고 해도 과언이 아닐 것입니다.

나아가 이런 사고 방식의 배경에 깔려 있는 그 방식 자체를 이제부터 다루어 보고 싶습니다. 왜냐하면 과거의 지의 총체라는 것이 반드시 고전에 의해 계승되어야만 하는 것인지, 좀더 솔직하게 말하면 과거 지식의 총체는 반드시 계승되어야 할 필요가 있는 것인지, 어떤 의미에서는 이런 것들에 대해 의문을 가져볼 만하지 않을까 생각하기 때문입니다.

이에 대해 살펴보기에 앞서 우선 고전이라는 것에 관해 생각해 보고자 합니다. 독서론을 말할 때 무엇보다 고전을 읽어야 한다고 말하는 사람이 많습니다. 저는 이런 견해에 대해 상당히 부정적인 입장입니다. 오해가 없기를 바라는 마음에서 말씀 드리면, 저 자신은 고전을 읽을 때 매우 꼼꼼하게 정성을 다해 읽습니다. 그러나 고전이라는 용어만큼 사람에 따라 제각기 사용되고 해석되는 말도 없기 때문에, 과연 무엇을 고전이라고 해야 하는 것인지를 여기서 조금은 분명하게 정의해 둘 필요가 있을 것 같습니다.

본래 고전이라고 하면, 유럽에서는 그리스·로마의 고전을, 동양에서는 사서오경四書五經 등의 한서漢書를 가리킵니다. 일본의 경우에는 만요万葉에서 헤이안조平安朝(8세기 말부터 12세기 말까지 헤이안경平安京이 정치·문화의 중심이었던 약 400년 간─역자 주) 문학까지의 출판물을 가리킨다고 볼 수 있습니다. 좀더 확대된 의미에서의 고전이라면 중세까지, 일본의 경우에는 『헤이케 모노가타리平家物語』가 나온 시기까지, 유럽의 경우에는 『아더왕 전설』이나 종교 서적을 예로 들면 토마스 아퀴나스의 『신학대전』, 즉 르네상스 이전 시기에 나온 서적을 고전이라는 범주에 넣을 수 있을 것입니다.

고전이라고 할 만한 책이란

그렇지만 일반적인 독서론에서 고전을 읽으라고 할 경우 결코 이런 의미의 고전이 아닙니다. 대개 톨스토이라든가 도스토예프스키 등 19세기의 전형적인 문학이 주류를 이룹니다. 심한 경우에는 로망 롤랑까지 고전의 범주에 넣어 버리는 경우도 있습니다.

심각할 정도로 고전의 범주를 확대해 버리는 경향이 전반적으로 진행되고 있기는 하지만, 저는 19세기 문학이 과연 인류에게 고전으로 자리매김할 수 있는 출판물인지는, 아직 검증이 끝나지 않은 채 진행 중이라는 사실을 염두에 두고 좀더 지켜보는 것이 올바른 태도라고 생각합니다. 다시 말해 19세기 문학은 기껏해야 100여 년 전의 출판물에 불과할 뿐이며, 진정한 의미에서 고전이라는 이름을 붙일 만한 가치가 있는 것이라면 적어도 500년이나 1,000년 정도의 시간 속에서 검증을 받고 후세에 남겨져야 한다고 생각합니다.

저의 학창 시절에는 앞에서 언급했던 로망 롤랑이라든가 마르

탱 뒤 가르의 『티보가의 사람들』 등이 굉장히 인기 있었습니다. 그리고 사르트르도 인기 있었습니다. 저 역시 이들의 작품을 읽었습니다. 하지만 당시 크게 인기를 끌며 모든 사람들이 읽었던 이들의 책을 읽는 독자가 현재는 거의 없는 상황입니다. 앞으로 이런 종류의 책을 읽는 독자가 다시 나타날 가능성은 남아 있지만, 그런 기대는 거의 할 수 없을 것 같다는 생각이 듭니다.

이처럼 어떤 작품이라도 점차 시대의 검증을 받으며 사라지게 마련입니다. 그 중에는 10년 정도의 검증을 거치면서 사라져 버리는 작품이 있는가 하면 50년 정도 거치면서 사라져 버리는 작품도 있습니다. 어떤 작품은 100년 정도는 살아 남지만 그 이상의 검증 과정을 거치면서 사라져 버리는 수도 있습니다. 한편으로는 몇 백 년이 지나도 살아 남는 작품도 있습니다. 이렇게 생각하면, 19세기 문학이라든가 20세기 문학은 아직 검증의 과정이 턱없이 부족한 실정입니다. 그러므로 이들 작품 중에는 앞으로 점차 사라져 버릴 작품도 포함되어 있는 셈입니다.

연세 드신 분들 중에 지금까지 자신이 진정한 고전이라고 여겨 왔던 서적이 사라져 가는 것을 보고, 오늘날의 젊은이들이 고전을 읽지 않기 때문이라고 주장하는 사람을 자주 만납니다. 그러나 이것은 그렇게 생각할 것이 아니라 오히려 바꾸어 생각하면 이분들이 실제로 50년 정도의 검증을 거칠 경우 사라져 버릴 작품에 대해, 100년 정도의 검증을 거치는 과정에서도 살아 남을 수 있을 것이라는 기대와 환상을 가지고 있기 때문에 가능한 이야기가 아닐까 생각합니다. 지금 독자들이 문학 작품으로부터 멀어지고 있다는 점에서, 이런 문학 작품들을 고전이라고 단언할 수 없음이 보다 분명하고 확실하게 증명된 셈입니다. 시대를 초월하여 독자층을 계속 유지할 수 있는 서적만을 고전이라고 할 수 있으며, 그 반대의 경우는 고전이라고 할 수 없습니다.

이런 사고는 문학 작품의 세계에만 국한된 것이 아니라 철학 관련 서적에도 적용됩니다. 칸트나 헤겔에 의해 18세기에서 19세기에 걸쳐 성립된 저 난해한 사변 철학 역시, 문학 작품과 마찬가지로 역사의 검증을 거치면서 결국 아무도 읽으려 하지 않는 서적이 되지 않을까 하는 생각이 듭니다. 오래된 철학 서적을 예로 들면 토마스 아퀴나스의 경우를 들 수 있는데, 여러분 모두 토마스 아퀴나스라는 이름은 알고 계시겠지만 실제로 그의 저서를 읽은 분은 이 회의장에 과연 몇 분이나 계실까요? 아마 한 분도 계시지 않을 겁니다. 저는 조금 읽어 보았습니다. 읽다 보면 다소 재미있는 부분도 있습니다만, 그런 난해한 책을 전부 읽으려는 무모한 시도는 사양하고 싶습니다. 이런 난해한 책을 전부 읽으려는 사람은 지금 세상에 아무도 없을 것입니다.

이처럼 그 당대에는 지의 세계에서 주류라고 확신되었던 것이 10년, 20년의 시간이 지나면서 결코 주류가 아니었으며, 다음 시대에 전혀 영향을 주지 못했다고 결론이 나는 경우가 얼마든지 있는 것입니다. 더구나 그런 사실이 10년 정도 시간이 지난 후에 확실해진다면 다행이겠지만, 100년 정도 시간이 지난 후에야 비로소 그다지 대단한 것이 아니었다고 밝혀지는 경우도 있으며, 또는 그와는 반대로 100년이 지난 후에야 그것이 얼마나 대단한 것이 었는지 밝혀지는 경우도 있습니다.

그래서 지금 고전이라고 불리는 서적들은 어느 지점에서 선을 그어야 과연 타당할까 하는 것이 문제이긴 하지만, 결국 최종적으로 역사가와 아마추어 평론가들만을 대상으로 남겨질 서적과 시대를 초월하여 일반인들이 읽게 될 서적, 그리고 역사책에 제목은 남아 있으나 아마추어 평론가를 포함한 그 어느 누구도 읽으려 하지 않는 서적 등으로 구별되어질 것입니다.

고전보다도 최신 보고서 속에 확대·집적되어 있는 지의 총체

여러분은 지구상에 살고 있는 생명체의 진화 계통수進化系統樹라는 것을 한 번쯤 보신 적이 있으리라 짐작됩니다. 그런데 저는 인간의 지의 총체가 걸어온 진화 계통수라고 할 만한 것을 그려 볼 수 있지 않을까 생각합니다. 인간의 지의 총체가 걸어 온 진화 계통수에는, 공룡처럼 진화의 막다른 골목으로 접어들어 그 방향에서 정점에 도달하기는 했지만 더 이상의 발전을 이루지 못하고 그대로 사멸해 버린 종이 얼마든지 있습니다. 이런 모든 예를 다 들수는 없지만, 인간의 지의 운용 속에도 진화의 막다른 골목과 같은 존재가 있습니다. 19세기의 로망 롤랑이라든가 19세기의 사변철학 등이 바로 그런 길을 걷고 있는 것이 아닐까 생각됩니다. 헤겔도 그런 유형이 아닐까요. 연구하는 사람 외에 그 누구도 그의 저서를 읽지 않는 시대가 이미 도래했으며, 이런 현상은 앞으로도 계속될 것이라고 생각됩니다.

그러나 이렇게 더 이상 읽고 싶지 않은 작품도 있지만, 지금이라도 다시 한 번 읽고 싶거나 젊은 사람들에게 소개하고 싶은 진짜 고전이라고 할 만한 것이 존재하기 마련입니다. 그런데 그런 진짜 고전이라고 할 만한 책에 실려 있는 내용에 특별히 뛰어난 점이 반드시 있는 것은 아닙니다. 오히려 그 내용을 보면 어쩐지 시시한 경우가 많이 있습니다. 예를 들면 플라톤의 경우인데, 잘 읽어 보면 시시하게 느껴지는 부분이 꽤 많이 있습니다. 그럼에도 불구하고 플라톤의 저서를 읽으면 도움이 되는 이유는 무엇일까요? 그것은 어떤 책을 골라 읽는 과정을 서로 공유하여 그 내용을 서로 이야기해 보는 것 자체에서 의미를 찾게 되기 때문입니다. 다시 말해, 그 저서가 어떤 메시지를 전달하는 매체로서 그 역할을 다하는 것이 아니라 그 책 자체가 토론의 대상이 되어, 서로 이야기를 나눌 때의 소재로 활용되기에 적절한 책만이 결국 진정한 의미의 고전으로서 살아 남게 되는 것이 아닐까 생각됩니다.

고전을 이런 식으로 파악한다면, 고전이란 결코 이와나미 쇼텐의 사장님이 말씀하신 것처럼 과거의 지의 총체가 아닙니다. 어떤 고전이라도 그것은 이미 어느 시점에서 과거 완료의 내용만을 담게 됩니다. 진정한 의미에서의 '과거의 지의 총체'라면, 현재 직전까지의 모든 것이 과거의 지인 셈이므로 현재 완료여야 합니다. 그러므로 과거 완료의 고전이 모든 지의 총체를 포괄할 수 있을

리가 없습니다.

오히려 진정한 과거의 지에 관한 총체는 언제나 최신 보고서 속에서만 존재한다고 보는 것이 타당하지 않을까 생각합니다. 그러므로 과거의 지의 총체를 알고자 한다면 결코 고전에 구애받을 필요가 없으며, 또한 고전에 얽매여서도 안 됩니다. 이는 자연과학의 세계에서 살펴보면 금방 알 수 있는데, 예를 들어 물리학을 공부하려는 사람에게 "뉴턴의 『자연과학의 수학적 원리』를 읽어 보세요"라고 충고하는 사람은 아무도 없습니다. 이 책은 현대 물리학을 공부하는 데 전혀 필요가 없습니다. 물론 뉴턴 역학을 알아둘 필요는 있지만 『자연과학의 수학적 원리』까지 읽을 필요는 없는 것입니다. 만약 과학사를 공부하려는 사람이라면 반드시 읽어두어야 하겠지만 말입니다.

자연과학뿐만 아니라 본래 고전에는 인류의 지가 가장 원시적인 단계에 있을 때 탄생한 작품만이 포함됩니다. 저는 현대인에게 필요한 과거의 지의 총체라는 것은, 인간의 지의 운용을 하나하나 계통수로 그렸을 때 막다른 골목으로 접어든 것들은 제거하고, 현대의 지와 직접 관련되어 있는 주류만을 선별하여 그것에 대한 최신 보고서를 읽어야만 얻을 수 있다고 봅니다. 무의미하게 고전만을 고집하게 되면 현대의 지와 직접 관련된 주류를 간과할 우려가 무엇보다도 크기 때문입니다.

결국 커다란 흐름을 살펴보면(그 시대 전체가 잘못된 방향으로 나아가는 경우가 가끔 있기는 합니다만), 그 시대를 살아가는 사람들 중 다수의 집단이 보여 주는 지적 작용이 집적해 가는 방향, 그 방향으로 인간의 지식의 총체는 끊임없이 확대와 집적을 반복해 가는 것입니다. 이런 지식의 집적·축적이야말로 과거의 지의 총체라고 할 수 있으며, 이것은 어떤 의미에서는 끊어질래야 끊어질 수 없는 지적 신진대사라고 표현해도 좋을 것입니다.

이런 지적 신진대사가 반드시 고전 등에 들어가 있다고 볼 수 없기 때문에 바로 이런 맥락에서 과거의 지의 총체는 최신 보고서를 통해서만 얻을 수 있다고 한 것입니다. 따라서 진정한 과거의 지의 총체라면 끊임없이 신진대사 작용을 할 것이므로, 출판 당시에는 일과성에 불과한 출판물로 평가받았다고 하더라도 크게 개의치 않아도 된다고 봅니다.

물론 일과성 출판물 중에는 읽을 수조차 없는 쓸데없는 것도 있습니다. 그러나 그 시대 문화의 최첨단을 보여 주는 것이 일과성이라는 숙명 안에 동시에 존재하는 것이 아닐까 생각합니다. 저는 소위 고전보다는 이런 출판물이야말로 오히려 진심으로 인류가 공유하고 있는 지의 총체를 대표하는 출판물이라고 생각하며, 적어도 현재 제 자신은 대부분의 독서 시간을 할애하여 이 출판물들을 읽고 있습니다.

구체적으로 말씀 드리면, 저는 앞에서 이것도 읽지 않았고 저것도 읽지 않았다고 했지만, 그럼에도 불구하고 일본에서 손꼽히는 독서 시간의 보유자라고 자부합니다.

참고로 지금 무엇을 읽고 있는지 말씀 드린다면, 최근 반 년 정도「중앙공론中央公論」에『뇌사腦死』를 연재하고 있는 것과 관련 있습니다. 이 글을 쓰기 위해서 구입한 의학서는 금액으로 환산하면 50만 엔을 가볍게 넘어 버리고, 한 권 한 권 쌓아 올리면 높이가 3~4m 정도 될 것입니다. 지금까지 테마가 큰 일을 맡게 되면, 쌓아올렸을 때 보통 높이 3~4m 정도 되는 관련 자료를 읽는 습관을 가져왔습니다. 전에『농협農協』이라는 책을 썼을 때도 이 정도의 자료를 읽었으며, 공산당 관련 책을 썼을 때는 그 두 배나 되는 자료를 읽었습니다. 또한 록히드 사건 재판을 추적해 가는 과정에서 읽은 법률 서적도 이에 못지않은 양이었습니다.

이처럼 큰 테마의 일뿐만 아니라 작은 테마의 일을 맡게 되더라도, 예컨대 최근「아니마アニマ」라는 동물 잡지에서 가와이 마사오河合雅雄 씨라는 원숭이학의 전문가와 대담을 하게 되었을 때도 서점에 가서 원숭이학 관련 신간 서적을 아주 기초적인 것부터 전부 사 와서 읽어 보았습니다. 쌓아 올린 높이로 치면 1m 정도였으며, 구입비로 5만 엔에서 6만 엔 정도의 비용이 들었습니다. 덧붙이자면 이 때 받은 대담료는 6만 엔이었습니다. 좀 바보 같지요?

최첨단 일에 관한 흥미 — '알고 싶다'는 욕구에 자극을 받아

오늘날 인간이 공유하고 있는 지식의 총체를 머리 속에서 그려 보면, 참으로 대단한 발전이 있었습니다. 예를 들어 인류 지식의 총체를 하나의 커다란 원으로 표현하면, 원숭이학 관련 지식은 극히 일부분에 지나지 않습니다. 그리고 원숭이학의 최정점에는 지금까지 알려지지 않은 새로운 지식을 누구보다도 열심히 필사적으로 집적해 가는 사람들이 있습니다. 인간이 가진 지식의 모든 영역에는 이런 사람들이 언제나 존재해 왔습니다. 그렇다면 바로 지금 이 시대에 진행되고 있는 일은 과연 무엇일까요? 이것이 가장 큰 흥미거리입니다. 모든 영역에 걸쳐서 인류의 지에 관한 총체라는 것이 지금 과연 어느 정도 발전하고 있으며, 각 영역의 최첨단에서 일하고 있는 사람들은 무엇에 관심을 갖고 하루하루 움직이고 있는지, 저는 바로 이런 일에 대단한 흥미를 느끼고 있습니다.

어떤 분야든 최첨단 정보를 얻고 싶을 때, 예를 들어 원숭이학에 관한 것일 경우 대략 높이 1m에 구입비 5만 엔 정도의 자료를 읽으면 대강의 내용을 파악할 수 있습니다. 저는 이런 과정을 반복해 가는 가운데 커다란 재미와 즐거움을 느낍니다. 소설 종류는 읽을 틈도 없고 읽고 싶지도 않습니다. 저는 어떤 영역에 좀더 깊이 들어가 자세히 살펴보고 싶어지면, 그 일이 그다지 크게 주목받지 못하더라도 맡아서, 그것을 구실로 관심이 가는 영역을 아주 열심히 공부하고 또 공부합니다.

이렇듯 각 영역에 존재하는 지의 가장 선두에서 현재 무슨 일이 진행되고 있는지 알려 주는 것은 그 영역과 관련된 전문서들입니다. 각 영역에서 현재 진행되고 있는 최첨단의 정보를 알고 싶다면, 먼저 그 영역의 전문서를 파고들어 가야 하며, 또한 보다 효율적으로 파고들다 보면 현재 인류의 지와 관련하여 최첨단에서 무슨 일이 진행되고 있는지 알 수 있게 됩니다. 그리고 현재 진행 중인 인류의 지의 총체가 역동적으로 확대·발전하는 과정을 실시간으로 즐길 수 있습니다.

아리스토텔레스의 『형이상학』 첫머리에 나오는 "인간은 태어날 때부터 알려고 하는 욕구를 가지고 있다"는 명제는 인간의 본성이 가진 단면을 아주 적절하게 표현한 말로서, 인간이란 보다 많은 것을 알고 싶다는 욕구에 자극을 받으며 살아가는 존재임을 보여 줍니다. 이런 개개인의 욕구가 인류의 지의 총체를 나날이 확대·발전시켜 가고 있는 것입니다. 그런데 최근 들어 인류의 지의 총체가 확대·발전하는 속도가 한층 빨라지면서 큰 어려움으로 다가오는 문제가 있습니다. 각 영역에서 최첨단을 자랑하는 분야가 확대되면 될수록, 자신이 연구하고 관여하는 최첨단의 분야에서는 뛰어나다고 할지라도 그 밖의 다른 분야에 대해서는 전혀 모르는 지성의 소유자가 크게 증가하고 있다는 사실입니다. 그러므로 지의 총체가 계속 확대·발전하고 있기는 하지만, 그와 발을 맞추어 통합의 과정이 동반되지 못하고 있습니다. 이것이 현대가 안고 있는 지적 상황이라고 말할 수 있습니다.

그렇다면 각각의 영역에서 엄청난 세력으로 계속 확대·발전하고 있는 인류의 지를 통합하는 작업은 앞으로 어떻게 전개될까요? 혹시 이런 문제를 어느 날 갑자기 굉장한 지혜를 가진 천재적인 존재가 나타나 제대로 확실하게 정리해 줄 것이라는 기대를 갖고 있다면, 그런 기대는 버리십시오.

인간의 대뇌 신경세포는 갓난아기 때는 제각각 존재하지만, 성장하면서 세포 하나가 몇 백 개, 몇 천 개나 되는 수상돌기를 돌출시켜 그것들이 세포와 세포 사이를 결합시키면서, 마침내 총 1조 개나 되는 시냅스를 형성하여 뇌의 통합을 이룹니다. 인류의 지의 총체를 뇌의 구조와 비교해 보면 우리들 개개인은 하나하나의 세포에 해당하며, 새로운 지의 영역에 관심을 갖고 찾아 나서는 행위야말로 대뇌의 신경세포 하나하나가 수상돌기를 돌출시켜 뒤얽히며 전체적인 통합을 이루어 가는 것에 비견해 볼 수 있지 않을까 생각합니다.

따라서, 우리 한 사람 한 사람이 현재 인류의 지의 총체가 어떤 방향으로 확대·발전하고 있는지에 대해 보다 폭 넓은 관심을 갖는 것이야말로, 현대를 살아가는 우리들이 할 수 있는 가장 의미 있는 독서 활동이 되지 않을까 생각합니다. 시간 관계상 마무리를 좀 서둘러 맺게 되었습니다만, 오늘의 강연을 이것으로 마치겠습니다.

(『주간 독서인週刊讀書人』, 1986. 6. 2)

체험적인 독학 방법

독학의 산물

나에게는 이미 두 권의 저서가 있다(1975년 당시). 한 권은 생태학에 관한 책이고, 한 권은 경제학에 관한 책이다. 그리고 현재 두권을 집필하고 있는 중이다. 한 권은 다나카 가쿠에이田中角榮에 관한 것이고, 또 한 권은 중핵파(中核派 : 혁명적 공산주의자 동맹 전국 위원회를 지칭함─역자 주)와 혁마르파(革マル派 : 일본 혁명적 공산주의자 동맹 혁명적 마르크스주의자파를 지칭함─역자 주) 간의 대립에 관한 것이다. 그리고 다시 두 권 정도를 준비하고 있는데, 한 권은 팔레스타인 문제에 관한 것이고, 다른 한 권은 중학생을 위한 인생론·사회론에 관한 것이다.

나는 가끔 강연 의뢰를 받고 나가기도 한다. 강연의 테마는 기상 이변, 식량 문제, 경제 전망, 정보 정리, 공해 등 다양하다.

잡지에 실릴 글을 청탁받았을 때의 테마는 더 광범위해진다. 범죄, 스캔들, 생물학, 유전학, 육아, 심리학, 학생 운동, 공산당, 방위 문제, 석유 문제, 도시 문제 등, 모든 테마에 관해 수차례에 걸쳐 글을 썼다.

나 자신조차 질릴 정도로 광범위한 테마로 글을 썼다. 몇 년 전에 이왕 글쓰기를 직업으로 할 생각이라면 좀더 일의 범위를 좁혀 전문 분야를 개척하는 것이 좋지 않겠냐는 충고를 받은 적이 있다. 이제는 전문가 시대라는 말이 회자되던 무렵의 일이다.

그러나 이런 스페셜리스트 시대이기 때문에 오히려 제너럴리스트의 존재 가치가 더욱 빛나는 것이 아닐까 생각하였다. 우선 스페셜리스트보다는 제너럴리스트 쪽이 내 성격에 맞았다. 본래 좀 역마살이 있는 데다가 호기심 과잉이기도 하다. 흥미를 끄는 분야가 이것 저것 많이 있는데, 그 중 하나만 선택하라고 하면 아무래도 결정을 잘 하지 못한다. 그래서 그 이후로 나름대로 제너럴리스트다운 스페셜리스트가 되자는 결심을 한 후, 결국 지금 같은 이런 삶의 방식을 꾸려가고 있다.

따라서 내가 글로 쓰거나 강연을 하는 내용들 대부분은 독학의 산물이다. 나는 불문학과 졸업, 철학과 중퇴라는 학력을 가지고 있다. 상대방이 학력을 물어 왔을 때 솔직하게 대답하면 대개는 묘한 표정을 짓는다.

그러나 나는 그렇게 묘한 표정을 짓는 사람들이 오히려 재미있다. 대학 교육을 받은 사람이라면 대개 경험했겠지만, 수업을 통해 얻는 지식보다 스스로 책을 읽으면서 얻는 지식이 훨씬 많다는 것을 알 것이다. 내 기억으로는 대학 시절 좋은 교수님이란 수업 시간에 학생들을 구속하기보다는 오히려 수업을 통해 독학하는 법을 가르쳐주려 했던 분들이다.

어느 정도 방법론만 익히면 대부분의 학문은 독학으로 할 수 있다. 사람에 따라 그 사람에게 맞는 다양한 방법이 있기 때문이다. 그다지 사람들에게 권할 만하지는 않지만 내가 활용하고 있는 방법을 소개하겠다.

먼저 돈을 쓴다

나는 먼저 거금을 들고 간다神田 서점가로 나간다. 여기서 빼놓을 수 없는 포인트는 '거금을 들고'와 '간다神田'이다.

'거금'이라면 내 생활 수준으로 볼 때 3만 엔 정도를 의미한다 (1975년 당시). 꼭 이 돈으로 전부 책을 구입한다는 것은 아니다. 3만 엔 정도 가지고 있으면 만 5천 엔 정도는 큰 주저함 없이 쓸 수 있다. 사고 싶은 책을 앞에 두고 망설이지 않도록 지갑은 필요 이상으로 두둑할 필요가 있다.

그리고 책은 한꺼번에 구입해 놓는 것이 좋다. 독학으로 공부를 할 때 가장 어려운 점은 마음 먹은 의지를 지속시키는 일인데, 이를 위해서는 미리 만만찮은 비용을 지불해 버리는 것이 낫다. 대개 사람들은 돈을 아까워하므로 먼저 돈을 지불하고 나면 원금만이라도 되돌려 받고 싶어 공부를 계속하게 된다.

그런 의미에서 가정교사를 들이는 것도 한 방법이다. 자신이 직접 돈을 들여 사람을 고용해 보면 경영자의 심정—급료만큼 반드시 나를 위해 일을 해 주었으면 하고 바라는—을 잘 알게 되어 재미있다. 가정교사를 고용할 경우, 급료만큼 나를 위해 일을 해 주었으면 하는 생각은 결국 자기 자신이 그만큼 열심히 공부하겠다는 뜻이므로 큰 효과를 거둘 수 있다.

나는 학창 시절에 페르시아어를 배우기로 결심하고 이란인 유학생을 가정교사로 고용한 적이 있다. 당시 나는 중학생이나 고등학생들의 가정교사를 하면서 생활비를 벌고 있던 처지였기 때문에, 이란인 유학생 가정교사에게 지불하는 돈은 말 그대로 땀의 결정체였으며, 그래서 한푼이라도 헛되지 않도록 이를 악물고 공부에 매달렸던 기억이 있다.

그 때의 경험에 비추어 볼 때, 어학을 배우려면 직접 가정교사를 고용하여 배우는 것이 가장 좋은 방법이라고 생각된다. 회화 테이프나 레코드를 사거나 어학 학원에 다니는 것과 비교할 때 훨씬 많은 비용이 들기는 하지만, 동시에 훨씬 큰 효과를 올릴 수 있으므로 비용 대비 효과를 생각한다면 아주 적은 비용으로 배우는 셈이 된다. 주의할 점은 비용을 좀 아껴 보려고 두세 사람이 함께 돈을 모아 가정교사를 고용하면 반드시 손해를 본다는 것이다.

어학을 배우려면 철저하게 집중적으로 지도를 받을 필요가 있다. 일 대 일로 지도를 받을 경우와 일 대 이로 지도를 받을 경우,

그 효과 면에서 틀림없이 두 배의 차이를 경험하게 될 것이다. 다시 말해, 비용이 반으로 줄어든 만큼 그 효과도 반으로 줄어들게 된다. 게다가 어학을 배울 때는 실수를 되풀이하며 창피를 당하면서 배울 필요가 있는데, 같이 배우는 사람이 있으면 실수하는 것조차 피하게 되는 경우가 많다. 만일 같이 배우는 사람이 세 사람이나 된다면 사정이 생겨 자주 빼먹기도 하는데, 이런 일이 반복되어 진도가 점점 늦어지면서 결국 그만두는 경우가 종종 발생한다.

언젠가 친구 한 사람과 함께 한국어를 배우려고 가정교사를 고용한 적이 있다. 그 때의 공부 효과는 페르시아어 가정교사를 혼자 고용하여 배웠을 때보다 반 이하였음을 자신 있게 말할 수 있다.

이렇게 말해 줘도 그럴 필요까지는 없다고 생각하는 사람일수록 이 방법을 꼭 권하고 싶다. 어렵게 마련된 자본금을 활용하는 것이니만큼 효과가 있다고 생각한다. 먹을 것을 줄여 가며 겨우겨우 모은 돈으로 가정교사를 고용하여 배운다면 그 효과는 절대적일 것이다.

그리고 어학을 배우려면 집중적으로 할 필요가 있다. 일주일에 한 번 1년 동안 하는 것보다 매일 매일 한 달 동안 하는 편이 낫다. 나의 경험에 비추어 볼 때, 대체로 어학은 어학 이외의 다른 것을 모두 잊고, 오직 어학에만 정신을 집중하여 매달리는 방법을 택한다면 한 달 동안만 공부해도 어느 정도 효과를 얻을 수 있다.

다이가쿠 쇼린大學書林에서 출판한 『○○어 4주간』이라는 시리즈가 있는데, 이 책의 내용을 마스터하기 위해 본격적으로 공부한다면 확실히 4주 만에 마스터할 수 있다. 다만 엄격하게 지도해 줄 사람이 필요한데, 지도와 격려를 해 주는 사람 없이 혼자서 스스로를 채찍질해 가며 공부한다면 아마도 1주일 정도 지나 좌절하고 말 것이다. 혼자서 공부를 시작하면 하루 분량으로 되어 있는 내용을 이틀에 걸쳐 공부하게 될 것이고, 나중에는 일 주일이나 걸리게 되면서 결국에는 포기하고 마는 것이 일반적인 경우이다.

어학만큼은 순수 독학, 즉 책만 보고 혼자서 공부하는 방법을 피하는 것이 좋다. 가능한 한 많은 돈을 지불하고, 가능한 한 엄격한 선생님에게 배우는 것이 좋다.

간다에서 서점 순례를

자 그러면, 다시 거금을 들고 간다로 가는 이야기로 돌아가자.

간다에 가서 할 일은 서점을 순례하며 자기가 배우고 싶은 분야와 관련된 신간 서적들을 하나도 빠짐없이 살펴보는 것이다. 간다의 서점 거리가 가지고 있는 장점은 신간 서적을 구비한 대형 서점이 즐비하게 늘어서 있다는 점이다. 대형 서점이더라도 분야별로 모든 서적을 고루 갖추어 놓는 데는 한계가 있기 마련이다. 따라서 적어도 세 군데 정도의 서점을 둘러보지 않으면, 어느 한 분야와 관련하여 출판된 신간 서적을 다 살펴보았다고 말하기 어렵다. 그래서 서점 순례가 필요한 것이다. 신쥬쿠新宿, 시부야渋谷, 이케부쿠로池袋 등의 번화가에도 각각 세 군데 정도의 대형 서점이 자리잡고 있지만, 지리적으로 이곳을 전부 순례하기가 그다지 편

리하지 않으며, 게다가 간다의 서점 거리와 비교해 보면 구비되어
있는 서적의 종류도 그렇게 다양하지 않다.

　나는 간다에서 서점 순례를 할 때 주로 쇼센書泉, 쇼센 그란데書泉
グランデ, 산세이도 아넥스三省堂アネックス, 도쿄도東京堂 등의 서점들을
들르며, 경우에 따라서는 전문 서적을 구비한 전문 서점을 찾기도
한다.

　전문 서점을 둘러보아야 할 경우 필요한 서적 모두를 간다에서
해결하는 데는 한계가 있다. 좌익 관련 문헌이나 신좌익 관련 문
헌은 간다의 우니타ウニタ에서 해결할 수 있지만, 공산당 관련 문헌
이라면 요요기代々木역 앞으로 가는 것이 도움이 된다. 종교 관련
문헌이라면 긴자銀座의 교분칸敎文館, 욧츠야四谷의 엔데르레エンデル
レ, 쥬오슛판中央出版 등을 빼놓을 수 없다. 중동 관련 문헌이라면
부부가 함께 아카바네赤羽의 아파트 방 한 칸에서 운영하고 있는
작은 서점을 찾는 것이 좋다. 서양 서적이라면 마루젠丸善과 기타
자와 쇼텐北沢書店을 우선 둘러볼 필요가 있으며, 잡지나 페이퍼백
을 원한다면 긴자의 이에나イェナ를 꼭 둘러보아야 한다. 그리고
의외로 흥미 있는 자료가 많이 있는 곳이 가스미가세키霞が關의 정
부 간행물 서비스 센터이다.

　또한 책을 찾아다니다 보면 전문 고서점에도 들르게 되는데, 이
때 참고로 할 만한 것이 고서점 협회 같은 곳에서 발행하고 있는
고서점 지도이다.

　이처럼 많은 서점을 순례하더라도 역시 그 출발점은 간다의 대

형 서점들일 것이다. 간다의 서점 거리가 가진 장점은 서점 순례가 편리하다는 것뿐만이 아니다. 번화가의 대형 서점들이 모두 비슷비슷한 분위기를 보여 주고 있는 것과는 달리, 간다의 대형 서점들은 각기 다른 개성을 가지고 있어 재미있다. 그리고 대학가에 위치하기 때문에 교과서풍의 책들도 많이 찾아볼 수 있다는 특징을 가지고 있다. 이런 점 또한 독학을 하려고 할 때 최상의 조건으로 작용한다.

〔 이 때 쓴 글 가운데는 현재의 상황과 맞지 않는 부분이 몇 가지 있다. 서점이 없어졌거나 (우니타의 경우), 서점 이름이 바뀌었기(산세이도 아넥스의 경우) 때문이다. 그러나 본문을 일일이 정정하지 않았다. 여기에 쓰여진 것은 1975년 당시의 정보라는 것을 참고해 주길 바란다. 정정 작업을 하지 않은 이유는, 지금 그 내용이 달라져서고친다 해도 '어떤 장르의 책을 찾고 있다면 이 서점에 가는 것이 좋다' 는 정보는 어차피 곧 참신성이 떨어지기 때문이다. 기본적으로는 『Tokyo Book Map』(書籍情報社)의 최신판을 참고로 하는 것이 가장 좋을 것이다. 하지만 간다神田 진보쵸神保町에 흐르고 있는 무게와 위엄만은 여전하기에, 나는 오늘도 본격적으로 책을 구입해야 할 때 반드시 간다 진보쵸를 찾아간다. 〕

책을 선택하는 방법

자, 이렇게 서점에 들렀다면 우선 관련서가 진열되어 있는 곳으로 가서 일일이 책들을 살펴본다. 책 제목을 하나하나 읽어 가는 동안에 대략적이나마 그 분야의 큰 흐름이라고 할 만한 전체적인 상이 그려지게 될 것이다. 이어서 그 책들 가운데 입문서를 하나하나 펼쳐보면서 내용을 훑어본다.

입문서에는 두 가지 종류가 있다. 교과서적인 입문서와 교과서 이전의 일반인을 위한 입문서이다. 대부분의 분야에는 교과서적인 입문서로 정평이 나 있는 책이 있기 마련이다. 예를 들어 경제학 분야에서는 사무엘슨의 『경제학』을 들 수 있다.

그 분야에서 가장 정평이 나 있는 입문서가 무엇인지 알고 있다면 별 문제 없겠지만, 잘 모른다고 해도 서점에서 책들을 하나하나 훑어보다 보면 그 분야에서 정평이 나 있는 입문서가 어느 것인지 알 수 있게 된다. 책을 훑어볼 때는 머리말, 맺음말, 목차, 판권장 정도는 반드시 훑어보아야 한다. 머리말, 맺음말을 통해 저자가 어떤 의도를 가지고 그 책을 썼는지 알 수 있으며, 번역서의 경우에는 역자 서문을 통해 그 책에 대한 객관적인 평가를 엿볼 수 있다. 책에 실려 있는 머리말과 맺음말을 잘 읽어 보면, 대개 그 책이 과연 구입할 만한 가치가 있는 책인지 아닌지 판단할 수 있다. 게다가 판권장을 펼쳐 보았을 때 그 책이 정평이 난 교과서라면 판을 거듭하여 발행되고 있다는 표시가 있을 것이므로 그 책의 가치를 확인할 수 있다.

예를 들어 다카무라 쇼헤이高村象平 씨가 저술한 『서양 경제사』(有斐閣)의 머리말을 보면, 1954년(쇼와昭和 29년)에 초판이 나온 이래, 재판·삼판·사판을 거듭하면서 결국 지형紙型을 더 이상 사용할 수 없게 되어 개정 증보판이 1971년 1월에 나왔음을 알 수 있다. 내가 이 책을 구입한 것은 1971년이 저물어 가던 때였는데, 그 때 이미 4쇄가 나와 있었다. 이 정도로 계속 잘 팔리는 책이라면 우선 믿을 만하고 틀림없다는 사실을 짐작할 수 있을 것이다.

다음으로 눈여겨보아야 할 것은 참고문헌 안내와 색인이 제대로 되어 있는가 하는 점이다. 초보자에게는 너무 광범위한 문헌 안내가 필요하지 않다. 오히려 소개되어 있는 문헌이 엄선되어 있고, 엄선된 문헌 하나하나가 어떤 특색을 가지고 있으며, 난이도는 어느 정도이고 어떤 문제에 관해서는 어느 문헌을 필독해야 할지가 꼼꼼하게 잘 소개되어 있는 것이 적당하다.

이런 교과서적인 입문서를 세 권 정도 골라 구입하는 것이 좋다. 이 때 주의해야 할 점은 경향이 서로 다른 책을 구입해야 한다는 것이다. 특히 사회과학 계통의 분야에서는 같은 문제를 다루더라도 저자의 입장에 따라 정반대의 내용이 기술된 책이 많기 때문이다. 경제학 분야에서는 마르크스 경제학을 연구하는 학자가 기술하였는지, 근대 경제학을 연구하는 학자가 기술하였는지에 따라 전혀 다른 경제학의 세계를 경험하게 된다. 그리고 철학 분야에서는 이런 경향이 더욱 심하다. 유물론, 현상학, 분석 철학, 실존주의 등의 입장은 모두 다르다.

언뜻 보면 모든 분야를 객관적으로 다루고 있는 것처럼 보이지만, 실존주의 입장에 선 철학자가 유물론에 관해 쓴 책과 분석 철학의 입장에 선 학자가 유물론에 관해 쓴 책은 그 내용이 전혀 다르다. 같은 경우를 마르크스 경제학과 근대 경제학의 경우에서도 찾을 수 있다.

이런 종류의 학문에 관심을 갖고 섣부르게 뛰어들었다가 그것이 고정 관념으로 굳어져 평생 벗어나지 못하게 되는 경우도 있다. 따라서 입문서는 내용이 다양하고 풍부한 책을 여러 권 구입하는 것이 바람직하다. 그리고 이렇게 구입한 책들은 쉬지 않고 연달아 읽는 것이 좋다.

이 때 입문서를 선택하는 방법은 우선 양질의 이런 저런 내용을 두루 모아 정리해 놓은 것을 고르는 일이다. 양질의 입문서란, 경제학과 관련된 예를 든다면 『경제학의 흐름經濟學のすすめ』(筑摩) 등이 여기에 해당할 것이다(이 출판사에서 출판하고 있는 「○○학의 흐름」 시리즈는 옥석이 혼재해 있기는 하지만, 그 중 경제학 관련 서적은 옥에 해당한다).

이 입문서의 저자는 이토 미쓰하루伊東光晴와 사토 긴자부로佐藤金三郎인데, 이토 씨는 근대 경제학, 사토 씨는 마르크스 경제학을 연구하는 학자이다. 하지만 이 두 사람은 서로 상대방의 입장을 이해하면서 분담 집필하였다. 이 책의 경우에는 경제학의 대표적인 두 가지 입장에 서 있는 두 사람이 함께 쓰는 형식을 띠고 있지만, 같은 시리즈물 중 하나인 『철학의 흐름哲學のすすめ』의 경우에는 전혀 상반된 입장을 가진 10명의 저자가 함께 쓰는 체제로 이루어져 있다. 이처럼 다수의 사람들이 함께 쓰는 형식으로 각자의 입장에서 각자가 피력하고 있는 논의를 모아 정리한 것이면서, 동시에 질까지 높은 입문서를 찾기란 여간 어려운 일이 아니다. 그러므로 이런 입문서는 무엇보다 먼저 찾아내서 읽어야 할 책들 가운데 하나일 것이다.

고전적인 입문서에서 명저를 찾아

다음은 각자의 입장을 정리해 놓은 고전적인 입문서를 찾아 나설 차례이다.

 이외에 젊은 학자가 집필한 입문서까지 찾아 읽는다면 더욱 좋을 것이다. 젊은 학자라면 아무리 직위가 높더라도 조교수 또는 강사 그룹을 의미한다. 고전적인 입문서란 역시 그 내용이 아무래도 오래된 것을 말한다. 특히 참고문헌 등에는 손에 넣기 어려운 책들만 나열해 놓은 경우가 많다.

 젊은 학자들이 집필한 책 속에는 생각보다 좋은 내용들이 많이 수록되어 있다. 서점의 앞쪽 판매대에 진열된 책 저자의 지명도 등에 연연해 하지 말고, 서점 안쪽으로 더 들어가 살펴보면 의외로 재미있는 책들을 만날 수 있다. 이 때 기준 삼을 만한 것이라면 목차의 신선함을 들 수 있다. 입문서의 목차를 꼼꼼히 살펴보면, 대개 별다른 차이점을 찾을 수 없다. 그러나 가끔 다른 책들과는 전혀 다른 구성의 목차를 가진 책을 발견하게 된다.

 예를 들어, 현대 철학의 입문서인 『현대의 철학現代の哲學』(學文社)을 펼쳐 보았을 때, 나는 '오호라!' 하며 감탄하였다. 이 책은 16명의 젊은 학자들이 함께 쓴 것으로서 '빈 학파', '언어 분석', '현대 신학', '새로운 존재론', '구조주의' 등, 다른 책에서는 찾아볼 수 없는 항목으로 각 장을 구성하고 있다. 더구나 총 360쪽으로 된 책인데, 50쪽이나 되는 분량이 참고문헌과 색인에 할애되어 있다. 이 책은 이런 저런 내용을 모아 정리해 놓은 입문서와 크게 다를 바 없지만, 적어도 한 번 사서 읽어 볼 만한 가치가 충분히 있는 책이다.

이런 방법으로 최소한 입문서 세 권을 우선 구입한다. 그 다음, 구입한 입문서의 참고문헌을 대충 서서 통독한다. 그러면 거의 모든 입문서에 참고문헌으로 나와 있는 그 분야의 명저가 어떤 것인지 몇 가지 정도는 알 수 있게 된다. 그리고 그 책 주변의 책꽂이를 잘 찾아보면 대개 참고문헌으로 나와 있는 그 명저가 있을 것이다. 이 명저도 구입 목록에 추가한다.

다음으로는 조금 각도를 달리한 책을 골라 본다. 우선은 그 학문에 대해 전문적으로 알고 싶어하는 사람들을 위한 책이 아닌 일반인을 위한 가벼운 해설서를, 그 다음엔 그 장르와 관련 있는 딱딱하지 않은 교양서적이나 소설 같은 읽을 거리를 골라 본다. 두 종류 모두 두 권 이상 구입하는 것이 바람직하다. 특히 딱딱하지 않은 읽을 거리의 경우에는 네다섯 권 구입하는 것이 좋다. 이 때 문고, 신서 등이 진열되어 있는 곳을 꼼꼼히 살펴보면 많은 수확을 얻을 수 있다. 경제와 관련된 서적으로는 『르완다 중앙은행 총재 일기ルワンダ中央銀行總裁日記』(中公新書) 등이 해당된다. 국가재정금융의 구조와 기능에 대해 교과서적인 입문서만 읽어서는 알 수 없던 내용이 이런 책을 읽고 명쾌하게 풀리는 경우가 자주 있다.

이처럼 입문서를 선택할 때는 비슷한 장르의 딱딱하지 않은 해설서도 몇 권 구입해 놓는 것이 바람직하다. 만일 경제학을 알고 싶다면 사회학, 정치학, 경영학, 통계학, 상법, 공법 가운데 경제와 관련된 사항의 해설서와 농업경제, 자원, 에너지 문제, 기술론, 미래학 등의 장르에 대한 지식이 필요하게 될 것이다.

'무엇을', '어떻게'

그 다음으로 결코 빼놓을 수 없는 것은 그 학문의 역사, 학설사, 사상사이다. 하나의 학문 세계로 들어갈 때, 우선 무엇보다도 필요한 것은 그 세계 전체를 조망할 수 있는 밑그림을 하루라도 빨리 머리 속에 그리는 일이다.

그 학문 분야에서는 무엇을, 어떻게 문제로 인식하고 있는가? 그 문제에 대한 접근 방법—방법론에는 어떤 것이 있는가? 그 학문으로 무엇을 알 수 있고, 무엇을 알 수 없는가?

이 '무엇을', '어떻게'라는 물음은 어떤 학문 세계로 접근해 들어가더라도 가장 주의해야 할 점이다. 종종 그 세계에 이미 깊이 관여하고 있는 사람들은 '무엇을'이나 '어떻게'에 대해, 이미 기성의 구조를 자명한 것으로 인식하여 그 구조 안에서 감히 벗어날 생각을 못하는 경우가 많다.

그러나 인간이 관여하고 있는 어떤 학문이라도 언제나 미완의 상태이며, '무엇을'과 '어떻게'에 대해 보다 깊이 들어가 살펴보면 편의상 합의된 사항에 지나지 않는다는 것을 알 수 있다. 그러므로 어떤 학문이라도 벽에 부딪쳐 막막해졌을 때는 다시 한 번 '무엇을'과 '어떻게'에 대해 질문을 던져 보게 된다. 그리고 어느 한쪽 구조, 또는 양쪽 구조에 변화가 생기면서 학문은 다시 발전을 한다. 이것이 대부분의 학문이 걸어 온 역사이다.

이런 학문의 역사를 가장 잘 가르쳐 주는 책이 바로 학문사, 학설사이다.

새내기 학자일수록 '무엇을'과 '어떻게'에 대해 아는 척하지 않으면서 소박하게 문제를 인식할 수 있다. 이런 소박한 문제 인식 태도는 매우 유리한 장점으로 작용한다. 애써 새로운 세계로 들어가는 입장이므로, 섣불리 전문가인 스승들의 학식에 현혹되어 사라져 버리지 않도록 노력하기를 바랄 뿐이다.

한편, 그 다음으로 필요한 것은 각론을 설명한 책을 찾는 일이다. 이것은 그 학문의 깊이를 알기 위하여 필요하다. 입문서, 개론·개설 같은 종류의 책만 읽다 보면 그 분야에 관해 남들 못지않은 지식을 갖게 되면서 그것을 자랑하고 싶어지는데, 무게감이 느껴지는 각론을 펼쳐 보게 되면 좀더 겸허한 자세를 지닐 수 있게 된다. 개론에서는 한 장은커녕 한 줄 정도로 정리되어 있는 문제가 각론에서는 각각 한 권의 책으로까지 정리될 수 있는 문제라는 것을 알게 될 것이다.

물론 모든 각론을 읽는 일은 그리 간단치 않다. 우선은 가장 흥미를 끄는 테마를 다룬 책을 펼쳐 내용을 살펴본 뒤, 자신이 소화할 수 있을 정도의 수준인 책을 한 권 찾아 놓는다.

이 밖에 그 장르의 전문 사전, 연감 종류를 한 권 정도 갖추어 놓으면 좋다. 웬만한 장르에는 그 정도의 서적들이 구비되어 있다.

이제는 오직 읽는 일만 남았다

지금까지 말한 대로 책들을 모두 구입한다면 양손으로 겨우 들 수 있는 분량이 될 것이다. 책을 고르는 것과 구입하는 것은 구분해서 생각하는 것이 좋다. 먼저 서서 잠깐 훑어보는 것 정도로 서점 순례를 해 본다. 첫 번째 들른 서점에서 이거다 싶은 책을 발견하였더라도 메모를 해 두거나 기억을 해 두는 정도로 끝낸다. 같은 테마의 책 가운데 세 번째 들른 서점에서 더 나은 책을 발견하게 될지 누가 알겠는가?

서점 순례가 끝나면, 일단 커피숍에라도 들어가 잠깐 휴식을 취한다. 대개 그 때까지 몇 시간을 계속 서 있었기 때문에 완전히 지쳐 버렸을 것이다. 휴식을 취하면서 메모한 것을 꺼내, 사고 싶은 책의 리스트를 보면서 책 값이 모두 얼마나 될지 계산해 보고 예산과 맞추어 본다. 아무리 예산을 넉넉하게 준비해 간다고 해도 아마 예산을 초과하는 경우가 많을 것이다. 리스트를 다시 한 번 살펴보고 크게 필요하지 않은 책은 리스트에서 지운다. 그리고 다시 한 번 직접 보고 검토해야 할 책은 체크를 한 후 다시 서점 순례에 나선다. 이번에는 체크한 책만 둘러보고 나서 하나하나 구입해 간다.

집으로 돌아와서는 그 날 산 책들을 책꽂이에 꽂지 말고 책상 위에 쌓아 놓는다. 책꽂이에 꽂아 버리면 그냥 그대로 다시는 펼쳐 볼 것 같지 않은 기분이 들지만, 책상 위에 놓아 두면 언젠가는 꼭 읽어야 할 것 같은 기분이 들기 때문이다.

이제는 오직 읽는 일만 남아 있다. 우선 가벼운 개설서부터 읽는다. 교과서적인 입문서를 읽는다. 한 권을 읽고 나면 대략적인 윤곽이 잡히면서 두 권째부터는 읽기가 좀더 수월해질 것이다.

정독할 필요는 없다. 메모는 하지 않는 것이 좋다. 처음부터 너무 의욕이 앞서게 되면 분명 도중에 좌절하고 만다. 메모를 하면서 정독을 하면, 두 시간이면 읽을 수 있는 책도 이틀씩 걸릴 수 있다. 입문서 한 권을 정독하기보다는 입문서 다섯 권을 가볍게 읽어치우는 편이 낫다. 메모를 하지 않아도 중요한 부분은 대부분 다른 책에서도 반복하여 언급하고 있어서 자연스럽게 머리 속으로 들어온다. 메모를 하는 대신 밑줄을 치거나 표시를 해두는 방법이 더 좋다. 그 다음에는 색인을 참고하면 된다. 그리고 책은 거칠게 다루는 것이 좋다. 나중에 헌 책방에 팔기 위해서라도 깨끗하게 보겠다는 식의 구두쇠 발상은 버리는 것이 좋다.

심사숙고하여 구입한 책이라도 실제로 읽어 보면 별로 건질 것 없는 시시한 책이 반드시 있기 마련이다. 원래 좋지 않은 책인 경우도 있지만, 그 밖에 저자의 생각을 도저히 이해할 수가 없어 시시해지는 경우도 있다. 이런 경우에는 모처럼 구입한 책이니까 어떻게 해서든 읽어야겠다는 생각을 버리고 당장 읽기를 그만둬라. 구입한 책 가운데 20% 정도는 이런 책일 거라는 각오를 미리 해두는 것이 마음 편하다. 책을 딱 한 권 구입한 경우에는 아깝다는 생각에 어떻게 해서든 무리해서 읽고 나서 역시 시시한 책이라고 후회하며 결국 시간과 머리를 헛되이 써 버린 결과를 낳지만, 한꺼번에 스무 권쯤 구입한 경우에는 두세 권 정도 읽다가 도중에 그만두더라도 크게 마음 쓸 일이 없을 것이다.

쉽고 가벼운 책에서 조금씩 어려운 책으로 들어가 읽기 시작하면 피로감이 몰려온다. 이 때는 미리 준비해 둔 딱딱하지 않은 가벼운 읽을 거리에 손을 뻗어 본다. 이렇게 머리 속 긴장을 풀어 자신의 페이스를 회복시킨다.

이런 방법으로 책상 위에 쌓아 놓은 책을 하나하나 정복해 간다. 이 과정도 어학과 마찬가지로 관련 분야의 책을 읽는 일에만 몰두하여 한 달 정도 지나면 그 학문 분야의 대체적인 개요를 머리 속에 그릴 수 있을 것이다.

이보다 한 단계 앞으로 나아가려면 아직 가야 할 길은 멀다. 어학의 경우, 한 달 간 열심히 공부하여 일단 자기 것으로 만든 단계에 이르렀다면 사전이나 문법책을 한 손에 들고 겨우 혼자 책을 읽을 수 있는 정도이다. 일단 자기 것으로 만드는 데 성공한 후 통달했다고 말할 수 있는 단계에 이르기 위해서는 상당한 시간과 노력이 필요하다는 것은 굳이 강조할 필요가 없을 것이다.

하지만 일단 자기 것으로 만드는 데 성공한 단계에 이르렀다면 그 다음부터는 혼자서도 잘 해나갈 수 있다. 어학의 경우라면 책을 반복해서 읽어가면 될 것이고, 그 밖의 다른 학문이라면 문헌 안내를 길라잡이 삼아 계속 찾아 읽어가면 될 것이다.

독학의 위험성

앞에서 언급한 것처럼 독학 과정에서 무엇보다도 주의해야 할 점은 질의·응답 과정이 없기 때문에 독선적인 해석을 통해 잘못된 정보를 습득하게 될 위험성이 높다는 것이다. 이런 결과를 피하기 위해서는 가능한 한 다독을 하거나 조금은 당돌하게 전문가를 직접 찾아가 질문을 하는 수밖에 없다.

또 하나 주의해야 할 점은 관심 있는 학문 분야에 대한 전체적인 밑그림이 그려지지 않은 상태에서 편중된 방향으로 점점 깊이 파고들어 가, 너무 한쪽으로 치우친 지식 체계를 형성하게 되는 것이다. 사실 전문가들 중에도 이런 사람이 가끔 있다.

덧붙여 말하면, 인간이 가진 지식의 전체적인 밑그림 속에 각각의 학문이 차지하고 있는 위치에 대해 알아두어야 하지만, 이 또한 상당히 어려운 일이다. 게다가 인간이 현재 가지고 있는 전반적인 지식이, 알 수 있고 알아야 할 모든 지식 가운데 어떤 위치를 차지하고 있는지, 인간으로서 알 수 있는 것과 알 수 없는 것 사이의 어디쯤에 선이 그어져 있는지, 인간이 알려고 하는 것과 알려고 하지 않는 것 사이에는 어떤 차이가 있는지 등에 관해서도 일단 지식을 갖추어야 할 필요가 있다.

이와 관련하여 어느 정도 만족할 만한 해답을 제공해 줄 분야는 철학, 논리학, 문명론, 과학사, 인간학, 인류학 등 각종 과학 분야이다. 마지막으로 독학을 하는 동안에 이런 각종 과학 분야의 책을 반드시 읽을 것을 권하고 싶다.

(『경제세미나經濟セミナ一』, 1975. 6)

〔 이 장에서 구체적으로 제목을 밝힌 책은 이미 절판되었거나 내용상 너무 오래된 것이 많기 때문에 책 제목에 너무 구애받지 말기를 바란다. 다만 여기에서 강조하고 싶은 것은 책을 찾는 방법, 고르는 방법, 평가하는 방법이다. 〕

'실전'에 필요한 14가지 독서법

공간이 얼마 없으므로 메모하는 식으로 글을 써 나가겠다. 먼저, 아래의 내용은 어디까지나 일과 일반 교양을 위한 독서와 관련하여 쓴 것으로, 취미를 위한 독서와는 무관함을 밝혀둔다.

1 책을 사는 데 돈을 아끼지 말라. 책이 많이 비싸졌다고 하지만 기본적으로 책 값은 싼 편이다. 책 한 권에 들어 있는 정보를 다른 방법을 통해 입수하려고 한다면 그 몇 십 배, 몇 백 배의 대가를 지불해야 할 것이다.

2 하나의 테마에 대해 책 한 권으로 다 알려고 하지 말고, 반드시 비슷한 관련서를 몇 권이든 찾아 읽어라. 관련서들을 읽고 나야 비로소 그 책의 장점을 확실하게 알 수 있다. 또한 이 과정을 통해

그 테마와 관련된 탄탄한 밑그림을 그릴 수 있을 것이다.

3 책 선택에 대한 실패를 두려워하지 말라. 실패 없이는 선택 능력을 익힐 수 없다. 선택의 실패도 선택 능력을 키우기 위한 수업료로 생각한다면 결코 비싼 것이 아니다.

4 자신의 수준에 맞지 않는 책은 무리해서 읽지 말라. 수준이 너무 낮은 책이든, 너무 높은 책이든 그것을 읽는 것은 시간 낭비이다. 시간은 금이라고 생각하고 아무리 비싸게 주고 산 책이라도 읽다가 중단하는 것이 좋다.

5 읽다가 중단하기로 결심한 책이라도 일단 마지막 쪽까지 한 장 한 장 넘겨 보라. 의외의 발견을 하게 될지도 모른다.

6 속독법을 몸에 익혀라. 가능한 한 짧은 시간 안에 가능한 한 많은 자료를 섭렵하기 위해서는 속독법밖에 없다.

7 책을 읽는 도중에 메모하지 말라. 꼭 메모를 하고 싶다면 책을 다 읽고 나서 메모를 위해 다시 한 번 읽는 편이 시간상 훨씬 경제적이다. 메모를 하면서 책 한 권을 읽는 사이에 다섯 권의 관련 서적을 읽을 수가 있다. 대개 후자의 방법이 시간을 보다 유용하게 쓰는 방법이다.

8 남의 의견이나 북 가이드 같은 것에 현혹되지 말라. 최근 북 가이드가 유행하고 있는데, 대부분 그 내용이 너무 부실하다.

9 주석을 빠뜨리지 말고 읽어라. 주석에는 때때로 본문 이상의 정보가 실려 있기도 하다.

10 책을 읽을 때는 끊임없이 의심하라. 활자로 된 것은 모두 그럴듯하게 보이는 경우가 많지만, 좋은 평가를 받은 책이라도 거짓이나 엉터리가 얼마든지 있을 수 있다.

11 '아니, 어떻게?'라고 생각되는 부분(좋은 의미에서든 나쁜 의미에서든)을 발견하게 되면 저자가 어떻게 그런 정보를 얻었는지, 또 저자의 판단 근거는 어디에 있는지 숙고해 보라. 이런 내용이 정확하지 않을 경우, 그 정보는 엉터리일 확률이 아주 높다.

12 왠지 의심이 들면 언제나 원본 자료 혹은 사실로 확인될 때까지 의심을 풀지 말라.

13 번역서는 오역이나 나쁜 번역이 생각 이상으로 많다. 번역서를 읽다가 이해가 잘 되지 않는 부분이 있으면 머리가 나쁘다고 자책하지 말고 우선 오역이 아닌지 의심해 보라.

14 대학에서 얻은 지식은 대단한 것이 아니다. 사회인이 되어서 축적한 지식의 양과 질, 특히 20, 30대의 지식은 앞으로의 인생을 살아가는 데 결정적인 역할을 하는 중요한 것이다. 젊은 시절에 다른 것은 몰라도 책 읽을 시간만은 꼭 만들어라.

(『아사히저널朝日ジャーナル』, 1982. 5. 7)

III

나의 서재 · 작업실론

나의 요새

사과 상자 시대

최근에는 모두들 종이 상자를 사용하고 있지만, 예전에는 사과를 나무 상자에 담았다. 이 나무 상자는 요즘 사과를 담는 데 쓰는 종이 상자보다 훨씬 크기가 큰데, 지금 남아 있는 나무 상자의 크기를 재 보니 상자 입구의 안쪽 치수가 27.5cm×60cm에 깊이가 30cm이다. 그 안쪽에 사과를 잘 담아 넣고 사과 사이의 틈에 왕겨를 꽉 채워 운송하곤 했다.

나무 상자 나무판의 두께는 8mm 정도밖에 되지 않지만, 몇 상자씩 쌓아 올려 운송하기 때문에 나무 상자의 바깥 부분에는 별도의 나무판을 이중으로 덧대어 놓아 꽤 튼튼하다. 인심이 좋은 과일 가게일 경우 나무 상자를 공짜로 주기도 하고 돈을 받더라도

10엔이나 20엔 정도에 내주었다.

나의 서재는 오랫동안 이 사과 상자로 꾸며져 있었다. 10년 전, 그러니까 내가 30대 중반이었을 때까지는 사과 상자가 내 서재의 중심을 이루었다.

많을 때는 60개 정도의 사과 상자를 활용하였다. 사과 상자를 벽면에 5단이나 6단으로 쌓아 올리면 훌륭한 책장으로 변신한다. 상자의 높이가 30cm 정도이므로 웬만큼 큰 책도 다 꽂을 수 있다. 보통 크기인 B5판의 책이라면 공간이 많이 남아 그 위에 다시 책을 쌓아 올릴 수 있고, 책 앞쪽 공간에도 쌓아 올리면 한 상자에 50권 내지 60권은 거뜬히 넣을 수 있다.

벽면이 아닌 방 한가운데에 사과 상자끼리 등을 맞대어 쌓아 놓으면 책장이면서 동시에 칸막이로서 훌륭한 역할을 한다.

내가 좋아하는 서재의 조건은 ① 바깥 세계와 동떨어져 있고, ② 좁으며, ③ 기능적으로 구성되어 있는 공간이다.

이런 공간을 만드는 데 사과 상자는 둘도 없는 좋은 소재이다.

나는 20대 때 10년 동안을 두세 평 남짓한 단칸방에서 살았다. 30대에는 방 두 개에 부엌이 딸린 집에서 살았다. 어쨌든 한 곳에서 평균 2년 이상은 살지 않았다. 그러니까 이삿짐 싸기의 연속이었던 셈이다. 새로운 곳으로 이사를 하면 우선 가장 지내기 나쁜 공간, 다시 말해 햇빛이 잘 들지도 않고 환기도 잘 되지 않는 곳을 택한다. 그곳에 책상을 놓고 책상 주위를 사과 상자로 둘러싸듯 쌓아 올려 벽을 만든다. 책상 위에도 사과 상자를 쌓아둔다. 왼쪽에도 오른쪽에도 사과 상자를 쌓아둔다. 등 뒤에도. 그 공간 안으로 들어올 수 있는 틈만 남겨두고 전부 사과 상자로 주위를 둘러싸는 것이다.

바깥쪽에서 보면 사과 상자로 만든 요새처럼 보인다. 안쪽에서 보면, 사과 상자로 만든 책장으로 포위된 책상과 의자만이 존재하는 공간으로 탈바꿈한다. 이곳에 존재하는 빛은 오직 인공적인 빛뿐이어서, 낮에도 형광등을 켜야 일을 할 수 있다.

방안에서 몸을 자유롭게 움직일 수 있는 공간은 의자 주변의 반경 1m 남짓이면 충분하다. 서재에서는 의자에 앉아 있는 일 이외에는 할 일이 없으므로 그 이상의 공간은 필요하지 않다. 그리고 이렇게 공간을 좁게 구성함으로써 그 기능성은 더욱 높아진다. 500권 정도의 책을 의자에 앉은 채로 손만 뻗으면 금방 볼 수 있고, 잠깐 일어서는 정도의 작은 동작으로 1,500권 정도의 책을 볼 수 있다. 이 정도의 책들을 바로 바로 볼 수만 있다면 대부분의 일을 제시간에 마칠 수 있다. 전체 공간이 한 평 정도 되면 이런 공간을 만들 수 있다.

다시 말해, 사과 상자는 조립식 가구 같은 것이라 어떤 공간에서도 자유자재로 꾸밀 수 있다. 한번 사용해 보고 사용하기에 불편하면 해체하여 새롭게 꾸미면 되는 것이다.

이사할 때는 사과 상자를 그대로 트럭에 실으면 되니까 짐 꾸리는 시간이나 정리하는 시간도 특별히 필요하지 않다. 겉보기에 그다지 볼품은 없지만 이만큼 싸고 사용하기에 편리한 가구도 없을 것이다.

내가 사과 상자를 이용하여 서재를 만들기 시작할 무렵부터 나무로 만든 상자가 점점 줄어들어, 지금은 모두 종이 상자가 그 자리를 대신하고 있다. 내가 가지고 있는 사과 상자도 부서지는 바람에 폐기 처분한 것이 많아졌지만, 다시 보충할 방법이 없어 지금은 30개 정도밖에 남아 있지 않다. 아직 남아 있는 사과 상자들을 보고 가족들은 "그 지저분한 것들 좀 빨리 내다 버리세요"라고 잔소리하지만, 이 사과 상자들은 아내나 아이들보다 오래된 친구이기 때문에 버릴 수가 없다. 아마도 나는 죽을 때까지 이 사과 상자들을 계속 가지고 있을 것이다.

두 가지 역할을 하는 서고

사과 상자 시대로부터 10년이 지난 지금, 나는 서재 혹은 작업실이라고 할 만한 곳이 세 군데 있다. 하나는 우리 집 2층의 두 평 남짓한 방이고, 다른 두 군데는 모두 아파트 방을 빌려 사용하고 있다. 이 두 군데 가운데 하나는 약 5평 정도이고, 다른 하나는 약 10평 정도이다.

이렇게 작업실(또는 서재)을 분산하여 사용하는 것은 어떤 편리함 때문에 일부러 그러는 것이 아니다. 당시의 경제적 능력이 허락하는 한도 내에서 필요에 따라 장소를 넓혀가다 보니 이런 상황이 된 것뿐이다. 여건만 된다면 모든 작업실을 한곳으로 모으는 것이 훨씬 나으리라는 것은 두말할 나위 없다.

자료와 책은 한도 끝도 없이 늘어만 간다. 앞에서 20대에 단칸
방 생활을 하다가 30대에는 방 두 칸에 부엌이 딸린 곳으로 이사
를 했다고 밝혔는데, 사실 방 두 칸이라고 해 봐야 방 하나는 고스
란히 책들에게 내주어야 했다. 서고 한쪽에 예의 요새와 같은 서
재를 꾸며 놓았던 것이다. 그리고 사과 상자가 부족하여 결국 철
제 서가를 함께 사용하게 되었다.

　단칸방 시절에 마지막으로 살았던 아파트는 목조였기 때문에
책 무게를 견디지 못하고 내려앉았다. 문을 여닫기가 어려워진 것
은 물론이고, 벽에 금이 가기 시작하였던 것이다. 너무 위험해서
좀더 잘 지은 고급 아파트로 이사를 하였다. 철근 콘크리트로 지
어진 고급 아파트라서 아무리 책이 많더라도 괜찮을 거라고 생각
하였다. 그러나 그 아파트에서도 책의 무게 때문에 마루 바닥이
내려앉고 말았다. 철근 콘크리트로 지어진 건물이라도 일반적인
아파트는 콘크리트 위에 나무로 마루를 깐다. 그런데 이 마루 공
사가 부실했던 것이다.

　그 후 아파트로 이사를 할 때는 마루를 깔지 않은 곳을 찾으려
고 하였지만, 그런 곳은 거의 없었다. 현관에서 신발을 벗고 집안
으로 들어가는 생활 습관을 가진 일본에서 시멘트 바닥은 현관뿐
이었고, 나머지는 서구형의 입식 구조이긴 했지만 마루를 깔아 놓
은 곳이 대부분이었다.

　4년 전 신문에 끼여 온 광고 전단에, 마루는 콘크리트를 그대로
드러냈고 인테리어 공사를 전혀 하지 않은 약 9평짜리 아파트가

나와 있는 것을 보고, 이것저것 생각할 것 없이 은행에서 대출을 받아 구입하였다. 인테리어 공사가 되어 있지 않은 콘크리트 바닥 그대로의 아파트는 그다지 흔하게 나오는 물건이 아니었다. 게다가 인테리어 공사가 되어 있지 않아 가격이 파격적으로 낮았다.

이 무렵 이미 집에는 책을 둘 만한 공간이 없었으며, 작은 회사를 경영하고 있는 친구에게 부탁하여 그 사무실에 이동식 서가 8대를 임시로 맡겨두고 있었다. 그래도 공간이 부족하여 일을 맡고 있는 잡지사의 한쪽 구석에 자료가 가득한 상자를 놓아두기도 한 상황이어서, 더 이상 근본적인 대책 세우기를 미룰 수 없는 단계에 와 있었다.

새로 구입한 아파트는 집 전체를 책을 위한 공간으로 만들기 위해 도서관 시설 전문업체인 일본 파일링의 이동식 서가를 들여놓았다. 설치한 이동식 이중 서가 7개는 8단의 서가로 28개 분이다. 여기에 책을 전부 꽂을 경우, 서가 본체의 중량까지 합한다면 정확한 수치는 기억나지 않지만 10톤은 가볍게 넘는다는 계산이 나왔다. 방이 아파트 2층에 있었기 때문에 철근 콘크리트라고는 하지만 과연 바닥이 잘 견디어 줄지 걱정이라고 일본 파일링의 담당자가 말하였다. 이 아파트를 설계한 업자에게 자문해 본 결과, 우려한 대로 바닥이 견디지 못할 것이라고 했다.

철근 콘크리트 건물의 경우, 기둥과 대들보는 아주 튼튼하게 만들어져 있지만 의외로 마루 바닥은 약하다. 콘크리트로 된 바닥이더라도 대들보 사이에 콘크리트 슬래브를 까는 정도의 구조이다.

너무 무게가 나가면 콘크리트 슬래브가 깨져 버리고, 중량이 대들보로 가게 하지 않으면 바닥이 온전하지 않을 것이라고 했다. 현대 건축은 구조나 공법 면에서 점점 합리화되어 왔지만, 그 외견은 그럴듯한데 구조에 의외로 약점이 많다.

할 수 없이 설계업자에게 구조 계산을 부탁하여 그 결과에 따라 철도의 레일처럼 H빔을 방의 양 가장자리에 깔아 그 위에 이동식 서가를 설치하기로 하였다. 방의 가장자리에 대들보가 가로질러져 있으면 중량을 지탱할 수 있다는 것이었다.

이동식 서가 외에도 벽면 전체에 철제 서가를 들여 놓았기 때문에 표준적인 서가의 수로 40개 분의 자료를 보관할 수 있게 되었다. 이 공간에는 아직 자료를 보관할 여유가 있다.

이 공간 다음으로 많은 책을 보관하고 있는 곳이 지금 살고 있는 집인데, 아마 서가 15개 분의 책이 있을 것이다. 작업실로 쓰고 있는 또 다른 아파트에는 참고용 사전류와 지금 진행하고 있는 일과 관련된 자료를 중심으로 보관한다. 서가의 수로 따지면 10개 분의 자료가 된다. 여기에 아직 친구 사무실에 그대로 두고 있는 8개의 서가를 더하면, 총 서가 70개 분의 책을 가지고 있는 것이다. 이 정도의 책이 분산되어 있으므로 어떤 자료가 어디에 있는지 찾지 못하여 우왕좌왕하는 경우가 종종 있다. 그러나 현재의 경제적 형편을 고려할 때, 이 자료들을 모두 한곳으로 모으는 일은 당분간 어려울 것 같다.

책상을 찾아서

일반적인 의미의 서재로 사용하고 있는 곳은 우리 집의 2평 남짓한 공간과 아파트의 작업실이다. 집에 있는 2평 남짓한 작업실은 가능한 한 돈을 들이지 않되 공간을 가장 효율적으로 이용할 수 있도록 머리를 짜내고 심혈을 기울여 완성한 곳이다. 2평 남짓한 공간을 이처럼 효율적으로 이용한 서재는 세상 어디에도 없을 것이라고 자신할 정도로 잘 만들어진 공간이다.

이 공간에 대해서는 도면이라도 그리며 설명해야 충분하겠지만, 여기에서는 대략적인 것만을 말하겠다.

우선 B4판의 행잉 폴더를 장착한 2단짜리 서류 정리용 캐비닛 두 개를 좌우 양쪽에 설치하였다. 이 캐비닛과 등을 맞대어 높이가 같은 철제 서랍장(8단짜리와 10단짜리) 두 개를 놓았다. 그리고 그 위에 30mm 두께의 합판을 걸쳐 책상으로 삼았다.

예전부터 나는 시중에서 판매하는 책상 크기에 대해 불만이 많았다. 너무 작아서 불만인 것이다. 일을 하다 보면 어느새 책상 위에 자료가 가득 차 버린다. 가끔 출판사 회의실의 커다란 책상에서 작업을 하게 되는데, 일이 정말 잘 된다. 책상은 클수록 좋다고 생각하고 있지만 그런 책상을 찾기란 쉽지 않다. 있다고 해도 사장실에나 있을 법한 고급품이라서 값이 너무 비싸다. 싸면서도 큰 책상을 찾았지만 시중에 있는 제품 가운데는 내가 원하는 책상이 없었다. 그러나 앞에서 말한 방법대로 90cm × 180cm의 커다란 책상이 간단하게 완성되었다.

그리고 목수에게 부탁하여, 책상 위의 바깥 가장자리에 'ㄷ자형'으로 얹을 폭 25cm의 책꽂이를 만들었다. 높이 90cm에 3단의 책꽂이가 탄생하였다. 예전에 사과 상자로 책장을 만들던 시절에 쓰던 방법과 거의 똑같은 일을 좀더 세련된 형태로 한 셈이었다. 이 책상의 오른쪽에는 철제 책꽂이 두 개를 나란히 배치하였고, 왼쪽에는 서가보다 꽤 큼직한 철제 선반을 배치하여 무엇이든 올려 놓을 수 있게 하였다. 좌우에 있는 선반이나 책꽂이 어느 쪽이라도, 의자에 앉은 채 손을 뻗으면 닿는 곳에 자료가 있었다. 뒤쪽으로 의자를 돌리면 철제로 된 3단짜리 슬라이드식 서류 정리용 캐비닛을 언제라도 이용할 수 있도록 배치하였다.

대략 이런 구조로 된 공간인데, 이 방은 세 곳에 미닫이가 있어 바깥쪽과 연결되어 있다. 이 미닫이를 이용하여 책장, 철제 선반, 서랍 등 일반적인 구조라면 사각 지대에 버려질 쓸모 없을 것들을 모두 이용할 수 있게 되었다.

이 서재는 사과 상자로 책장을 만들어 쓰던 시절부터 일관되게 추구해 온 '고밀도·고기능의 좁은 공간'이라는 목표의 극치를 이룬 것이라고 할 수 있다. 이와는 반대로 아파트에 만든 작업실은 오히려 공간을 여유롭게 사용하기로 하였다. 이 때 가장 염두에 둔 것은 책상이었다.

집의 2평 남짓한 서재에서 커다란 책상의 좋은 점에 대해 알게 되었지만, 이 책상 위에 책꽂이를 올려 놓으면서 그 장점을 내가 없애 버리고 말았다. 또한 캐비닛 위에 나무판자를 올려 놓고 다시 그 위에 책꽂이를 올려 놓은 것이어서, 어느 한 곳도 제대로 고정되지 않아 구조적인 약점까지 노출되고 말았다. 글을 쓰다 보면 아주 미세한 흔들림도 감지된다. 이런 흔들림 정도는 지금까지 사용했던 기성 제품의 작은 책상에서도 자주 느꼈던 일이다. 보통 글을 쓰는 작업은 물리적으로 그다지 많은 힘을 필요로 하지 않는다고 여겨지는데, 실제로는 책상에 상당한 힘이 들어간다. 펜 끝을 통해 힘이 들어가는 것이 아니라, 책상 위에 올려 놓은 양 팔을 통해 힘이 들어간다. 책상이 조금씩 흔들리고 책상 위에 있는 물건이 소리를 내는 경우가 종종 있는데, 한밤중에 고요한 가운데 일을 하고 있으면 이런 것들이 자꾸 신경 쓰인다.

어느 정도 힘을 주어 흔들어도 미동도 하지 않는 튼튼하고 중량감 있는 책상이면서, 크기도 90cm×180cm 정도 되는 커다란 책상을 갖고 싶어 여기저기 찾아 다녔다. 거의 한 달 간 도쿄 시내에 있는 백화점, 가구 전문점을 하나도 빠짐없이 돌아다니다가 요코하마橫浜까지 가 보기도 하였다.

이렇게 둘러본 결과, 책상으로 만들어진 제품들은 그 크기나 구조의 견고함 면에서 모두 낙제점이었다. 내가 원하는 크기의 것은 식탁으로 나온 제품뿐이었다. 그러나 이 식탁도 약한 것이 많아 조금만 힘을 줘 흔들어 보면 대개 흔들렸다. 도쿄 시내의 대형 식탁을 조금씩 흔들어 보며 다닌 결과, 미동도 하지 않는 중량감 있는 식탁은 다섯 손가락 안에 꼽을 정도였다.

최종적으로 내가 선택한 것은 요코하마 모토마치 가구에서 만든 1m×2m의 초대형 식탁이었다. 판의 두께가 4.5cm, 다리는 10cm 두께의 떡갈나무 재질로 된 매우 심플한 구조의 식탁인데, 어른 두 사람이 겨우 들 수 있을 정도의 무게여서 아무리 힘을 주어 흔들어도 미동도 하지 않는다.

둘러본 것 중 가장 마음에 들었지만 가격이 정말 만만치 않았다. 약 45만 엔이나 하는 것이었다. 그렇게도 원하던 책상이었지만 책상 하나에 투자하는 금액치고는 너무 지나친 감이 들었다. 사야 할까? 사지 말아야 할까? 고민에 고민을 거듭하였고 그 식탁이 진열되어 있는 가게에도 몇 번이나 찾아가 어루만져 보았다. 몇 번이나 어루만져 보는 사이에 한층 더 손에 넣고 싶어졌다. 이 식탁보다 싸기는 하지만 등급이 떨어지는 것을 사면 나중에 분명 후회할 것이 틀림없다는 생각이 들었다. 그리고 책상 가격으로는 비싸지만 자동차 가격에 비하면 훨씬 싸지 않느냐고 스스로를 납득시켰다. 또 자동차는 잘 해야 10년밖에 못 타지만, 이 책상은 평생 사용할 수 있고 더욱이 자동차보다 내가 하는 일에 대한 공헌도가 훨씬 높다는 생각이 들었다.

이 때의 판단은 옳았다. 지금도 나는 이 책상이야말로 일본에서 구할 수 있는 최고의 것이라고 여기고 있다. 그리고 좋은 책상이 글을 써서 먹고 살아가는 사람에게 얼마나 중요한 것인지를 날마다 실감하고 있다.

이렇게 큰 책상의 장점을 알게 된 나는 다시 반 년 후에 또 하나를 구입하였다. 이 책상 역시 원래의 역할은 책상이 아니었다. 아리스 팜이라는 젊은 기술자 집단이 만든 작업대로, 공작 같은 작업을 하기 위한 받침대였다. 송판으로 된 4cm 두께의 나무판자(90cm×180cm)에 10cm 두께의 다리가 달려 있고, 힘을 주어 밀고 당겨 보았지만 미동조차 하지 않았다. 약 20만 엔 정도로 싸지는 않았지만 이미 큰 책상의 장점을 경험한 나로서는 구입하는 데 망설임이 없었다.

나는 이 책상 두 개를 방 한가운데 평행으로 나란히 놓고 그 사이의 회전의자에 앉아 일을 하는데, 이것이 일할 때의 나의 일상적인 모습이다. 몸을 조금 돌리기만 해도 양쪽에 있는 책상을 모두 사용할 수 있다. 이 정도로 넓고 큰 책상 위 공간만 있다면 아무리 자료가 많은 일이라도 다 할 수 있다. 팀을 만들어 일을 할 때는 대여섯 명의 공동 작업실로 변신하기도 한다.

아파트에 있는 작업실은 사실 이 두 개의 책상에 의해 점령되다시피하였다. 집에 있는 서재와는 대조적으로 책상에 큰 자금을 투자한 셈인데, 그럴 만한 가치가 충분히 있다고 생각한다.

(『도서圖書』, 1984. 9)

서고를 신축하다

　그토록 기대하던 서고 겸 작업실이 마침내 만들어졌다. 집에서 가까운 10평 정도의 토지에 철근 4층 건물(지상 3층, 지하 1층)의 빌딩을 신축하여 지하 1층은 서고로 꾸미고, 지상 1층과 3층은 작업실, 2층은 사무실로 꾸몄다. 각 방들은 약 7평 정도로 좁다. 그러나 공간을 철저하게 활용하였기 때문에 서가의 총 길이를 합치면 700m에 이르며, 약 35,000권 정도의 책을 꽂을 수 있다. 또한 서류 등의 자료는 B4판 크기의 행잉 홀더에 분류하여 보관하고 있는데, 안쪽까지의 깊이가 60cm나 되는 수납 케이스 28개가 나란히 늘어서 있다.

　이 빌딩이 마련되기 전에는 책이나 자료를 네 군데로 나누어 보관하였기 때문에 불편하기 그지없었다.

나처럼 글을 쓰는 일을 하다 보면, 책이나 자료가 한없이 늘어난다. 조금씩 버리기도 하지만 가끔 오래된 자료를 참고해야 할 때도 있어서 그대로 보관하지 않을 수 없다. 예를 들어, 노사카 산조野坂参三 관련 문제가 화제로 떠오르면 『일본 공산당 연구日本共産黨の研究』를 쓸 때의 자료가 필요하게 되고, 사가와佐川 · 가네마루金丸 관련 문제에는 다나카 금맥田中金脈 문제나 록히드 사건 때 모아둔 자료가 필요하게 된다. 뇌사, 우주, 분자생물학, 원숭이학, 컴퓨터 등은 지금도 관여하고 있는 테마이므로, 자료 중 어느 것 하나 버릴 수 없는 상황이어서 그대로 보관하고 있다.

내가 하고 있는 일은 일정한 전문 분야로 수렴되는 것이 아니라 점점 영역이 확대되어 가므로 상황은 더욱 어려워진다. 예를 들어 지금 진행하고 있는 일이 「문예춘추」에 연재 중인 「임사 체험臨死體驗」과 「문학계文學界」에 연재 중인 「다케미쓰 도오루 · 음악 창조를 위한 여행武滿徹 · 音樂創造への旅」인데, 모두 새로운 테마라서 관련 자료는 자꾸 늘어 가고 있다.

신쵸샤新潮社의 「마더 네이처즈マザー · ネイチャーズ」에서는 매호마다 자연과 환경에 대한 내용으로 전문가와 장시간 인터뷰하는 일을 담당하고 있는데, 이 일 역시 많은 준비가 필요하다. 그 때문에 인터뷰할 때마다 식물학, 미생물학, 지구과학, 정신의학 등의 테마별로 관련 자료가 산더미처럼 늘어난다. TV에서 '야라세 문제'(やらせ問題 : 프로그램을 재미있게 하기 위해 사실 확인을 소홀히 하거나 과잉 연출을 하는 등 방송 제작관리 체제의 이완과 윤리 의식의 결여를 문제 삼음―역

자 주)를 다루었을 때는 방송 저널리즘론, 영상론, 다큐멘터리론 등의 자료가 늘어났으며, 일리야 프리고진Ilya Prigogine과 관련된 심포지엄에 참가했을 때는 산일구조론散逸構造論, 자기 조직화 등에 관한 책이 늘어나는 등, 단발적인 작은 테마의 일을 하더라도 자료는 어김없이 늘어난다.

이 밖에 앞으로 곧 시작하게 될 몇 가지 큰 일과 관련해서는 꽤 오래 전부터 상당한 자료를 모아 놓았으며, 언젠가는 해야겠다는 마음으로 생각날 때마다 조금씩 모으고 있는 테마가 대여섯 개 정도 더 있다.

지난 날들을 되돌아보면, 자료가 계속 늘어가는 것을 볼 때 결국 자료 구입과 그 자료를 보관할 장소를 찾는 데 수입의 대부분을 쏟아 붓는 일의 연속이었던 것 같다.

대학 시절부터 29살 때까지는 세 평 정도의 단칸방에서 살았는데, 언제나 생활 공간의 반은 책이 차지하고 있었다. 30대 초반에는 아파트나 공용 주택 단지의 방 두 칸에 부엌이 딸린 곳에서 살았는데, 언제나 방 한 칸은 서가와 책상이 차지한 서고 겸 작업실이었다.

그러나 좀 비중 있는 일을 맡게 되었을 때는 그것만으로는 부족하여 문예춘추사, 고단샤, 아사히신문사 등 출판사 안에 작업실로 쓸 만한 공간을 얻어 거기서 거의 매일 머물면서 일을 하였다. 다나카 금맥 사건, 록히드 사건, 공산당 연구, 중핵파와 혁마르파의 대립, 농협, 다나카 신금맥 사건 등이 그때 맡았던 일들이다. 하지만 문제는 이런 큰 프로젝트가 종결된 다음이다. 사용하던 작업실을 비워 줘야 하므로, 엄청나게 쌓여 있는 자료도 함께 자리를 옮겨야 하는 것이다. 하지만 이미 집에 있는 서재 겸 작업실은 더 이상 아무것도 들여 놓지 못할 정도로 포화 상태여서 결국 다른 곳에 작업실을 새로 마련하여 확장하게 되었다.

다나카 금맥 사건 관련 작업이 종결되었을 때는 고지마치麴町에 있는 원룸 아파트에 작은 방을 빌려 모든 자료를 옮겨 왔다. 그러나 이곳도 곧 비좁아져, 공산당 연구 자료를 옮겨야 했을 때는 유시마湯島의 한 아파트에 약 10평 정도의 공간을 마련하였고, 거대한 이동식 서가도 설치하게 되었다. 스택 러너라고 하는 이동식 이중 서가 7개는 28개 분의 책꽂이에 해당하는 커다란 서가였다. 그 밖에 가능한 한 비어 있는 모든 곳에 서가, 자료 보관함 등을 설치하였기 때문에 서가 40개 분의 서고로 탈바꿈하였다. 이 외에도 집에 있는 방 한 칸 반을 작업실 겸 서고로 사용했다.

그 당시에는 공간에 상당히 여유가 있었기 때문에 앞으로 10년 정도는 거뜬히 견딜 수 있으리라 생각했다. 그런데, 「주간 아사히」에서 의뢰를 받아 담당했던 농협과 다나카 신금맥 사건의 일이 종결되어 관련 자료들을 옮겨 와야 했을 때는, 이미 손톱만큼의 여유 공간도 남아 있지 않았다. 또다시 작업실이 필요하게 되자 집에서 가까운 아파트를 하나 얻어 뇌사, 원숭이학 등의 일을 이곳에서 하였다. 그래도 공간이 부족하여 『정신과 물질精神と物質』을 집필할 때는 문예춘추사에, 고단샤 관련 일은 고단샤에 사무실을 하나 빌려 일을 하였다.

5년 전쯤에 유시마의 아파트에 재개발 계획이 추진되었다. 그때는 거품 경제가 한창이어서, 주변의 토지와 합쳐 큰 빌딩을 세우려는 프로젝트가 시작되었던 것이다. 그래서 아파트와 교환하는 방식으로 집 가까운 곳에 작은 토지를 확보하게 되었으나, 그곳에는 낡은 철골 구조의 3층 건물이 들어서 있었다. 처음에는 이 건물을 그대로 사용하려고 했지만, 건축가 친구에게 자문을 구한 결과, 철골이 가늘어서 각 층에 책을 보관하게 되면 견디지 못할 거라고 했다. 책의 무게 때문에 서고를 만들 때 대부분 보통 건물에서 사용하는 바닥의 강도로는 견디지 못한다. 유시마의 아파트에 스택 러너를 설치할 때도 전문가에게 물어 보니 바닥이 견디지 못한다고 하여 철도 레일처럼 H형 빔을 두 개 깔아 그 위에 설치하였다.

그래서 결국 낡은 건물을 허물고 새로운 서고를 지을 수밖에 없다는 결론이 났지만, 그렇다고 당장 실행에 옮길 수가 없었다. 은행에서 대출받아 건물을 지어야 하는데 아직 은행에는 아파트를 살 때 받은 대출금이 남아 있었다. 게다가 거품 경제 때문에 건축비가 너무 오른 상태여서, 잠시 서고 만드는 일은 보류하기로 하였다. 하지만 당장 유시마에 있는 자료를 옮겨와 보관할 곳을 마련해야 했다. 할 수 없이 집에서 가까운 곳에 아파트를 또 하나 마련하여 보관할 수 있는 양만큼만 보관하고, 나머지는 아다치구足立區에 있는 창고에 잠시 맡기기로 하였다. 잠시 맡겨 둘 생각이었는데, 자금 마련이 여의치 않아 이래저래 5년이 지나 버렸다. 작년 (1992년) 가을에 들어서야 비로소 건축비도 내리고 대출도 받게 되어 새 건물을 착공할 수 있었다.

책을 보관하는 일이 주목적이므로, 무엇보다도 튼튼하게 짓는 데 주력하였다. 시공업자가 이처럼 튼튼한 건물은 지어본 적이 없다고 말할 정도였다. 비용을 줄이고 공간을 최대한 활용하기 위해 화장실과 작은 세면장 이외의 생활 공간은 모두 없앴다. 가스도 들어오지 않고, 책상과 의자 이외에는 잠시 눈을 붙일 소파 겸용 침대가 하나 있을 뿐 다른 가구는 하나도 없다.

지하 1층은 대형 스택 러너를 방 전체에 설치하였고, 지상 1층은 커다란 책상 하나만 두고 소형 스택 러너와 책꽂이로 방 전체를 가득 채웠다. 2층에는 일을 도와주고 있는 여비서가 있어서 약간의 사무 기기와 서류 정리용 캐비닛 등을 비치하였지만, 남은 공간은 슬라이드식 서가로 채웠다. 3층은 다소 여유 있는 작업실로 꾸미고 싶어서, 목수에게 부탁하여 사방 벽면을 천장까지 닿는 붙박이 책꽂이로 만든 것 외에는, 중앙에 커다란 책상과 소파 겸용 침대만 간단히 놓았다.

이 건물이 완성될 때까지만 해도 이 정도의 공간이라면 죽을 때까지 사용할 정도로 충분할 것이라고 생각하여 은행 대출도 70살 정도에 다 갚을 수 있도록 계획해 놓았다. 그런데, 실제로 여기저기 흩어져 있던 자료들을 운반해 와 모아 놓으니 공간이 거의 다 차고 말았다. 이제 남아 있는 공간은 겨우 10% 이하이다. 아마 앞으로 2년 정도만 지나면 이 여유 공간도 다 차 버릴 것이다. 그렇게 되면 어떻게 해야 할지, 벌써부터 머리를 짜내며 고민하고 있는 중이다.

(『파도波』, 1993. 4)

나의 비서 공모기

'**연령·학력 불문, 주부도 가능**'

나는 여러 명의 어시스턴트들과 함께 일할 것이라는 오해를 자주 받는데, 사실 내 일을 도와주고 있는 어시스턴트는 한 사람밖에 없다. 비서 업무에서부터 자료 정리에 이르기까지 전부 도움을 받고 있다.

지금까지 이 일을 해주던 사람이 집안 사정으로 갑자기 그만두게 되어 후임자를 서둘러 구하기 위해 「아사히 신문」에 다음과 같은 광고를 냈다.

| 다치바나 다카시의 어시스턴트 모집 |

• 일반 비서 업무, 자료 정리·수집

- 연령·학력 불문, 능력·사람 됨됨이 중시

  정리 능력(약간의 영어 실력과 과학 상식 요함)

  광범위하고 왕성한 지적 호기심 있는 분
- 고정급 20만 엔, 능력에 따라 상여·승급 있음

  주 2일 휴무, 근무 시간 자유, 주부도 가능
- 이력서·스냅 사진 몇 장·자기 소개서(워드프로세서로 작성)

  즉시 면접 통지

'적어도 50명 정도는 응모해 주어야 할 텐데'라고 생각하고 있었는데, 다음 날부터 속달이 속속 도착하여 금방 100통을 넘고 다시 200통을 넘더니 결국 500통을 넘고 말았다.

처음 30통 정도까지는 내가 직접 서류를 살펴보았지만 결국 손을 들고 말았다. 생각보다 시간이 너무 소요되는 일이었다. 할 수 없이 서류 심사를 함께 해 줄 네 사람이 가담하여 A, B, C 세 등급으로 나눈 후 A, B등급으로 선별된 것만 살펴보기로 했지만, 그것도 만만치 않았다. 나중에 누군가 A등급으로 분류된 서류만 살펴보자고 제안하여 그렇게 하였다.

연령·학력 불문이라는 광고 덕분에 다양한 연령층, 다양한 학력의 사람들이 응모해 왔다. 가장 나이 어린 사람은 대학 재학 중인 학생이었고, 최고령자는 70세였다. 최고령자인 할머니는 최종 학력이 구 만주 대련시의 여학교 졸업이지만 좀더 배우고 싶은 열망에 60세부터 영어 공부를 시작하여 지금은 영어 능력 3급을 땄으며, 영어 회화도 개인 교습으로 공부하고 있다는 매우 활동적인 분이었다. 또한 "지적 호기심과 체력만큼은 젊은 사람들에게 지지 않을 자신이 있다"고 강조하였다.

학력은 대부분 대학 졸업이었다. 출신 대학은 와세다대학이 눈에 띄게 많았다. 전문대 졸업생도 꽤 있었지만 고졸은 드물었다. 최고 학력자는 도쿄대학 의과대학 대학원을 졸업한 뒤, 교육학부에 다시 학사 편입하여 졸업하였다는 29세의 여성이었다. 이 여성은 고학력이 경원시되어 전혀 취직을 하지 못하고 있다는 다소 사치스러운 고민을 털어 놓았다.

현재 살고 있는 집과의 거리도 매우 다양하였다. 걸어서 5분 거리에 사는 사람이 있는가 하면, 군마현群馬縣 다카사키시高崎市에서 통근하겠다는 사람도 있었다. 시즈오카현靜岡縣에 사는 도시샤 대학同志社大學 신학부를 졸업한 여성은 채용이 결정되면 즉시 도쿄로 이사오겠다고 적고 있었다.

주부도 가능하다고 한 이유는 양질의 지적 노동자가 가정에 묻혀 잠자고 있음에 틀림없다고 생각하였기 때문이다. 내 주위를 둘러보아도 그런 경우가 꽤 많았고, 전임자도 가정 주부였다. 내가 하고 있는 일처럼 월급이 많은 편은 아니지만 지적 수준이 높은 사람을 찾는다면, 역시 대상이 될 만한 상대는 주부라고 생각했다.

바라던 대로 주부들이 많이 응모하였다. 여성들이 일자리를 찾으려 해도 35세 이상을 원하는 곳은 거의 없고, 더구나 주부로서의 일도 병행해야 할 경우 시시한 파트 타임 일밖에 없는 것이 현실이라며, '연령·학력 불문, 주부도 가능'이라는 내용에 감격하였다고 적어 보낸 사람도 몇 사람 있었다.

그러나 '주부도 가능'이더라도 여성은 자녀 양육 문제가 걸려있다. 어쨌거나 어린 아이가 있다면 일하는 것은 무리일 것이다.

연령 면에서는 출산 전인 30대 초반부터 자녀 양육이 끝나가는 40대의 지원이 압도적으로 많았다.

20~50대의 다채로운 이력

서류 전형을 통해 500명의 지원자 가운데 어렵게 21명을 가려냈다. 서류 심사에 통과한 21명의 연령별 분포를 살펴보면, 20대가 4명, 30대 초반이 7명, 40대 초반이 5명, 40대 후반이 4명, 50대가 1명으로 나타났다.

50대의 여성은 53세라는 나이가 조금 많지 않을까 마음에 걸렸지만, 매우 재미있는 여성이었다. 가족 모두가 화학자인 집안에서 자랐으나, 본인은 과학 만능의 가치관에 반발하여 도쿄여자대학東京女子大學 문학부를 거쳐 극단 사계四季의 연출부로 들어가 활동하면서 20대를 보냈고, 30대에는 아이를 키웠으며 40대에는 직접 컴퓨터 소프트웨어 회사를 차려 경영한, 매우 다채로운 경력의 소유자였다. 현재는 "연령 제한이라는 벽이 두터워 일을 못하고 있는 신세이지만 지금이야말로 공부할 수 있는 기회라고 생각합니다. 첨단 과학, 첨단 기술에는 피를 끓게 하는 무언가가 있는 것 같습니다"라고 적어 냈다.

내가 찾는 사람이 바로 이런 여성이었다. 내가 하고 있는 일은 매우 광범위하게 이루어지고 있다. 그 가운데에서도 주된 테마로 삼고 있는 범위는 정치·경제·사회 문제이고, 다른 하나는 사이언스, 즉 과학 분야이다. 지금까지 집필한 과학 관련 저서는 우주, 분자 생물학, 컴퓨터, 원숭이학, 의학, 생태학, 첨단 과학 등을 테마로 한 것들로서 상당히 폭이 넓다. 또 하나의 주된 테마는 사상·예술·정신과학 관련 영역이다. 지금 월간지에 연재 중인 원고가 두 가지 있는데, 하나는 임사 체험臨死體驗을 테마로 한 것이고 다른 하나는 작곡가인 다케미쓰 도오루武滿徹를 테마로 한 것이다.

그 밖에 저널리즘론에 관해 쓴 저서도 있으며 농업 문제 관련 저서도 있다. 현대사에 관해 글을 쓰기도 하고 섹스에 관해 글을 쓰기도 한다. 종교에 관해 논하는 경우도 있고 생명 윤리에 관해 논하는 경우도 있다.

일의 폭이 넓기 때문에 그만큼 다루는 관련 자료의 폭도 넓다. 따라서 자료 정리를 담당하게 될 어시스턴트에게도 그만큼 폭 넓은 지식이 필요한 것이다. 깊이 알 필요까지는 없지만 넓게 알 필요는 있다.

3만 권의 도서를 분류·정리하고 수천 장의 신문 스크랩, 수천 건의 잡지 기사 스크랩, 수천 개의 폴더에 들어 있는 여러 가지 자료를 분류하고 관리하지 않으면 안 된다. 내용은 깊이 알지 못하더라도, 자료 분류만큼은 확실히 해 주어야 한다.

이 일을 위해 우선 필요한 소양은 기본적으로 머리가 좋아야 하며, 지적 호기심이 있어야 한다. 또한 머리에 든 소양이 특정 영역에 편중되어 있어서는 안 된다. 종종 머리는 좋은데 특정 영역에 대한 소양이 완전히 결여된 사람을 만나게 될 때가 있다. 내가 하는 일의 주된 테마로 삼고 있는 범위와 관련 없는 분야에 대한 소양이 모자라도 지장이 있는데, 관련 있는 분야라면 더욱 곤란하다. 특히 여성의 경우, 문과 계열에는 강하지만 이과 계열에는 약한 사람이 많다. 최근 내가 맡고 있는 일은 대부분 과학 관련 분야가 높은 비중을 차지하고 있기 때문에 더욱 곤란하다. 서류 심사는 기본적으로 머리가 좋은지, 과학 관련 지식을 어느 정도 기대할 수 있는지에 중점을 두었다. 기본적으로 머리가 좋은지를 알아보기 위해 자기 소개서를 참고로 꼼꼼히 검토하였다.

이 두 가지 점에 중점을 두어 기대해 볼 만한 사람을 고르니 75명이었다. 시간만 있다면 모두 면접해 보고 싶었으나, 유감스럽게도 그럴 만한 시간이 허락되질 않았다. 시간적인 제약 때문에 어렵게 21명으로 지원자를 좁혔다. 이 단계에서 아주 유능한 사람들까지 탈락시켰기 때문에, 남은 21명은 모두 대단한 사람들이라고 할 수 있었다. 나에게 사업 의욕만 있다면 전원을 고용하여 작은 회사라도 만들고 싶을 정도였다.

가장 젊은 G씨(27세)는 전에 TBS의 자회사에 근무할 때 우주비행사 모집에 응모하여 국내 선발을 통해 아키야마秋山 씨, 기쿠치菊池 씨와 함께 모스크바까지 갔던 여성이었다. 그리고 U씨(46세)는 상장 기업의 비서실장, 홍보실장을 거친 매우 활동적인 커리어 우면이었다. 지금은 독립하여 몇 군데 기업의 고문으로서 사원 교육, 기획, 채용 면접 등을 담당하고 있다고 한다. 또한 K씨(48세)는 자료 정리에 관한 한 프로로, 기타사토 대학北里大學, 세이죠 대학成城大學, 죠치 대학上智大學 등의 도서관에서 20년 간 근무한 베테랑이었다. 올 초에 나의 새로운 작업실(4층으로 된 작은 빌딩을 서고 겸 쓰고 있다)이 TBS의 뉴스 23에 소개된 적이 있는데, 그 방송을 보면서 '아, 무슨 일이 있어도 저 자료 정리는 내가 하고 싶다!'고 무의식적으로 외쳤다고 한다. 그 정도로 이 일에 열의를 가지고 있었다.

'역대 대장성 장관의 이름을 적으시오'

서류 심사만으로 후보자 가운데 한 사람을 우열을 가려 뽑을 수가 없었고, 지적 능력은 면접만으로 알 수 없어서 필기 시험을 보기로 했다(한 사람은 도중에 포기했다).

문제 1번은 〈역대 대장성 장관의 이름을 생각나는 대로 적어 보시오(성만 적어도 무방함)〉였다. 이 문제를 통해 정치적·경제적 관심이 어느 정도인지를 알 수 있을 거라고 생각하였다. 적어도 5명 정도의 이름을 댈 수 있기를 바랐는데, 5명 이상 적은 사람은 단 3명뿐이었다. 이름을 가장 많이 적은 사람은 9명이나 적었지만, 이 사람은 무슨 이유에서인지 이케다 다이사쿠池田大作(우리 나라에는 남묘호랭교로 알려진 종교단체인 창가학회創價學會의 3대 회장이었으며 현재는 명예회장으로 일본 정계에 막강한 영향력을 행사해 옴—역자 주)까지 적어 오히려 마이너스가 되었다. 5명을 적은 사람 가운데 한 사람은 문제를 전혀 잘못 해석하여 역대 수상 이름을 적었는데, 그 가운데 우연히 대장성 장관을 지낸 사람이 5명이나 있어서 소 뒷걸음치다 쥐 잡은 격이었다. 득점 분포를 보면, 4명을 적은 사람이 2명, 3명을 적은 사람이 5명, 2명밖에 적지 못한 사람이 3명이었다. 1명밖에 적지 못한 사람이 4명이었으며, 한 명도 적지 못한 사람이 3명이나 있었다. 그리고 현 대장성 장관인 하야시 요시로林義郎의 이름을 적은 사람은 겨우 2명밖에 없었다.

여성들이 대체로 경제에 약하다는 소리를 듣고는 있었지만 이정도로 약할 줄은 몰랐다. 필기 시험과는 별도로 설문 조사를 하여 신문을 하루 몇 분 간 읽는가, 읽지 않는 난이 있는가 등에 대한 대답을 들어 본 결과, 읽지 않는 난 가운데 눈에 띄게 많은 분야가 경제면이었다. 6명이나 경제면을 읽지 않는다고 하였으며, 그 중 한 사람은 정치면도 읽지 않는다고 대답하였다. 이들은 할 수 없이 점수가 낮아졌다.

문제 2번은 〈과학자의 이름을 생각나는 대로 적으시오(국내외, 시대, 장르에 관계없이)〉였다. 이 문제를 통해서는 후보자들의 과학에 대한 관심을 알아보고 싶었다. 10명 정도의 과학자 이름을 댈 수 있기를 바랐다. 결과를 보니, 20명 이상의 이름을 적은 사람이 3명, 10명 이상 적은 사람이 5명이었다. 5명 이하를 적은 사람이 6명 있었고, 가장 저조한 사람은 유카와 히데키湯川秀樹 단 한 사람밖에 적지 못하였다.

문제 1번과 문제 2번의 정답률은 서로 정반대의 결과로 나타났다. 과학자의 이름을 20명 이상 적은 세 사람은 대장성 장관 이름을 1명도 적지 못한 사람과 2명, 3명을 적은 사람이었다. 과학자 이름을 10명 이상 적은 다섯 명 가운데 대장성 장관 이름을 1명 적어낸 사람이 3명 있었다.

문제 3번은 〈다음에 열거한 사람들의 직업, 직함 내지 일의 범주를 서술하라〉는 것이었다. 아래에 50명의 이름을 열거해 보았다. 일반인들이 보기에 지명도가 아주 낮은 사람들이지만, 각각의 분야에 대해 잘 알고 있는 사람이라면 누구나 알 수 있는 이름들이다. 이 문제를 통해서는 후보자들의 지적 관심의 범위를 알고 싶었다.

〈가마타 사토시鎌田慧 / 요네자와 후미코米沢富美子 / 스파이 M / 가와시마 유조川島雄三 / 이시카와 로쿠로石川六郞 /히라이와 가이시平岩外四 / 가게야마 미쓰히로影山光洋 / C. L. 캐디스 / 요시다 히데카즈吉田秀和 / 괴델 / 모리시마 미치오森嶋通夫 / 야마무라 보쵸山村暮鳥 / 요네야마 도시나오米山俊直 / 시데하라 기쥬로幣原喜重郎 / 마쓰이 다카노리松井孝典 / 빌헬름 라이히 / 나노 히코那野比古 / 다키구치 슈조瀧口修造 / 폰 노이만 / 이토 다카시伊藤隆 / 후루이 요시미古井喜實 / 로바체프스키 / 촘스키 / 이오네스코 / 존 케이지 / 이즈쓰 도시히코井筒俊彦 / 보리스 비앙 / 기요오카 다카유키清岡卓行 / 프란시스 베이컨 / 히다카 도시타카日高敏隆 / 네페르티티 / 마쓰노 라이조松野賴三 / 토마스 아퀴나스 / 윌리엄 제임스 / 쓰지 마사노부辻政信 / 고지마 노보루兒島襄 / 나카무라 하지메中村元 / 파인만 / 프리초프 카프라 /

스웨덴보르그 / M · 엘리아데 / 기시다 슈岸田秀 / 다카바타케 미치토시高畠通敏 / 라스 카사스 / 앨런 달레스 / 큐블러 로스 / 와타나베 이타루渡辺格 / 케이트 밀레트 / 이타니 준이치로伊谷純一郎 / 가르시아 마르케스〉

한 사람에 2점씩 100점 만점이었다. 사실 프란시스 베이컨이라는 이름을 가진 유명인은 두 사람 있는데, 철학자나 화가 모두 대답해도 정답으로 처리하였기 때문에 만약 둘 다 적었다면 102점 만점이 된다. 실제로 둘 다 적은 사람이 한 사람 있었다. 이 문제는 30점 이상 나오길 기대하였으나 이 기대에 미친 사람은 4명밖에 없었다. 20점 이상으로 기준을 내리자 4명이 더 있었다. 참고로, 열거한 인물 가운데 한 사람도 적지 않은 인물은 스파이 M, 가와시마 유조, 가게야마 미쓰히로, 이토 다카시, 로바체프스키, 라스 카사스, 이타니 준이치로 7명이었다.

문제 2번과 문제 3번의 점수를 종합했을 때 가장 좋은 점수를 받은 사람이 문제 1번에서 0점을 받는 이변이 일어났다. 균형 잡힌 지식을 갖는다는 것은 참으로 어려운 일인 것 같다. 최종적으로 이 세 가지 문제의 기준 점수를 모두 통과하여 채용된 사람은 사사키 치카코(佐々木千賀子, 41세) 씨 단 한 사람(문제 1, 2, 3의 점수가 각각 5점, 15점, 26점)뿐이었다. 이 여성은 서류 전형으로 뽑은 20명 가운데 유일한 고졸자였다. 그러나 필기 시험만으로 사사키 씨를 최종 합격자로 결정한 것은 아니었다. 그녀는 영어 시험에서 꽤 성적이 낮았다.

영어 시험은 영자 신문에서 오려낸 기사 4개를 사전을 참고하여 읽고, 그 기사가 무엇에 대해서 기술하고 있는지를 한두 줄로 요약한 후, 색인용 키워드를 만든다면 어떤 것이 좋을지를 생각해 보라는 것이었다.

기사의 큰 제목을 적어 보면 다음과 같다.

"Cologne Arab victim may have been dual agent"

이 기사는 독일의 쾰른에서 살해된 팔레스타인 게릴라가 사실은 서독 당국과 이스라엘 당국을 위해 일해 온 이중 스파이였다는 내용이다.

"Use of Stealth Bomber Reduced Casualties : U.S."

이 기사는 파나마 침공 때 사용된 스텔스 폭격기가 미군 사상자를 줄이는 데 도움이 되었다는 내용이다.

"A Super-Intensive Gamma-Ray Mystifies Scientists"

이 기사는 지금까지의 우주선宇宙線보다 백 배, 천 배나 강한 초강력 감마선이 발견되었으나 그 입자선粒子線의 근원을 몰라 천문학자들이 당혹감을 감추지 못하고 있다는 내용이다.

"Gay or Straight? Study Suggests a Difference in the Brain"

이 기사는 동성연애자가 될지 안 될지의 여부는 뇌의 구조에서 기인하는 것 같다는 사실을 알게 되었다는 내용이다.

영어 시험에서 빠른 시간 안에 이상적인 답안을 작성한 H씨(32)는, 도쿄외국어대학 대학원을 나온 프로 번역가인 동시에 만화가이면서 일러스트 작가로도 활약하고 있는 다양한 재능의 소유자였다. 그러나 역대 대장성 장관의 이름을 묻는 문제에서 0점이었고, 과학자 이름을 묻는 문제에서는 6명밖에 적지 못한 단점이 있었다.

결국 필기 시험 결과는 일장일단—長一短으로 나타나 좀처럼 우열을 가릴 수 없었으나, 그 결과에 따라 등급을 나누어 보니 A등급 6명, B등급 8명, C등급 6명으로 구분되었다.

전화 받는 요령 테스트

그 다음에 알아볼 것은 열의와 사람 됨됨이, 그리고 실무 능력이었다. 가장 중요하게 생각한 것은 열의였다. 당연한 일이지만 인간은 자신이 하고 싶은 일을 할 때 가장 행복감을 느끼며, 자신의 능력을 가장 잘 발휘할 수 있다. 필기 시험을 본 그날 후보자 전원을 불러 직장을 견학할 수 있도록 하였고, 일의 내용을 자세하게 구체적으로 설명하였다. 그리고 나서 일에 대한 자신의 생각과 적성을 확인할 수 있도록 글을 쓰게 하였다. 이 방법이 열의를 판단할 수 있는 가장 결정적인 방법이 되었다. 일의 내용을 알고 나서 전보다 더욱더 일하고 싶어졌다며, 이쪽이 완전히 압도될 정도로 적극적으로 열의를 표하는 사람이 5명 있었다.

앞에서 말한 영어에서 가장 좋은 점수를 냈던 H씨의 경우에는 번역하는 일, 만화 그리는 일, 일러스트 그리는 일, 그 밖에 다른 일들도 모두 버리고 오직 이 일 하나에 모든 힘을 기울이겠다고까지 말하였다. 그러나 그렇게 다양한 재능을 가진 사람이 다른 일을 포기하면서까지 와서 할 만한 일을 과연 이쪽에서 제공할 수 있을지 오히려 염려가 되었다.

사람 됨됨이는 면접에서 판단할 수밖에 없었다. 판단 자료로서 면접 전에 다음과 같은 질문 항목을 만들어 대답을 구하였다.

- 자주 보는 TV 프로그램. 최근 본 TV 프로그램 중 좋은 프로그램이라고 생각한 것.
- 지금 두 시간과 2만 엔이 주어진다면 어떻게 사용할 것인가?
- 잘 웃는가?
- 최근 옆구리가 아플 정도로 웃은 일. 최근 정말 화났던 일.
- 최근 운 일.
- 지금까지의 인생에서 가장 큰 실패.

면접관으로는 친구인 편집 프로덕션 사장과 「크레아クレア」의 편집장, 「과학 아사히科學朝日」의 베테랑 편집자를 초청하였다.

그리고 실무 능력을 알아보기 위해 면접을 통해 후보자를 반으로 좁혀, 전화 받는 요령 테스트를 30분씩 하였다. 이 때 실제로 「태양太陽」의 편집장과 아사히 신문 출판국의 편집자에게 전화를 걸게 하여, 후보자들이 응대하는 태도를 상대방으로부터 평가받았다. 또한 아는 사람에게 부탁하여 외부에서 곤란한 전화를 걸게 하여, 이런 전화에 어떻게 요령 있게 대처하는지 알아보는 테스트를 하였다. 한 사람에게는 시골에 사는 정치 지망생으로 가장하여 정치 부패를 규탄하는 모임을 만들었으니 꼭 강연에 참석해 주기를 바란다는 상황을 설정해 놓았고, 또 한 사람에게는 끈질긴 여성 팬으로 가장하여 무슨 일이 있어도 한 번 만나고 싶다고 요청하도록 하는 상황을 설정해 놓았다.

물론 테스트를 위한 전화 사이사이에 진짜 전화도 걸려 오므로, 테스트를 받고 있는 사람들은 어느 것이 테스트용 전화인지 전혀 눈치채지 못하였다. 전화 테스트가 모두 끝난 다음에는 전화 보고용 메모를 작성하게 하였다.

이번 후보자 중에는 전화를 받아 본 실무 경험이 전혀 없는 사람도 있었기 때문에 좀 어려웠을지도 모른다. 그러나 채용하는 사람의 입장에서는 그 사람이 당장 내일부터라도 출근하여 전화 받는 일 등 모든 실무를 전부 혼자 처리해 주기를 바랐던 것이다.

나와 같은 일을 하다 보면 정말 이상한 전화가 종종 걸려 온다. 그런 전화를 받더라도 침착하게 적당히 잘 처리해야 하며, 일을 의뢰하는 전화라면 최대한 세부적인 사항까지 전부 듣고 확인해야 하고, 상대방의 신분이나 소속 조직의 성격을 모른다면 확실하게 물어 보아야 한다. 이 테스트에서 제대로 전화를 요령 있게 받은 사람은 4명뿐이었고, 다른 사람들은 단지 전화를 연결해 주는 수준에 머물렀다.

열의와 탁월한 자기 소개 능력

마침내 모든 시험이 끝나고 시험관들이 모두 모여 밤 늦게까지 논의하였으나, 쟁쟁한 네다섯 명의 후보자를 둘러싸고 좀처럼 의견이 모아지지 않았다. 결국 최종적인 결정은 내가 내려야 한다고 하여, 마침내 결정된 사람이 바로 사사키 치카코 씨이다. 사사키 씨의 열의는 상위 세 사람 안에 들었으며, 전화 받기 테스트에서는 네 사람 안에 들었다. 그리고 필기 시험에서는 영어를 제외하면 가장 고른 점수 분포를 보여 주었다.

또한 처음에 자기 소개를 하는 프리젠테이션에서 가장 돋보였다. 다른 지원자들은 흔히 볼 수 있는 이력서에 A4 용지 한 장 정도의 자기 소개서를 첨부하는 정도였는데, 사사키 씨는 자신이 직접 독자적인 서식을 만들어 8쪽에 이르는 경력 사항을 적어 보내왔다. 이런 독자적인 서식을 만들어 보내 온 사람이 몇 명 더 있었으나, 사사키 씨의 경우에는 내용이 아주 훌륭하였다. 간결하면서도 요점이 분명하여 읽으면서 재미가 있었다.

사실 사사키 씨는 매우 독특한 경력의 소유자였다. 오사카大阪 출신으로 고등학교 졸업 후 유화를 그리면서 4년을 보냈고, 그 뒤 방송작가인 하나부사 료스케華房良輔의 집에 제자로 들어가 방송작가로서 활동하면서 NHK의 〈일본 역사日本の歷史〉에도 4년 간 참여하였다. 방송작가 일과 병행하여 한큐阪急 백화점 홍보부에서 카피라이터로 일하기도 하였다. 그 후 미쓰이三井 계열의 정보 서비스 회사에서 근무한 뒤, 작가인 고마쓰 사쿄小松左京 씨의 비서로 들어가 고마쓰 씨가 꽃 박람회 프로듀서로 활동했던 3년 간 함께 일하였다. 그리고 당시 꽃 박람회 기획의 일환이었던 세계의 거목을 찾아가는 여행기를 「아사히 신문」에 아홉 차례에 걸쳐 연재한 적도 있다.

그리고 간사이關西 지방에 쓰루미 슌스케鶴見俊輔, 다다 미치타로多田道太郎 등이 지도하는 〈현대 풍속 연구회〉라는 〈사상의 과학〉과 아주 비슷한 민간 연구단체가 있는데, 사사키 씨는 이 단체의 회원으로서「결혼 피로연 연구보고」라든가「수학 여행 연구보고」등 재미있는 연구 보고서도 내고 있다.

그리고 사실 나는, 사사키 씨가 이처럼 활발하게 다양한 활동을 하던 8년 전에 만난 적이 있다. 8년 전 핼리 혜성이 지구로 접근해 왔을 때, 사사키 씨는 '웰컴 핼리 클럽'이라는 단체를 조직하여 뉴 칼레도니아로의 핼리 혜성 관측 여행을 이끌고 있었다.

이 때 나는 사사키 씨의 부탁으로 이 클럽의 세미나에 강연을 하러 간 적이 있다. 나는 강연을 별로 하지 않는 편이지만, 그 당시 부탁을 받았을 때의 느낌이 참 좋았기 때문에 흔쾌히 수락한 것으로 기억하고 있다. 사사키 씨의 자기 소개서를 보면 "내세울 만한 자격증도 특기도 없지만 정열과 의욕, 활력은 넘치게 가지고 있습니다"라는 구절이 있었는데, 정말로 그런 사람이었다는 인상이 남아 있다. 면접을 해 보니 그런 느낌이 틀림없다는 것을 확인할 수 있게 되어, 결국 이것이 결정적인 채용 근거가 되었다.

누가 뭐라 해도 모집 요강에 '연령·학력 불문'이라고 기재하였던 것이 정말 다행이었다. 사소한 것이라도 조건을 붙였다면 사사키 씨는 분명 면접 대상에서 밀렸을 것이다.

(『부인공론婦人公論』, 1993. 8)

IV

나는 이런 책을 읽어 왔다

나는 이런 책을 읽어 왔다

시작詩作과 도스토예프스키

───── 이 곳 다치바나 씨의 작업실, 일명 '고양이 빌딩'은 지하 1층에서 지상 3층까지 말 그대로 책이 산더미같이 쌓여 있습니다. 일설에 의하면 3만 권 정도 된다고 하는데, 이처럼 방대한 책을 읽음으로써 다치바나 씨는 폭 넓으면서도 철저하게 일을 하실 수 있는 것 같습니다. 오늘은 다치바나 씨의 책에 얽힌 많은 이야기를 들어 보는 시간을 갖도록 하겠습니다.

원래 예전부터 책을 좋아하셨습니까?

다치바나 어린 시절부터 책을 참 많이 읽었습니다. 저희 부모님께서는 젊어서 문학 청년과 문학 소녀로 만나 결혼하셨는데, 아버지께서 서평지의 편집 일을 하고 계셔서 집안 곳곳에 항상 많은 책이 있었습니다. 유전적으로나 환경적으로나 자연스럽게 책을 좋아하게 될 운명이었던 셈입니다. 그래서 정말로 어린 시절부터 책벌레였습니다.

───── 어린 시절에는 주로 어떤 책을 읽었습니까?

다치바나 별로 기억 나는 책이 없었는데, 마침 중학교 때 교지에 제가 저의 독서력에 대해 쓴 작문을 발견하였습니다. 이 작문을 보면 저 자신조차 정말 많이 읽었구나 싶어 질릴 정도입니다……(웃음).

───── 어디 보자……. 음, "초등학교 3학년 때 나쓰메 소세키夏目漱石의 책을 읽었고, 6학년 때 디킨즈에 열중하였다"고 기록되어 있군요. 상당히 조숙하셨던 것 같습니다(웃음). 이 글을 꼭 별도로 실어 주십시오(171~182쪽 참조). 그 당시의 맹렬한 독서에 대해서는 이 작문을 참고하기로 하고, 그러면 그 때의 독서열이 이후에도 계속되었습니까?

다치바나 아닙니다. 고교 시절은 어떤 의미에서는 제 인생에서 가장 책을 읽지 않은 시절입니다. 아시다시피 대학 입시를 위해 수험 공부를 해야 했으니까요. 그렇지만 읽고 싶은 책은 꽤 읽었습니다. 그 무렵 가와데 쇼보河出書房에서 국판으로 『결정판決定版 세계문학전집』을 내기 시작했는데, 그 전집의 반 이상을 읽었습니다. 스탕달, 발자크, 플로베르, 도스토예프스키, 톨스토이, 모파상, 하디, 로렌스, 헤세, 헤밍웨이 등이죠. 톨스토이, 도스토예프스키의 책은 다른 출판사에서 간행된 책까지 합쳐 대표작이라고 할 만한 것은 거의 다 읽었습니다.

그리고 신쵸샤新潮社에서 새롭게 출판한『현대 세계문학전집』과『신판新版 세계문학전집』도 많이 읽었습니다. 에밀 졸라, 앙드레 지드, 릴케, 존 스타인벡, 윌리엄 서머셋 모옴, 토마스 만, 프랑수와 모리악, 로망 롤랑, 앙드레 말로……. 하지만 현대 문학을 본격적으로 읽기 시작한 것은 대학에 들어가서부터입니다.

────── '도스토예프스키 체험'을 해 보신 적이 있습니까?

다치바나   있습니다. 한때 해가 뜨건 저물건 하루 종일 도스토예프스키만을 읽던 시절이 있었습니다. 대학에 갓 입학한 시기였습니다. 대학에 들어가 '문학 연구회'라는 동아리에 가입하여 그 안의 소모임인 '도스토예프스키 연구회'에서 활동하였습니다. 당시 가지고 다니던『카라마조프가의 형제들』을 펼쳐 보면, 〈대심문관〉 부분이 새까만 것으로 보아 이곳을 몇 번이나 반복하여 읽었나 봅니다.

마침 가와데 쇼보에서『도스토예프스키 전집』을 내기 시작해서 서간문, 일기, 창작 노트까지 무리해서 구입하였습니다.

────── '문학 연구회'와 '도스토예프스키 연구회'에서만 활동하였습니까?

다치바나   그 외에 시 관련 모임에서도 활동하였고, 소설 쓰는 모임에서도 활동하였습니다.

────── 다치바나 씨와 시의 만남은 왠지 의외라는 느낌이 듭니다만(웃음).

다치바나　그렇습니까? 저는 시를 참 좋아해서 꽤 일찍부터 읽어 왔습니다. 아마 중학교 때부터였던 것 같습니다. 메이지明治 이후의 근대시부터 당시의 현대시까지 유명하다는 시인의 시는 전부 읽었습니다. 외국 시의 경우에는 당시 헤이본샤平凡社에서 『세계 명시 집대성』이라는 전 20권 정도의 시리즈를 내고 있었는데, 이 시리즈에 유명한 시는 대부분 망라되어 있었습니다. 이 전집의 반 정도를 읽었습니다.

―――　누구의 시를 가장 애독하였습니까?

다치바나　고등학교 때에는 다치하라 미치조立原道造, 대학 시절에는 하기와라 사쿠타로萩原朔太郎의 시를 좋아했습니다. 그 당시 읽던 책이 저쪽 서가에 있습니다.

―――　아, 네, 그렇군요. 『다치하라 미치조 전집』(角川書店), 『하기와라 사쿠타로 전집』(新潮社)……. 『보들레르 전집』(河出書房), 이 전집은 1947년에 간행되었군요. 고서점가에서 찾아내셨나 봅니다. 호리구치 대학堀口大學에서 번역한 이와나미 문고岩波文庫의 『악의 꽃』, 1957년. 밑줄이 상당히 많이 쳐져 있네요.

다치바나　그 쪽에 있는 책들은 정말 오래된 책들입니다.

사르트르도 마르크스도 아닌

―――　놀랍습니다, 『야마무라 보쵸山村暮鳥 전집』(弥生書房, 1961)도 가지고 계시군요. 다치바나 씨, 야마무라 보쵸의 작품도 읽었습니까?

다치바나   그의 작품은 말년의 것도 좋지만, 초기의 『성삼능파리聖三稜玻璃』 등은 참으로 초현실주의적이고 재미있는 작품입니다.

───   직접 시를 쓰기도 하셨습니까?

다치바나   썼습니다. 어린 시절부터 잘 알고 지내 온 고향 친구인 이케베 신이치로池辺晋一郎라는 작곡가가 그 중 하나에 곡을 붙여 주었습니다. 그게 아마 「고마바 문학駒場文學」에 쓴 시로, 정식으로 음악회에 발표된 작품이기도 합니다.

───   대학 시절에 가장 큰 영향을 준 사람은 누구입니까?

다치바나   그 시절은 정말 무턱대고 읽기만 하던 시기로, 특별히 영향을 받았다고 할 만한 사람은 없습니다. 그저 대학 시절에는 서양 문학의 번역서를 하나도 빠짐없이 읽기만 하였습니다.

───   소위 말하는 '대문학大文學'은 전부 읽으셨다는 말씀이십니까?

다치바나   그렇습니다. 저에게는 왠지 모르게 그 시대에 크게 유행하는 것을 그다지 좋아하지 않는 성격이 있어서 말이죠(웃음). 당시 유행하던 작가는 사르트르였습니다. 사회과학 계열의 학생들은 『자본론』, 문학 계열의 학생들은 『존재와 무』를 읽는 것이 유행이었는데, 저는 이런 종류의 책들을 전혀 읽지 않았습니다. 주위 친구들이 너도나도 모두 그 얘기뿐이어서 읽기가 싫어졌습니다.

그러니까 저는 어느 한 작가에 열중하여 그 사람 작품만을 집중적으로 읽는 일은 거의 없습니다. 여러 가지 책을 닥치는 대로 읽는 편입니다. 일부러 이 사람 작품은 전부 읽어 보자는 생각으로 작정하고 읽은 것이 거기에 있는 베르자예프 정도입니다.

——— 『베르자예프 저작집』(白水社), 1960년대 것이로군요.

다치바나 베르자예프를 접하게 된 출발 지점이라고 할 만한 것이 세 가지 정도 있었습니다. 하나는 도스토예프스키입니다. 수많은 도스토예프스키론 중에서 베르자예프의 것이 가장 훌륭하다고 보았습니다. 또 하나는 실존주의입니다. 당시 실존주의가 크게 유행하였는데, 저는 사르트르가 주장하는 무신론적 실존주의에는 거부감이 들었습니다. 오히려 키에르케고르, 도스토예프스키, 베르자예프로 이어지는 계보의 기독교적 실존주의에 더 공감하였습니다. 저의 부모님이 크리스천이어서 어려서부터 교회에 다녔기 때문에 기독교의 영향을 많이 받았습니다.

베르자예프를 접하게 된 또 하나의 출발 지점에는 마르크스주의가 있었습니다. 베르자예프는 젊은 시절에 마르크스주의적 혁명 운동에 매우 적극적으로 가담하였지만, 얼마 지나지 않아 누구보다도 격렬한 비판자가 되었습니다. 마르크스주의가 목표로 하는 것은 결국 카라마조프의 대심문관이 목표로 했던 것과 같다는 것을 간파하였기 때문입니다. 제가 대학에 다니던 시절은 60년대 안보 투쟁이 한창이던 때로, 모두들 많게든 적게든 마르크스주의의 영향을 받고 있던 시대였기 때문에, 그것을 비판할 수 있는 시각을 얻고 싶은 마음이 없지 않았습니다.

——— 그러면 마르크스주의 관련 서적은 거의 읽지 않았습

니까?

다치바나 아닙니다. 당연히 기본적인 문헌은 읽었습니다. 『공산당 선언』을 비롯하여 『포이에르바하론』 정도까지는 읽었지만 『자본론』은 첫머리 부분만 읽은 정도입니다. 레닌 것도 『국가와 혁명』은 읽었지만 『유물론과 경험 비판론』은 읽지 않았습니다. 그 밖의 여러 가지 사회주의 관련 기초 문헌도 마르크스주의 경제학자들의 경제분석 관련 서적과 함께 읽기는 하였습니다.

'대문학'을 통해서 얻은 것

──── 전공은 불문학이라고 들었습니다. 졸업 논문은 누구에 대해 썼습니까?

다치바나 아마 아는 사람이 거의 없을 것 같습니다만(웃음), 메느 드 비랑Maine de Biran이라는 프랑스의 철학자에 관한 논문입니다. 프랑스 혁명 시대의 귀족으로, 데카르트의 '나는 생각한다. 고로 나는 존재한다'를 부정하고, '나는 의욕적이다. 고로 나는 존재한다'라고 하면서 의욕이야말로 인간 존재의 근본이 되어야 한다고 본 사람입니다. '생生 철학'의 창시자라고도 불리고 있으며, 베르그송 등이 그의 계보를 잇고 있습니다.

마침 대학 4학년 무렵에 프랑스에서 전집이 완결되어 불문학 연구실에서도 구입해 놓은 상태였지만, 아무도 읽는 사람이 없었습니다. 어떻게 알았는가 하면 그 책에 사람 손을 거친 흔적이 전혀 없었기 때문이죠(웃음). 번역도 아직 되어 있지 않았습니다. 메느 드 비랑에 대해 일본어로 소개한 책은 거기에 있는 그 책 한 권 밖에 없었습니다. 분명 그 책은 제2차 세계대전 전에 나온 책일 겁니다.

——— 사와카타 히사타카澤瀉久敬, 『서철총서西哲叢書 메느 드 비랑』(弘文堂書房), 1939년 재판이라고 되어 있네요.

다치바나   졸업 논문은 전집의 마지막 권에 있는, 그가 말년에 집필해 놓은 『요한복음서 주해』(초고)를 분석한 결과물이었습니다. 그는 말년에 기독교적 신비주의에 빠져들게 됩니다. 아마 졸업 논문 제목이 「'요한복음서 주해'를 통해 본 후기 메느 드 비랑의 신비주의」였던 것 같습니다. 제 졸업 논문을 심사한 교수님들 중 원전을 읽은 분이 없다는 것을 알고 있었기 때문에 제 마음대로 해석하고 글을 쓴 부분이 없지 않았지만, 어쨌든 '우수'하다는 평을 받았습니다(웃음).

——— 거의 모든 고전을 섭렵하신 듯합니다만, 새로 나온 소설들은 어떻게 생각하고 계신지 알고 싶습니다.

다치바나   대학에 들어가서는 오로지 20세기 문학만을 읽었습니다. 조이스, 프루스트를 비롯하여 사르트르, 카뮈, 보부아르, 카프카, 포크너, 헨리 밀러, 생 텍쥐페리, 뒤아멜, 모라비아, T. S. 엘리엇, 로렌스 더렐, 발레리, J. D. 샐린저 등의 대표작은 전부 읽었습니다. 1970년 무렵까지는 당시 문학의 동향을 바로 따라가고 있었습니다. 프랑스의 로브 그리예, 나탈리 사로트, 마르그리트 뒤라스 등의 안티 로망, 미국의 비트 제너레이션, 영국의 앵그리

영 맨의 문학 작품도 자주 읽었습니다. 1960년대 후반, 하쿠스이샤白水社에서 『새로운新しい 세계문학』이라는 시리즈가 나왔는데, 이 시리즈도 거의 다 읽었습니다. 유스나르, 막스 프리쉬, 클로드 시몽, 이탈로 칼비노 등의 작품이었습니다.

그리고 현대 연극을 즐겨 보았으며, 보는 것 이상으로 자주 글로 읽기도 했습니다. 아누이, 지로두, T. 윌리엄스, A. 밀러 등을 비롯하여 당시 활동하던 이오네스코, 베케트, E. 올비 등의 부조리극이 주를 이룹니다. 올비 등은 외국에서 신작이 발표되면 그 즉시 읽었습니다. 이 무렵부터 영미권 문학 작품은 원어로 읽는 경우가 많아졌습니다. 헨리 밀러 작품의 경우, 원작을 살려 충실히 번역하면 분명 외설 시비에 휘말려 범죄 행위로 간주되기 때문에, 당시 일본에서 번역된 헨리 밀러의 작품은 모두 필요한 부분만 뽑아 번역한 것이었습니다. 그래서 저는 그의 작품을 대부분 영어로 읽었습니다.

대학 2학년 때 유럽에 간 적이 있는데, 귀국할 때 한 달 반 동안 화물선을 타고 돌아왔습니다. 그 때 배 안에서 특별히 할 일도 없고 해서 도서실에 있는 소설을 닥치는 대로 읽었습니다. 네빌 슈트, 제임스 힐턴, 데이몬 러년 등이 쓴 통속 소설이었지만, 많은 양을 읽은 덕분에 영어로 쓰여진 책을 읽을 때 고생하지 않게 되었습니다. 그리고 소설뿐만 아니라 다른 모든 분야에서 일본어로 번역되어 나온 책이 얼마나 적은지를 알게 되면서부터, 영어로 읽는 경우가 많아졌습니다.

또한 그 당시 제 독서의 특징 중 하나는 사람들이 잘 읽지 않을 것 같은 책만 골라 읽기를 즐겼다는 점입니다. 예를 들어 셰익스피어 이외에 엘리자베스 왕조의 연극이라든가 성배전설聖杯傳說을 다룬 책 혹은 그리스·로마 시대의 고전이라든가 중세 페르시아의 신비 시 같은 것들입니다. 이 시기에 겐다이시쵸샤現代思潮社에서 『고전문고古典文庫』라는 시리즈를 내놓기 시작하면서, 유럽 문화사의 유명 작가이지만 일본에서는 전혀 번역되지 않았던 첼리니의 『자서전』, 캄파넬라의 『태양의 도시』, 브루노의 『무한자와 우주와 세계』 등이 알려지기 시작하였는데, 이 시리즈를 어지간히 읽었습니다.

——— 일본 작가에 대해서는 어떻게 생각하고 계십니까? 지금까지 일본 작가의 이름은 별로 등장하지 않았습니다만.

다치바나 사실 별로 읽지 않았습니다. 다니자키 준이치로谷崎潤一郎, 가와바타 야스나리川端康成, 다자이 오사무太宰治, 이시카와 준石川淳, 다케다 다이준武田泰淳, 오오카 쇼헤이大岡昇平, 고바야시 히데오小林秀雄, 미시마 유키오三島由紀夫, 오에 겐자부로大江健三郎, 아베 고보安部公房, 후카자와 시치로深沢七郎 등의 작품을 읽기는 읽었습니다만, 그다지 열렬한 독자는 아니었습니다. 그러나 이 시기에 읽은 일본의 고전 문학을 통해 굉장히 많은 영향을 받았습니다. 마침 이와나미 쇼텐岩波書店에서 고전문학대계古典文學大系를 간행하던 시기였습니다. 헤이케 모노가타리平家物語, 지카마쓰近松의 죠루리淨瑠璃, 모쿠아미黙阿弥의 가부키歌舞伎 대본을 좋아했습니다.

———— 그러나 요즘은 문학부 대학생일지라도 그런 문예 서적을 읽는 학생은 거의 없지 않을까 싶습니다만.

다치바나 아마 없을 겁니다. 특히 도스토예프스키라든가, 그처럼 스케일이 큰 작품은 이젠 읽히지 않을 것 같다는 생각이 듭니다.

———— 그런 '대문학'을 읽은 것이 나중에 다치바나 씨가 하시는 일에 많은 영향을 주었다고 생각하십니까?

다치바나 여러 가지 의미에서 영향을 주었습니다. 첫째, 글을 써서 생계를 꾸려 가는 직업을 선택한 것 자체가 이미 그 영향을 받은 것이 아닐까요. 글을 읽지 않으면 글을 쓸 수 없으니 말입니다. 우선 제대로 된 소비자가 되지 않으면 제대로 된 생산자가 될 수 없습니다. 문학을 통해 정신 세계를 형성하지 못한 사람은 아무래도 사물을 보는 눈이 사려 깊지 못합니다. 사물이나 상황을 이해하는 데 도식적인 경향을 보이기도 할 것입니다. 문학이라는 세계는 처음 겉으로 나타난 것을 한 번 뒤집어 보면 다르게 보이고, 다시 그것을 뒤집어 보면 또 다르게 보이는 그런 세계가 아닐까 생각합니다. 표면만으로는 보이지 않는 것을 찾아가는 것이 문학인 것입니다.

그리고 또 하나의 영향이라면 독서, 특히 문학 작품을 읽음으로써 얻어지고 길러지는 상상력이 아닐까 합니다. 취재를 제대로 못하는 사람은 결국 상상력이 부족하기 때문입니다. 자기가 알고 있는 모든 것을 먼저 말해 주는 사람은 없습니다. 예를 들어 상대방의 과거 경험을 듣고 싶어도, 말하지 않은 부분이 여전히 많이 남아 있을 것입니다. 상대방이 아직 말하지 않은 것이 무엇인지, 그것을 알아차릴 수 있는 능력, 그것이 바로 상상력입니다.

논픽션의 충격

─── 대학을 졸업하고 나서 문학 작품을 읽지 않게 되었다고 하셨는데, 무슨 이유에서입니까?

다치바나 소설이 재미없어서라기보다는 논픽션을 읽고서 소설보다 훨씬 재미있는 세계가 있다는 사실을 알게 되었기 때문입니다. 문예춘추에 입사하여 주간지 팀으로 배치되었을 때 선배가 "무슨 책을 읽고 있는데?"라고 묻자 나온 대답이 모두 소설이었습니다. "그런 책만 읽어선 안 되지. 논픽션을 한 번 읽어봐"라고 선배가 귀띔해 주지 뭡니까……(웃음).

마침 치쿠마 쇼보筑摩書房에서 전 50권이나 되는『세계 논픽션 전집』이 나와서『세계 최악의 여행世界最惡の旅』,『콘티키호 탐험기コンティキ號探檢記』 등이 수록되어 있는 제1권부터 읽기 시작하였는데, 글쎄 어쩌나 재미있던지. 그래서 이 시리즈를 하나하나 구입하여 읽게 되었던 것입니다. 그 때까지만 해도 제 머리 속에 문학은 고급 문화이고 논픽션은 저급 문화라는 고정관념이 있었는데, 양질의 논픽션에서 나오는 압도적인 박력으로 인해 완전히 인식을 전환하는 계기가 되었습니다.

그 후 제가 하는 일에 필요하기도 하여, 다양한 각도에서 사회의 실태를 증언하는 논픽션을 읽게 되었습니다. 역시 학생 시절에는 아무래도 머리 속에 추상적 지식만이 가득하여 현실을 잘 모릅니다. 경제에 대해서도 경제 논리나 경제사에 관해 어느 정도 알고 있다고는 하지만, 주식 시장의 움직임이나 각 기업들의 경영 문제라든가 유명 재계 인사의 인간상이나 경제 사건 등에 관해서는 잘 모르는 형편이었습니다. 이에 자극을 받아 정치, 경제, 사회 등의 모든 문제에 대해 알기 위해 신간 서적을 하나하나 읽기 시작하였습니다. 드러커, 갤브레이스, 패커드, 볼딩, 맥루한, E. 프롬 등의 저서를 읽은 것도 이 시기입니다.

그 무렵 회사의 제 책상 위에는 항상 20권 정도의 책이 쌓여 있었습니다. 시시하다면 시시한 책들도 꽤 있었지만, 그때까지만 해도 사회의 현실에 대해 너무 무지하였기 때문에 무슨 책이든 읽으면 눈이 떠지리라고 생각하였던 것입니다.

───── 그런데, 「주간 문춘週刊文春」에서 2년 반 정도 근무하신 뒤, 회사를 그만두고 다시 대학에 들어가셨다고 들었습니다만.

다치바나 당시 여러 가지 이유로 일이 싫어졌습니다. 그 이유 중 하나가 너무 바쁘다는 것이었습니다. 읽고 싶은 책을 마음 놓고 읽을 수 없었던 것입니다. 이대로 가다가는 제 자신이 점점 바보가 될 것 같다는 생각에……. 처음에는 취재를 하고 그것을 글로 옮기는 작업이 참 재미있었는데, 관심이 있는 테마뿐만 아니라 전혀 흥미를 느낄 수 없는 테마라도 명령이라면 어쨌든 해야 하는 겁니다. 이런 일은 도저히 참을 수가 없었습니다(183~186쪽 참조).

─────── **도쿄대학 철학과에 입학하셨던데, 철학과를 선택하신 특별한 이유라도 있습니까?**

다치바나　저는 기본적으로 철학적인 인간입니다. 인간이란 무엇인가, 세계란 무엇인가, 존재란 무엇인가, 어떻게 살아야 할 것인가. 예전부터 언제나 이런 철학적인 기본 명제들 주위를 맴돌며 생각에 빠져들곤 했습니다. 2년 반 동안 주간지 기자로 활동하면서 세속적인 것에 너무 물들어 버렸기 때문에 조금은 형이상학적인 것을 고민해 보고 싶어졌던 것이 아닐까 생각됩니다.

이 무렵, 절친한 친구 가운데 저처럼 다시 대학으로 돌아가려는 친구와 함께 공부를 하였습니다. 칸트의 『순수이성비판』을 원서로 읽었는데, 무척 힘든 과정이었지만 정말 재미있었습니다. 칸트의 저서를 일본어 번역본으로 읽을 때는 의미가 분명하게 와 닿지 않았는데, 독일어로 읽어 보니 이해가 훨씬 잘 되었습니다.

입학 시험은 간단히 면접만 치르는 것이었지만, 면접 시험 때 철학과 교수님이 "진심으로 철학을 하려고 한다면 영어, 프랑스어, 독일어, 그리스어, 라틴어 등이 필요하네. 4월까지 준비해 두게"라고 말씀하시며 겁을 주는 게 아닙니까?(웃음) 당황하여 『그리스어 4주간』, 『라틴어 4주간』이라는 책을 사서 서둘러 공부하였습니다. 신기하게도 이 책들이 시키는 대로 성실하게 공부하다 보니 정말 4주 만에 어학의 기초를 다질 수 있었습니다. 2개월 정도 해서 일단 교수님 수업을 들을 수 있는 수준까지는 갔던 것 같습니다.

────── 그렇게 하고 나서 이번에는 철학 서적을 무섭게 섭렵
해 나갔습니까?

다치바나 아닙니다. 철학 서적은 그렇게 읽어치울 수 있는 책
이 아닙니다(웃음). 특히 세미나 방식 수업의 원서 강독시간에는
한 구절 한 구절 철저하게 검토를 거듭하며 정독해 나갔기 때문
에, 90분 수업 동안 한 쪽에서 두 쪽 정도밖에 진도를 나가지 못하
는 경우가 종종 있었습니다.

불문학 전공 시절에는 수업에 잘 참석하지 않았지만, 사회 생활
을 경험한 뒤 지적 욕구에 불타고 있던 터라 일 주일에 한 번 또는
두 번 나가는 세미나 수업을 많이 신청하였습니다. 그리스어로 플
라톤을 읽고, 라틴어로 토마스 아퀴나스를 읽고, 프랑스어로 베르
그송을 읽고, 독일어로 비트겐슈타인을 읽었습니다. 그리고 학과
외 수업으로, 히브리어로 진행되는 구약성서 강독을 들었습니다.
또한 한문 강독인 『장자 집주莊子集註』 강의도 들었습니다. 그리고
아라비아어 수업, 페르시아어 수업도 들었습니다. 모두가 소수 학
생만이 듣는 수업이어서 결석은 거의 불가능하였습니다. 매일 아
침부터 밤까지 공부만 했던 셈입니다.

당시 철학과 수업에서 한 구절 한 구절 소홀함 없이 철저하게
읽어 가던 수업 방식, 더욱이 교수님의 엄격한 지도 아래 땀을 흘
리며 정독을 하던 시간은 매우 소중한 경험이 되었습니다.

────── 철학과에서 현대 철학도 공부하셨다고 들었습니다만.

다치바나   그렇습니다. 처음에는 고대나 중세 철학에 많은 관심을 가지고 있었지만, 수업을 들으면서 현대 철학의 재미에 흠뻑 빠져 가는 것을 느꼈습니다. 비트겐슈타인이라든가 기호 논리학, 그리고 분석 철학, 수학 기초론, 언어론 등으로 관심 방향이 바뀌어 갔습니다.

그렇지만 당시는 도쿄대학 학내 분쟁이 가장 치열하던 시기로, 1년 반 정도 지나면서 데모가 시작되어 수업을 하지 못하였습니다. 그러던 와중에 문예춘추에서 "시간이 있으면 뭔가 써 보는 것이 어떻겠느냐?"고 의뢰를 해 와 도쿄대학 전공투(전학공투회의全學共鬪會議의 약자—역자 주)에 대해 집필하던 중, 그만 글 쓰는 사람이 되어 버렸습니다. 그 이후에는 일 때문에 책을 읽는 일이 점차 많아졌습니다.

대개의 경우 즐기면서 책을 읽을 때는 시간이 좀 걸리지만, 일 때문에 필요해서 읽을 때는 굉장히 빠른 속도로 읽어 갑니다. 그러나 일만을 위해 책을 읽게 되면 좀처럼 읽고 싶은 책을 읽을 수가 없었습니다. 그래서 그 무렵부터 의식적으로 실천하는 것이 있는데, 작업하던 일의 테마를 잠시 비켜 놓고 일을 핑계삼아 읽고 싶은 책을 읽는 방법입니다. 어떤 분야의 책이 읽고 싶어지면, 그 분야의 일을 맡아 하는 것입니다. 그리고 새로운 일거리를 맡게 되면 그와 관련된 책을 빠짐없이 구입합니다. 쌓아 놓으면 족히 1m는 될 정도로 구입하여 꼼꼼히 읽습니다.

방대한 자료와의 싸움

────── 그 후의 일에 따른 책과의 관계에 대해 질문 드리면 바로 생각나시겠지만, 다치바나 씨의 실질적인 데뷔작은 1971년에 발표하신 『사고의 기술思考の技術』(日經新書)이라고 알고 있습니다. 이 책은 지금 『에콜로지적 사고의 흐름エコロジ─的思考のすすめ』이라는 제목으로 중공문고中公文庫에서 나오고 있지요?

다치바나 그렇습니다. 이 책은 사실 에콜로지(생태학)의 입문서로 집필한 것인데, 20년도 더 되었습니다. 집필 당시 에콜로지라는 용어 자체가 일반인들에게 생소하였습니다. 그래서 주 제목을 『사고의 기술』로, 부제목을 「에콜로지적 발상의 흐름エコロジ─的發想のすすめ」으로 붙였던 것입니다. 이 책을 문고판으로 낼 때 제목을 바꾸었습니다.

────── 처음 집필하신 책이 에콜로지와 관련되었다는 점은 다치바나 씨의 일을 고려할 때 좋은 힌트가 되었으리라고 생각하는데, 벌써 20년 전에 에콜로지에 관한 책을 집필하신 데는 무슨 특별한 이유라도 있었습니까?

다치바나 그 계기는 잘 생각나지 않습니다만, 닛케이 신쇼日經新書의 편집부에서 에콜로지가 무엇인지 알기 쉽게 해설한 책을 집필해 달라는 의뢰를 해 왔습니다. 당시 저는 「제군諸君!」이라는 잡지에 「생물학 혁명生物學革命」이라는 제목으로 분자 생물학의 발흥에 의한 생물학의 혁명적 변화에 대한 글을 쓰고 있었습니다. 그래서 과학을 문명적 시각에서 알기 쉽게 쓸 수 있는 작가로 평가

되었던 것이 아닐까 생각합니다. 당시 공해, 환경오염이 사회적으로 문제가 되어 에콜로지라는 개념이 일반인들의 귀에도 조금씩 친숙해지기 시작하고 있었습니다. 에콜로지가 무엇인지 그 개념은 잘 모르지만, 매우 중요한 개념인 것 같다는 생각이 막 들기 시작한 무렵이었습니다. 학자들이 집필한 생태학 입문서는 몇 권 있었지만, 생태학이라는 개념이 너무 다양하기 때문에 좀처럼 이해하기가 어려웠던 것입니다. 같은 생태학이더라도 식물 생태학을 연구하는 학자와 동물 생태학을 연구하는 학자가 전혀 다른 내용을 집필하고 있는 상황이었습니다. 그래서 과연 생태학이란 무엇인가를 알기 쉽게 써 달라는 의뢰였던 것으로 기억하고 있습니다.

──── 예전의 인터뷰에서 다치바나 씨는 에콜로지라는 개념을 접했을 때 "세계를 푸는 열쇠 하나를 손에 넣은 기분이었다"고 말씀하신 적이 있었습니다.

다치바나 그랬을 겁니다. 과학이 점차 세분화되고 각 영역 안에 일인용 참호를 파서 안주하려는 경향으로 흐르고 있을 때, 그와 반대로 에콜로지는 과학을 중심으로 전체적인 연관성을 생각해 보자는 발상이었으므로, '바로 이것이다'라는 생각이 들었던 것입니다. 저는 분석보다는 통합, 일부분보다는 전체를 보는 시각이 필요하다고 항상 생각하고 있었기 때문에, 기본적인 시각이 에콜로지와 일치하였던 셈입니다.

──── 그 무렵, 다치바나 씨는 「제군!」에 오직 문명론 관련 리포트만 쓰고 계셨다고 말씀하신 것 같습니다만.

다치바나　그렇습니다. 마침 1969년에「제군!」이 창간되었고, 편집장은 다나카 겐고(田中健五 : 뒤에「문예춘추」,「주간 문춘」편집장 등을 역임. 1988년~1995년 문예춘추사 사장) 씨였습니다.

───　「제군!」에서 활동하면서 재미있으셨습니까?

다치바나　힘들긴 했지만 정말 재미있었습니다.「제군!」은 그때 막 창간된 잡지였는데, 다나카 씨는 처음 편집장직을 맡았고 저는 신출내기 리포터로서 둘 다 첫 출발점에 있었습니다. 무언가 새로운 것을 하고 싶다는 의욕이 있었고, 정해진 스타일이나 전통이라고 할 만한 것도 없었기 때문에 좋아하는 것을 마음 놓고 할 수 있었습니다. 저는 비교적 과학적인 시점에서 문명론을 펼쳐 볼 수 있었습니다. 예를 들어「『소년 매거진』은 현대 최고의 종합 잡지인가?」라는 기사를 창간 3호에 실었는데, 이 기사는 소년 잡지에서 진행되는 미디어의 비주얼화와 그것이 초래하는 정보 전달의 양적인 면과 질적인 면에서의 변화에 대해 논한 것입니다. 그리고 앞에서도 말한「생물학 혁명」이라든가「우주선 지구호의 구조宇宙船地球號の構造」등의 기사를 썼습니다. 이 기사들은 모두 일일이 책을 읽고 전문가를 찾아가 직접 이야기를 들은 후 쓴 지적인 르포입니다.

───　다치바나 씨의 그 다음 저서들을 고려해 볼 때,「제군!」에서 일하시던 시절이 본인에게 매우 큰 의미가 있을 것이라는 생각이 듭니다만.

다치바나　그렇습니다. 일류 학자들을 직접 만나 이야기 듣는 즐거움을 그 일을 통해 알게 되었습니다. 그리고 사전 준비를 어느 정도로 철저히 하느냐에 따라 끌어낼 수 있는 이야기의 질과 양이 전혀 다르다는 사실도 배웠습니다. 배우면 배울수록 지의 세계가 가진 그 넓이와 깊이가 더 잘 보입니다. 이른바 일류 학자를 개인적인 가정교사로 모시며 배움의 기회를 얻는 셈이었으므로, 생각해 보면 이처럼 호사스런 경험은 두 번 다시 없을 것입니다. 저만큼 수많은 일류 학자들을 직접 만나 가르침을 받은 사람은 아마 없을 것입니다. 학생일 때는 그다지 열심히 공부하지 않았으나, 학교를 졸업하고 사회로 나와 취재 활동을 하면서 글을 쓰는 작업을 통해 저는 최고의 현대적인 교육을 받았다고 자부합니다.

——— 한편, 다치바나 씨의 이름을 떠올리면 뭐니뭐니 해도 『다나카 가쿠에이 연구田中角榮研究』를 빼놓을 수 없을 것입니다.

다치바나 『다나카 가쿠에이 연구』그 자체는 책과는 거의 관계가 없습니다. 토지 등본이라든가 회사 등본 같은 자료 수집이 중심이었기 때문입니다. 그 때 자료는 대형 캐비닛으로 3개 정도 되는 분량이었을 것입니다. 그 당시 관련 자료는 지하 1층에 있으니 그쪽으로 가 보실까요?

〔3층에 있는 작업실에서 지하 1층의 서고로 이동. 198~203쪽 세노 갓파妹尾河童가 그린 〈고양이 빌딩〉의 '세밀한 도해'를 참조할 것〕

다치바나 『다나카 가쿠에이 연구』의 하권에 고다마 요시오兒玉

譽士夫가 누구인지, CIA와 고다마의 관계 부분을 집필할 때는 당시 이미 절판되었던 제2차 세계대전 후의 비사를 상당히 많이 수집하였습니다. 손에 넣을 수 없는 것은 빌려와서라도 전부 복사해 두었습니다.

제2차 세계대전 후 곧바로 창간된 「진상眞相」이라는 잡지가 있습니다. 요즘의 「소문 속의 진상噂の眞相」처럼 상당히 위험한 수준의 이야기까지도 거침없이 써버리는 폭로 잡지의 성격을 띠고 있었는데, 저에게는 참으로 많은 도움이 되었습니다. 이 잡지는 나중에 복간되었습니다.

반세이샤晩聲社에서 나온 『환상의 지하제국 시리즈幻の地下帝國シリーズ』도 당시 폭로 서적의 복각본인데 매우 재미있었습니다. 특히 로만 킴의 『할복한 참모들은 아직 살아 있다切腹した參謀たちは生きている』는, 한국전쟁 때 미국의 첩보 기관과 구일본군 잔당이 어떻게 암약하였는지를 매우 스릴 넘치게 그리고 있습니다.

───── 이쪽 책장은 전부 법률에 관련된 전문 서적이군요. 『미국의 형사사법アメリカの刑事司法』(E. A. 서덜랜드, 有信堂), 『프랑스 형사법フランス刑事法』(沢登俊雄, 成文堂), 『증거법체계證據法體系』(日本評論社)…….

다치바나 그 책들은 다나카 가쿠에이 재판의 참고서입니다. 1977년부터 1983년에 걸쳐 「아사히 저널」에 재판 방청기를 연재하였는데, 1984년부터 1986년까지 「아사히 저널」을 무대로 록히드 재판을 비판하는 세력과 대 논쟁을 벌였죠. 촉탁신문조서囑託訊

問調書의 증거 능력 문제라든가, 수상의 직무 권한 문제라든가, 여러 가지 논점이 제기되었습니다. 상대 측에는 법률 전문가도 있었기 때문에 모든 논점에 대해 제가 할 수 있는 공부는 다 했습니다. 서가로 15단 분량의 책을 읽었습니다. 전문가와 논쟁을 할 때는 그 정도의 공부가 필요하기 때문입니다.

――― 『일본 공산당 연구日本共産黨の研究』도 큰 작업이었지요? 공산당 관련 서적은 정말 엄청난 양이군요. 이동식 서가 4개분을 차지하고 있을 정도로.

다치바나 공산당뿐만 아니라 이 서가 주위에는 과격파와 안보 투쟁 관련 서적도 있습니다. 공산주의 사상이라든가, 러시아 혁명 관련 서적도 이곳에 있습니다.

『코민테른의 밀사コミンテルンの密使』(近藤榮藏, 1949, 文化評論社), 이것은 매우 진귀한 책입니다. 곤도 에이조近藤榮藏는 2차 대전 전에 일본 공산당의 전신을 만든 사람으로, 이 책은 그가 2차 대전 후에 집필한 회상기입니다. 그리고 『일본의 붉은 기日本の赤い旗』(P. 랭거 외, 1953, 코스모폴리탄사)는 미국 학자들이 2차 대전 전의 공산당에 관여한 당사자들을 일일이 만나 조사한 것인데, 이런 책은 고서점에서도 무척 비싼 편입니다.

『일본 공산당사(전쟁 전)日本共産黨史(戰前)』는 아주 특수한 책인데, 저자는 현대사 연구회 이름으로 되어 있지만 사실은 단속 당국이 만든 책입니다. 아마 공안 조사청이 내부 교육을 위해서 만든 것으로 생각됩니다. 2차 대전 전의 단속 당국의 자료를 바탕으로 공

산당의 역사를 정리한 것입니다. 아마 비매품이 아니었을까 생각
되는데, 그런 의미에서 매우 귀중한 책입니다. 2차 대전 전에 「특
고월보特高月報」라든가, 「사상월보思想月報」라는 당국의 자료가 있지
않았습니까? 이런 당시의 생생한 자료를 근거로 정리된 것이므로,
이들 자료를 이용할 때 이 책을 색인처럼 활용할 수 있습니다. 「특
고월보」도 있기는 하지만, 이곳에 보관할 수 없어서 화장실 안쪽
작은 방에 넣어 두었습니다(웃음).

———   당시의 생생한 자료를 어떻게 손에 넣을 수 있었습니
까?

다치바나   「특고월보」는 복각본이 나와 있습니다. 당시의 원본
자료도 간혹 고서점에 나와 있는 경우가 있습니다. 쇼와사昭和史라
든가 운동사 관련 서적을 주로 취급하는 고서점이 몇 군데 있습니
다. 도리쓰 쇼보都立書房라든가, 분세이 쇼인文生書院에 자주 가다 보면
'이런 책까지 있었네' 싶을 정도로 신기한 것들을 만나게 됩니다.

2차 대전 전의 자료도 찾아 나서기만 하면 꽤 구할 수 있습니다.
『회의석상 훈시·지시 및 강연會議席上訓示指示及講演』. 이것은 1937년
사법성 형사국의 비밀 자료로, 특별고등경찰(줄여서 특고特高라고 부
름—역자 주)을 불러모은 회의석상에서 오고간 훈시나 지시, 강연
등을 실은 자료입니다. 예전에 일어났던 공안 사건과 관련하여
"그 사건의 진상은 이것이다"라는 내용이 수록되어 있습니다. 계
획대로라면 폐기 처분되었을 자료인데, 한꺼번에 폐기해야 하니
까 누군가가 헌 책방으로 가져간 것이 아닌가 싶습니다(웃음).

『공직추방에 관한 각서 해당자 명부公職追放に關する覺書該當者名簿』(総
理廳監房監査課篇, 1948, 日比谷政經會)라는 책은 공직에서 추방된 사람
의 이름을 전부 수록한 것입니다. 특별고등경찰은 2차 대전 후 전
원이 추방되었는데, 이 서적을 보면 당시의 특별고등경찰의 구성
원을 알 수 있습니다.

손에 넣을 수 없는 책은 복사를 하였는데, 이쪽에 보관하고 있
는 복사 자료가 있습니다.

────── 서가 하나를 온통 복사 자료가 차지하고 있습니다.
『구근 재배법球根栽培法』이라는 자료까지 있군요.

다치바나 2차 대전 후 공산당 무장 투쟁 시기의 화염병이나
폭탄의 제조 방법을 설명한 팜플렛도 있습니다. 이쪽에는 오쓰키
쇼텐大月書店에서 출판한 우에다 고이치로上田耕一郎의 『전후 혁명 논
쟁사戰後革命論爭史』도 있습니다. 이 책은 나중에 우에다 씨 본인이
자기 비판을 통하여 철회한 책으로, 고서점에서 굉장히 비싼 가격
으로 거래되고 있습니다.

이쪽 작은 방에는 조서류調書類가 있습니다. 「3·15, 4·16 통일
공판 최종진술」은 야마모토 마사미山本正美라는 당시 공산당 위원
장의 조서인데, 이런 재판 자료를 복사해 놓은 것들이 가득 있습
니다.

────── 『일본 공산당 연구』를 집필하시기 전에 이처럼 방대
한 책과 자료를 읽으셨다는 것입니까?

다치바나 아닙니다. 90% 이상은 취재한 것이고, 연재를 하면

서 읽었습니다. 시작하기 전에 읽은 것은 5%도 될까 말까 합니다. 어떤 테마라도 마찬가지입니다. 집필하면서 읽는 경우가 압도적으로 많습니다.

연재하기 전에 읽은 것은 일반적인 공산당사와 여기에 있는 나카노 시게하루中野重治의 『갑을병정甲乙丙丁』(講談社), 그리고 하니야 유타카埴谷雄高의 『그림자 놀이의 세계影繪の世界』(平凡社) 등이 있습니다. 『그림자 놀이의 세계』는 하니야 씨 자신이 공산당 활동을 했을 때의 일들을 쓴 것입니다. 짧은 기간이었지만 공산당에 대한 압박이 어느 때보다 강화되었을 때, 가는 곳마다 스파이가 깔려 있던 시대에 활동하였던 것입니다. 이런 체험은 그의 문학의 뿌리가 되었을 것입니다. 정말 이해할 수 없는 무시무시한 시대가 존재하였다는 정도의 지식은 연재 전에 가지고 있었습니다.

——— 방대한 책과 자료를 수집하고 나서 글을 쓰는 스타일은 『일본 공산당 연구』를 집필하실 때부터 자리잡은 방식입니까?

다치바나 예, 「제군!」에서 활동하던 시절부터 그런 스타일로 글을 쓰기는 했지만, 수집했던 자료의 양으로 볼 때 『일본 공산당 연구』를 집필할 때와는 압도적으로 차이가 납니다. 공산당과 정면으로 대결하면서 논쟁이 꼬리를 물었기 때문에, 논쟁에서 지지 않기 위해서는 자료 수집을 확실히 해야만 했습니다. 저를 공격하기 위해서 공산당 측은 아카하타赤旗의 지면을 이용하기도 하였으며, 단행본이나 팜플렛을 발행하기도 하였습니다. 저는 상대에게 허점을 보이지 않기 위해 무척이나 신중하게 처신하였습니다.

'이 자료를 통해 어디까지 말할 수 있을까'라든지, '이 자료를 어떻게 평가하는 것이 바람직할까' 등……. 논쟁을 통해 역사 자료를 다루는 방법을 제대로 배웠습니다. 그리고 상대방의 의견을 좀 더 끌어내기 위해서는 어떻게 논리를 전개하는 것이 좋은지, 논쟁술을 배우는 계기가 되었습니다.

성, 우주, 수학……

다치바나　이 책에 대해 아십니까?

──　「스윙어」, 스와핑Swapping 잡지 아닙니까? 이런 책까지 갖고 계십니까? 그런데 상당히 많이 모으셨군요(웃음).

다치바나　1979년에 『미국 성 혁명 보고ァメリカ性革命報告』라는 책을 썼습니다. 그 때 그 책을 읽은 이 잡지의 편집장이 감동했다며 매호 보내 주었거든요(웃음).

──　그 책은 정말 충격적이었습니다. 피스트 퍼킹이라니……

다치바나　『미국 저널리즘 보고ァメリカジャーナリズム報告』의 일로 미국에 갔을 때, 그곳은 성 혁명이 한창 진행중이었습니다. 성에 대해서는 예전부터 흥미가 있었기 때문에, 당시 서점에 쏟아져 나온 관련 서적들을 한꺼번에 구입하였습니다. 성 관련 책은 1층에 있습니다.

〔1층으로 이동〕

───── 라이히의 『오르가슴의 기능オルガズムの機能』(太平出版社),
『압노름─이상 성애의 심리와 행동 분석アブノルム─異常性愛の心理と行
動の分析』(高橋鐵, あまとりあ), 사드의 『소돔 120일』(新流社), 『다치카와
사교와 그 사회적 배경 연구立川邪教とその社會的背景の研究』(森山聖眞, 鹿野
苑)……。

다치바나　그쪽에는 성 풍속, 선정적인 내용, 에로틱한 성행위
를 묘사한 책들이 있습니다. 이쪽에 있는 책들은 미국에 갔을 때
구입한 책들이고요.

───── 『AMERICAN WAY OF SEX』.

다치바나　그 책은 정말 진지한 내용을 담고 있습니다. 워싱턴
의 매춘부들을 인터뷰하여 정치가나 대법원 판사 등의 섹스 실태
를 조사한 학자의 정식 보고서입니다.

───── 다치바나 씨가 하시는 일 가운데 놀라지 않을 수 없
는 것은 테마의 폭이 굉장히 넓다는 점인데, 과학에 대한 관심만
은 일관되게 하나의 흐름으로 자리잡고 있는 듯합니다. 『우주로
부터의 귀환宇宙からの歸還』도 그 중 하나라고 생각됩니다만.

다치바나　그 책을 쓸 때의 자료는 대부분 미국에서 수집하였
습니다. 우선 워싱턴의 도서관에서 잡지 기사를 철저하게 모았습
니다. 미국에는 「정기 간행물 독자 가이드Reader's Guide to Periodical
Literature」라는 미국 잡지 기사 목록이 마련되어 있어서, 180여 종
의 미국 잡지 목차를 검색할 수 있도록 잘 분류해 놓았습니다. 우
주 개발이라는 항목을 펼치면, 180여 종의 잡지에 실렸던 관련 기

사를 한눈에 볼 수 있습니다. 이 목록에 실려 있는 지난 20년 분의 기사를 한 장씩 넘겨 보며, 관련 있을 것 같은 기사는 모두 카드로 작성하여 책을 읽은 후 필요한 부분은 복사해 두었습니다. 아르바이트까지 한 사람 고용하여 3, 4일에 걸쳐 모았습니다. 그 도서관의 복사실에는 당시 복사기가 4대밖에 없었는데, 우리가 그 중 한 대를 거의 전세내다시피하여 사용했습니다.

그 당시는 이미 아폴로 계획이 종료되고 나서 꽤 시간이 흐른 뒤였기 때문에 이전에 방대하게 출판되었던 관련 서적들을 쉽게 찾을 수 없었습니다. 그런데 마침 그 때 누군가가 휴스턴의 우주 센터 근처에 우주 관련 전문 고서점이 있다고 가르쳐 주어 그 고서점에서 꽤 많은 자료를 모을 수 있었습니다.

일본에서 우주 개발 관련 서양 서적을 가장 많이 보유하고 있는 사람은 바로 제가 아닐까 싶은데, 그 후로도 미국에 갈 때마다 한 보따리씩 책을 사오곤 합니다.

────── **과학에 대한 관심은 어려서부터 있으셨습니까?**

다치바나   원래부터 과학에 흠뻑 빠져 있던 소년이어서 이과 계열로 진학하려고까지 생각했을 정도입니다. 그리고 저는 이래 봬도 수학을 아주 좋아합니다. 현대 수학은 참 재미있습니다. 여기 있는 『현대 수학의 세계現代數學の世界』(전 6권, 사이언티픽 아메리카 편, 講談社)는 오래 전에 읽은 책으로 수학의 재미를 일깨워 주었습니다. 루이브니코프의 『수학사數學史』(東京圖書)도 예전에 읽었는데, 참 재미있었습니다. 수학이 일하는 데 직접적으로 도움을 주는 것은 아니지만, 과학 분야에서는 조금 수준이 높아지면 금방 수식이 따라 나오게 됩니다. 따라서 수학 공부가 필요하게 되죠.

——— 보통 사람들은 수식을 보는 것만으로도 읽을 마음이 싹 사라져 버리는걸요.

다치바나 그건 학교에서 배운 수학에 대한 기억 때문입니다. 수식을 보면 금방 '빨리 풀어야 하는데'라는 생각이 들기 때문이죠(웃음). 하지만 수학은 그런 것이 아닙니다. 수식이라는 것은 관계를 기술하는 방법이므로, 익숙해지면 무척 이해하기 쉽습니다. 예를 들어 상대성 이론인 $E=mc^2$의 경우, c(광속)라는 것은 무척 거대한 수이기는 하지만 정수이므로, 기본은 E(에너지)와 m(질량)이 등호(=)로 연결된다는 사실을 보여 주고 있습니다. 이보다 더욱 복잡한 수식일지라도, 대부분의 수식은 어느 인자와 어느 인자가 어떤 관계에 있는가, 어떤 패턴의 관계가 그 안에 성립되어 있는가를 기술하고 있을 뿐입니다. 그러므로 그 관계의 본질만 파악하면 되는 것이지, 전문가처럼 깊이 알 필요가 없으며 자신이 직접 계산할 필요 또한 전혀 없습니다.

——— 하지만, 그 관계조차 파악하지 못한다면…….

다치바나 그렇다면 어쩔 수 없습니다(웃음). 그렇기 때문에 기본적인 수학의 개념을 조금이나마 파악해 둘 필요가 있습니다. 컴퓨터나 과학 분야를 다루면서 수학의 기본 개념조차 모른다면 더 이상 얘기할 필요가 없겠지요.

경제 관련 분야에서도 역시 수학은 필요합니다. 수학에 익숙해지지 않으면 바로 수학에게 당하고 말 것입니다.

과학적 사고와 논픽션

———— 자료를 수집하여 그것을 통해 추론해 내는 과정 역시 이과 계열의 머리 회전을 필요로 하는 것인지도 모르겠습니다.

다치바나 『다나카 가쿠에이 연구』를 집필한 뒤, 이토카와 히데오絲川英夫 씨와 이야기를 나눌 기회가 있었습니다. 그 때 이토카와 씨가 "『다나카 가쿠에이 연구』의 방법론은 과학적 방법론과 유사하다"고 말한 적이 있습니다. 요컨대, "여기에 이런 인자가 있다, 이런 인자를 통한 합리적 추론으로 이렇게 말할 수 있다"라는 논의의 조합 방법입니다. 제가 의식적으로 그렇게 한 것은 아니었지만 본래 그런 마인드가 제 안에 자리잡고 있었던 것입니다.

———— 이 『양자효과 핸드북量子效果ハンドブック』(武者利光 외 편, 1983, 森北出版)은 무슨 책입니까? 수식만 가득하군요(웃음).

다치바나 아마 이 책은 조지프슨 소자素子에 대해 조사하기 위해 읽은 책일 것입니다. 조지프슨 소자를 본 것은 두 번입니다. 한 번은 『사이언스 나우サイエンス・ナウ』 일로 노베산野辺山에 있는 전파천문대를 취재하였는데, 그곳에서 신호 처리에 사용되고 있었습니다. 또 한 번은 『전뇌 진화론電腦進化論』 일로 쓰쿠바筑波에 있는 전자종합연구소를 취재하였는데, 조지프슨 소자로 컴퓨터를 만들고 있었습니다. 그중 어느 쪽인가를 취재하러 가기 전에 읽은 참고서입니다.

——— 『해설 디지털 IC 회로詳解 デジタルIC回路』(後藤公雄, ラジオ 技術社)라는 책도 있네요.

다치바나 그 책도 컴퓨터 관련 글을 쓸 때 참고한 책인데, 생각 보다 그렇게 어려운 책은 아닙니다. 요컨대, 컴퓨터는 디지털의 ON과 OFF의 조합으로서, AND회로와 OR회로를 만들어 AND 와 OR를 조합하고, 그것을 통해 모든 논리가 만들어지는 기호 논 리학의 세계를 전자적 회로로 만든다는 내용입니다.

——— 이쪽부터는 의학 관련 서적이 서가 3개 정도를 꽉 채 우고 있습니다.

다치바나 이 자료들은 『뇌사腦死』를 집필할 때 활용한 자료입 니다. 뇌 관련 문제에 대해서는 이전부터 관심이 있었습니다. 처 음에는 뇌사라는 문제에 대해 그다지 어렵게 생각하지 않았기 때 문에, 전문가의 이야기만 듣고 계몽적인 기사를 쓸 계획이었습니 다. 그런데 취재를 거듭할수록 뇌사라는 문제가 그렇게 간단한 문 제가 아니라는 사실을 깨닫게 되었습니다. 게다가 마침 그 무렵 후생성에서 〈뇌사 판정 기준〉을 발표하였는데, 그 내용이 문제 투성이라는 것을 알게 되었습니다. 그래서 뇌사 관련 집필이 그처 럼 길어지게 되었던 것입니다(웃음). 『뇌사』는 물론 의학, 즉 과학 분야이지만 어떤 의미에서는 '록히드 재판 논쟁'과도 비슷한 점 이 있어, 무엇을 기준으로 올바른 뇌사 판정을 할 것인가 하는 매 우 미묘한 입장의 차이에서 기인한 논쟁이었던 것입니다. 전문가 를 상대로 한 논쟁이라 많은 공부를 해야 했습니다.

——— 상당히 전문적인 책들이 꽂혀 있습니다. 『내과의를 위한 뇌파 읽는 방법內科醫のための腦波の讀み方』(大友英一, 永井書店), 『신뇌파 입문新腦波入門』(時實利彦 외, 南山堂), 『중추 신경계의 이해中樞神經系の理解』(杉浦和朗, 醫齒藥出版), 『신경 해부학神經解剖學』(佐野豊, 南山堂), 『신경국재진단神經局在診斷』(半田肇, 文光堂)……. 의사나 읽을 것 같은 전문적인 책들이네요.

다치바나 논쟁은 상대방과 대등한 수준에 있어야 승부를 가릴 수 있지 않겠습니까? 그래서 만일 '뇌파'라고 하면 뇌파와 관련된 전문 서적을 적어도 3권은 읽었습니다.

——— 뇌사 문제가 전문가뿐만 아니라 일반인과도 크게 관련되어 있는 시대에 살고 있는 셈입니다. 그 문제에 도전하는 저널리스트에게도 대단한 노력과 책임이 따르고 말입니다.

다치바나 정말 그렇습니다(웃음). 그러나 문제는 전문 서적만으로는 부족하다는 것입니다. 최첨단의 연구가 아직 책으로 엮어지지 않았다는 사실입니다. 가장 새로운 연구 성과는 전문 잡지에 실려 있는 논문을 읽지 않으면 알 수 없습니다. 그 부분은 이쪽 캐비닛 안에 들어 있습니다.

——— 「내경정맥혈로 본 뇌 대사측정의 한계內頸靜脈血よりみた腦代謝測定の限界」, 「ANOXIA에 의한 뇌장애와 그 발생 메커니즘ANOXIAによる腦障害とその發生機序」……, 대체 이게 무슨 말인가요(웃음). 영어 논문도 상당히 많이 있네요.

다치바나 요즈음 과학 논문들은 대부분 영어로 발표되고 있습니다. 영어 논문을 쓰지 않으면 국제 사회에서 인정해 주지 않기 때문입니다. 관련 논문을 읽는 사람들도 일본어로 쓰여진 논문만 읽고 있다면 진정한 최첨단 정보를 접할 기회를 놓치고 마는 것입니다.

─────   이런 전문적인 논문은 어떻게 찾으셨습니까?

다치바나   지금은 데이터 베이스화되어 키워드를 입력하면 리스트가 나옵니다. 그리고 어떤 논문이라도 참고 문헌은 반드시 들어가 있지요. 어떤 사항에 대해서 좀더 조사하고 싶을 경우, 이 참고 문헌을 길라잡이 삼아 조금씩 거슬러 올라가다 보면 오리지널 자료를 발견할 것이고, 그것을 찾아 읽으면 되는 것입니다.

논문이 실린 권위 있는 잡지라면 대개 의과대학 도서관에 들어와 있습니다. 특수한 잡지일 경우에는 그 전문 도서관의 사서에게 물어 보면 "이 논문은 어느 대학에 있습니다"라고 안내해 줍니다. 아무리 찾아도 일본에 없어서 외국의 도서관에 의뢰를 해야 할 경우도 생기는데, 그럴 경우 지금은 비교적 손쉽게 구입할 수 있습니다.

─────   읽으신 자료 가운데는 일본에서도 몇 명밖에 읽지 않은 논문도 있을 것 같습니다만.

다치바나   그렇습니다. 하지만 논문은 전체 구성에 어느 정도 틀이 정해져 있으므로, 익숙해지면 빠른 속도로 읽을 수 있습니다. 우선 첫머리에 '요약 및 결론'이라는 부분이 있고, 다음으로 '(실험) 방법', 그리고 '(실험) 결과', 마지막으로 '논의'라는 구성으로 이루어져 있습니다.

그리고 과학 서적을 읽는 특별한 방법이 있는데, 인문 계열의 명저를 읽듯이 꼼꼼하게 읽을 필요가 없습니다. 그 책에 기술되어 있는 정보가 무엇인지만 알면 되는 것입니다. 과학 분야의 경우, 중요한 정보는 반드시 도판圖版을 이용하여 설명하고 있으므로, 첫머리의 머리말이나 목차, 개론 부분만 확실하게 읽고 나머지는 도판을 중심으로 보면 됩니다. 이런 식으로 하면 빨리 이해할 수 있습니다.

───── 이쪽에는 분자 생물학 관련 서적들이 즐비하게 꽂혀 있네요…….

다치바나 『뇌사』를 집필한 뒤, 저는 도네가와 스스무利根川進 씨와 함께 『정신과 물질精神と物質』이라는 테마로 대담을 하였습니다. 그 때 분자 생물학을 아주 열심히 공부하였습니다. 그 때까지만 해도 대중적인 해설서를 조금 읽은 정도여서 거의 무지나 다름없는 상태였기 때문에 아주 기본적인 개념 정도는 알고 있었지만, 도네가와 씨의 논문을 채 열 줄도 읽지 못하였습니다. 무엇을 말하고 있는지 전혀 알 수가 없었던 것입니다.

───── 다치바나 씨에게도 그런 단계가 있었단 말입니까?

다치바나 물론 처음에는 어떤 테마의 경우라도 그랬습니다. 단어의 의미조차 몰랐던 거죠. 그것을 풀어 가기 위해 이쪽에 있는 책들을 하나하나 읽어 갔습니다. 서가로 3단 정도의 책을 읽고 나서야 아주 조금씩 알게 되었습니다.

——— 『분자 유전학 실험법分子遺傳學實驗法』(小關治男 외, 共立出版), 『세포공학 실험 조작 입문細胞工學實驗操作入門』(石田功, 講談社)······.

다치바나 이런 자료들을 읽고 있으면, 구체적으로 어떠한 도구를 사용하고, 어떠한 실험을 하는가가 자세하게 나옵니다. 그런 예비 지식이 없었다면, 도네가와 씨의 실험실을 방문하여 설명을 듣는다 하더라도 무슨 말을 하는지 전혀 몰랐을 것입니다. 전문가들은 이야기하는 도중에 전문적인 축약어 등을 자주 사용하는데, 그것에 대해 하나하나 확인하려고 들면 시간만 걸릴 뿐 취재에는 전혀 진전이 없게 됩니다. 표면적인 것만 건드리다 끝나버릴 소지가 많습니다.

새로운 영역의 일을 할 때는 아무래도 최소한 서가 2단 정도의 자료를 읽을 필요가 있습니다. 최근 1년 반 동안 해 온 뇌 과학 관련 일은 참고서가 서가 10단 정도의 분량입니다. 올해부터 도쿄대학 첨단 연구소의 객원 교수로 가게 되면서 상당히 넓은 연구실을 제공받았기 때문에, 뇌 과학 관련 서적은 그 쪽에 모아서 정리해 놓았습니다.

자, 그러면 서고 여행은 이 정도로 하는 것이 어떨까요.

〔3층의 작업실로 돌아오다.〕

독학에 왕도는 없다

——— 아무리 그렇다고 하더라도 이처럼 방대한 책을 어떻

게 다 읽습니까?

다치바나　책에는 처음부터 끝까지 읽어야 할 책과 필요한 부분만 찾아서 읽으면 되는 책이 있습니다. 일할 때의 자료는 바로 후자에 해당하는데, 중요한 점은 얼마나 효율적으로 자신에게 필요한 부분을 찾아내는가에 있습니다. 목차, 색인을 활용하는 것은 물론이고, 이 정도(1초에 한 쪽 정도의 속도로 책장을 넘기면서)의 속도로 책장을 넘기는 것만으로 필요한 부분은 눈에 띄게 마련이거든요. 인간의 뇌가 가진 작용에 그런 능력이 있다는 사실은 뇌 관련 학습을 통해 알게 되었습니다. 즉 인간의 뇌는 상당 부분이 의식화되지 않는데도 할 일은 제대로 하고 있다는 것입니다.

예를 들어 귀에 잘 들리지 않을 정도의 작은 소리라도, 특별한 단어가 들어 있을 경우에는 그 소리를 알아채고 관심을 갖게 되지 않습니까? 사실 귀는 항상 열려 있는데, 다만 그것을 의식하지 못할 따름입니다. 그러나 필요하다면 뇌가 신호를 보내 의식이 그쪽을 향해 움직이게 되는 것입니다.

책의 경우에도 보통 '읽는다'라고 하면 의식을 집중하여 읽는 것을 말하지만, 이렇게 책장을 넘기다가도 자신이 관심을 가지고 있던 것이 발견되면 눈이 크게 떠지면서 그것을 찾아낼 수 있게 되는 것입니다. 다시 말해, 뇌에는 자동적인 모니터 작용 같은 것이 들어 있습니다. 이것을 활용하면 1초에 한 쪽이라도 거뜬히 읽을 수 있습니다. 최근, 속독술을 설명한 책을 사서 읽어 보니 비슷한 내용이 기술되어 있더군요.

물론, 필요한 부분에 눈이 머물면 그 부분은 의식을 집중하여 꼼꼼히 읽어야 합니다. 그리고 저는 책을 마음대로 더럽히며 읽는 습관을 갖고 있습니다. 쪽을 접어서 표시하거나 연필로 책에 메모를 하기도 합니다. 의문 나는 곳을 표시할 때도 다양한 색의 펜을 써서 변화를 줍니다.

——— 다치바나 씨는 밑줄 친 부분을 전부 외워 버린다는 전설을 들었습니다만.

다치바나 그렇습니까?(웃음) 젊었을 때는 어느 책 몇 쪽에 어떤 내용이 있다는 것쯤은 잘 기억했죠.

——— 다치바나 씨와 독서에 대해 함께 생각해 볼 때, 가장 큰 특징은 그 방대한 독서량이 현실 속의 힘으로 나타난다는 점이 아닐까 생각합니다. 독서가로 불리는 사람은 많지만, 책을 읽으면 읽을수록 머리 속 지식만 커져 현실에 대한 적응력을 잃고 마는 사람도 많으니까 말입니다.

다치바나 일반적으로 독서가들은 대개 인문 계열의 교양 서적은 많이 읽지만 과학 서적, 기술 서적 등은 거의 읽지 않습니다. 한편, 과학 기술 계통에서 일하는 사람은 일반 교양 서적을 거의 읽지 않습니다. C. P. 스노우가 말한 두 문화의 괴리는 더욱 깊어지고 있습니다. 양쪽 모두의 소양을 가진 사람은 정말 드뭅니다.

——— 앞에서 잠깐 언급하신 것처럼, 『록히드 재판 방청기ロッキード裁判傍聽記』나 『논박論駁』(나중에 『록히드 재판 비판을 재단한다ロッキード裁判批判を斬る』로 제목을 바꿈) 때는 록히드 재판을 둘러싸고 법률

전문가들과, 『뇌사』, 『뇌사 재론腦死再論』, 『뇌사 임조 비판腦死臨調批判』 때는 '뇌사 판정 기준'을 둘러싸고 의학 전문가들과 격렬한 논쟁을 전개하였습니다. 웬만하면 보통 사람들은 법률이나 의학 분야에서는 전문가와 맞붙을 수 없다고 생각해 버리는데, 다치바나 씨는 완전히 대등하게, 때로는 더 월등한 입장에 서서(웃음), 확실하게 비판을 하셨습니다.

다치바나   제가 논쟁하는 글을 쓸 때는 상당히 과격하게 쓰기도 합니다만, 직접 만나 의견을 들을 때는 매우 정중하답니다(웃음). 저널리스트 가운데 처음부터 전문가와 대등하게 논쟁을 벌이려는 사람도 있는데, 그런 생각은 절대 반대입니다. 첫 만남에서는 가르침을 청하는 입장이기 때문이죠.

──────   하지만 결국 논쟁에 불이 붙으면 절대로 지지 않으려고 하지 않습니까? 상대가 그 길을 몇 십 년 동안 걸어온 사람들인데도 말입니다. 더구나 그들은 전직 내각 법제국 장관이라든가, 후생성 연구반의 대학 교수 등 최고 권위를 가진 사람들이었습니다. 어떻게 그렇게 빨리 일류 전문가들과 대등한 수준으로 자신을 끌어올릴 수 있는지, 그 점이 정말 궁금합니다.

다치바나   특별한 방법이 있는 것은 아니고 그저 성실하게 공부하는 수밖에 없습니다. 우선 서점에 가서 참고 도서를 충분히 구입해 와 읽을 뿐입니다.

──────   이 책에도 다치바나 씨가 20년 전에 쓰신 「체험적인 독학 방법」이라는 글이 실려 있는데, 요컨대 특별한 방법이 있는

것이 아니라 그저 성실하게 공부하는 수밖에 없다는 말씀이십니까?

다치바나 정말 그렇습니다. 기본적으로 공부하는 데 지름길이란 없습니다. 요령 있는 공부는 있을 수 있겠지요. 그렇지만 보통 큰 테마를 하나 맡게 되면 몇 년씩 걸리기 때문에, 그 동안 성실하게 공부를 계속한다면 대학원을 몇 번 졸업할 정도의 공부를 한 셈이 됩니다.

───── 하지만 다치바나 씨는 처음 단계에서 다음 단계로 넘어가는 속도가 다른 사람에 비해 매우 **빠른** 편인 것 같습니다.

다치바나 그것은 얼마나 시간에 쫓기고 있는가와 상관 있습니다. '지금부터 이 분야를 공부해야지'라고 단순하게 생각했다면 그건 정말 어려운 일입니다. 하지만 내일은 이 사람과 만나 이런 이야기를 듣겠다거나, 논쟁이 벌어져서 다음 원고 마감까지 상대방을 몰아붙여야 하는 상황이 되면 필사적으로 공부하게 됩니다.

그리고 전문가는 전문가이기 때문에 빠지기 쉬운 오류가 있게 마련입니다. 왜냐하면 본래 아무런 문제도 없는 것을 제기하는 전문가와는 논쟁이 될 리가 없으니까 말입니다. 안 그렇습니까?(웃음) 전문가가 오랜 시간에 걸쳐 자신들의 논리를 축적시켜 내린 결론이라도, 밖에서 보기에는 뭔가 이상하게 느껴질 수도 있습니다. 이들은 전문적인 지식으로 생각이 고정되어 있기 때문에 어디가 어떻게 이상한지 좀처럼 발견하지 못합니다. 그것을 찾아내는 과정이 사뭇 재미있습니다.

인간에게는 착시라는 현상이 있지 않습니까? 어떤 상황(패턴)에 놓여지느냐에 따라 곧게 그어진 선이 휘어져 보이기도 하고, 똑같은 길이의 선인데도 다른 쪽 선의 길이가 더 길어 보이는 것과 마찬가지로, 인간이 사고할 때도 오류를 범하기 쉬운 논리의 패턴이 존재하기 마련입니다.

———— 그런 것을 배우려면 어떤 책을 읽어야 합니까?

다치바나 고전적인 논리학 중에 올바른 추론 규칙에 관해 서술한 책이 있습니다. 예를 들어 허위론, 오류론, 궤변론 등이 그것입니다. 일단 이 개념들에 대해 공부해 두는 것이 필요합니다. 아리스토텔레스의 『토피카』나 『궤변논박론』 등도 좋을 것 같습니다. 기본적인 추론 규칙을 머리 속에 정리해 두지 않으면, 보통 사람은 자신도 모르는 사이에 선의의 오류를 범하고 말게 됩니다. 새로운 영역으로는 언어학의 의미론, 통사론에 대해서도 공부해 둘 필요가 있습니다. 이를 통해 고전적인 논리학이 미처 알아차리지 못한 허위, 오류가 여기저기 존재한다는 사실을 알게 될 것입니다.

———— 따라서 전문가가 빠진 오류는 다치바나 씨의 펜을 통해 매우 명쾌하게 밝혀지는 셈입니다. 다치바나 씨의 글을 읽고 있으면, '아 그래, 맞아. 이렇게 표현하지는 못했지만 나도 예전부터 비슷하게 생각해 온 것 같아'(웃음)라는 생각을 종종 합니다.

다치바나 그런 부분은 굉장한 에너지를 쏟아 부으며 집필한 것입니다. 여러 가지를 조사해 가는 과정은 자신만 이해하면 되는 자기 만족의 세계이므로 어떤 의미에서는 즐겁다고 할 수 있습니다. 하지만 그런데 전문적인 분야를 파헤쳐 발견한 것을 일반인들에게 알기 쉽게 전달하기 위해 글로 쓰는 작업은 정말 엄청난 일입니다. 자기 만족을 위한 노력의 몇 배나 되는 에너지가 소모되는, 매우 힘든 작업인 것입니다.

게다가 사회적인 문제로 화제가 되고 있는 경우, 단지 옳다는 주장만으로는 충분하지 않습니다. 일반인들의 이해를 구하기 위해서는 요리사가 요리를 할 때처럼 맛을 내거나 조화를 이루는 법, 음식을 내놓는 법 등이 매우 중요하게 작용합니다. 그저 음식 재료만 좋다고 맛있는 요리가 만들어지는 것은 아니니까요.

─── 다치바나 씨의 책에는 매우 인상적인 수사법이 자주 등장하는 것 같습니다만.

다치바나 바로 거기에 가장 많은 에너지를 쏟습니다. 어떤 부분에 대한 적절한 표현이 떠오를 때까지가 정말 힘듭니다. 저의 책을 막힘 없이 읽을 수 있도록 여러 가지 궁리를 해야 하기 때문에 엄청난 노력을 기울이고 있는 부분입니다. 원고를 집필하는 에너지의 3분의 1은 이처럼 좋은 표현을 찾는 데 소비하고 있습니다. 단 1, 2분을 위해 몇 시간을 소비하는 셈입니다.

─── 제가 가장 인상 깊게 기억하고 있는 것은 『일본 공산당 연구』의 서문입니다. 공산당이 전개한 '반反 다치바나 캠페인'에 대해, "나의 기본적인 사회관은 에콜로지컬한 사회관이다. 다양한 인간 존재, 다양한 가치관, 다양한 사상의 공생과 그것들의

다양한 교류야말로 건전한 사회의 전제 조건이라고 생각한다"고 서문에 쓰셨습니다. 오늘날에는 에콜로지라는 말을 그런 문맥에 종종 사용하게 되었지만, 당시로서는 전혀 사용하지 않았기 때문에 '에콜로지컬한 사회관'이라는 표현은 무척 충격적이었습니다. 공산당에 대한 비판으로도 굉장한 파괴력이 있었으며, 새로운 사회관을 제시했다는 점에서도 매우 의미가 있었다고 생각합니다.

　　다치바나　　그것은 수사학적 의도로 말한 표현이 아닙니다. 『에콜로지적 사고의 흐름』(『사고의 기술』)을 집필할 때부터 서문에서 밝혔듯이 진정으로 그렇게 생각해 왔던 것입니다. 에콜로지에 눈을 떴다는 것은 바로 그런 것입니다. 에콜로지를 통해 식물이나 동물의 생태를 배우는 것도 중요하고, 생물들이 형성한 상호 관계에 따라 자연이 어떻게 유지되고 있는지 배우는 것도 중요합니다. 하지만 저는 에콜로지의 가르침에는 보다 광범위하게 적용할 수 있는 보편적인 진리가 포함되어 있다고 생각합니다. 그래서 '에콜로지적 사고의 흐름'이라는 제목을 붙였던 거지요. 이 책은 에콜로지가 무엇을 가르쳐줄 것인가 하는 점을 직접적으로 해설한 내용이 반이고, 나머지 반은 에콜로지의 가르침을 추상화하고 보편화하여 얻을 수 있는 '에콜로지적 사고'를 다른 영역으로 확대한다면 얼마나 효과적일는지에 대해 기술한 것입니다. 읽는 사람에 따라서는 전자를 중심 내용으로 보고, 후자를 에콜로지의 가르침을 알기 쉽게 설명하기 위해 첨부한 해설쯤으로 여길지 모르지만, 사실은 그렇지 않습니다. 저는 후자를 매우 심혈을 기울여 집필하였습니다. 그렇기 때문에 모두에게 '에콜로지적 사고'를 권하고 있습니다. 실제로 에콜로지를 사회관에 적용하였을 때 이런 사고 방식은 아주 효과적으로 작용합니다. 에콜로지를 배우는 것도 중요하지만 '에콜로지적 사고'를 배우는 것이 더 중요하다고 생각합니다.

'에콜로지적 사고'가 그토록 중요한 이유는 전체성을 전체성으로서, 복잡성을 복잡성 그대로 받아들여 다루려고 하기 때문입니다. 근대 과학은 전체를 부분으로 해체하고, 복잡한 것을 단순한 것의 집적으로 환원하여 분석하는 '요소 환원'을 방법적 원리로 삼고 있습니다. 근대 사회의 발전은 이런 근대 과학 위에 세워졌습니다.

그러나 요소 환원 원리가 적용되는 곳마다 한계에 부딪치면서 파탄을 초래하고 있습니다. 이것이 바로 현대 사회가 처한 상황인 것입니다. 이 상황을 어떻게 극복해 나갈 것인가가 지금 가장 큰 문제입니다. 이런 상황 속에서 요소 환원과 정반대 개념에 서 있는 '에콜로지적 사고'는 그 중요성이 더욱 부각될 것입니다.

──── **이거다 싶은 적절하고 좋은 표현은 어떤 때 떠오릅니까? 아르키메데스처럼 목욕탕에 들어가 있을 때라든가.**

다치바나 그건 역시 문장을 써내려 가다가 그 구절에 맞닥뜨렸을 때입니다. 어떻게 표현해야 할지 고민에 고민을 거듭한 끝에 나오게 되는 것입니다.

공산당 연구를 예로 들면, 제가 공산당을 연구하면서 알게 된 것 중 하나가 조직의 시스템 자체에 문제가 있다는 사실입니다. 공산당의 조직 원칙에 '민주 집중제(민주주의적 중앙집권제)'라는 것이 있는데, 비록 '민주'라는 말이 붙어 있기는 하지만 그 본질은 독재 체제입니다. 상부 조직이 하부 조직에 대해 위압적인 입장에 있으므로, 자연적으로 독재 체제에 빠지기 쉬운 시스템인 것입니다. 요컨대, 레닌이 혁명 조직의 조직 원칙으로 만들어 낸 강령이 혁명 이후에도 그대로 존속되어, 여러 가지 문제를 낳는 원인이 되었습니다. 실제로 전세계적으로 공산당은 결국 개인이나 당 중앙의 독재에 빠져 버렸습니다.

이처럼 문제점에 대해 조사를 거듭해 가면서 내용을 어떻게 전달하면 좋을까 머리를 짜내다 보면 적절하고 좋은 표현이 떠오르게 됩니다. 발견이라는 것은 참으로 이상해서, 저조차도 글을 쓰는 도중에 비로소 이해하게 되는 경우가 있습니다. 문장을 머리 속에서 이리저리 만들어 보고 있을 때는 아직도 매우 혼돈스러운 상태에 있는 것입니다. 그 상태에서 구체적인 문장을 여러 가지 조합하다 보면, 불현듯 '아, 그렇지!'라고 생각되는 때가 있습니다.

신비로운 것에 대한 동경

——— 여기 놓여 있는 성경은 상당히 오래 된 것 같군요.

다치바나 제가 예전부터 지녀 왔던 성경입니다.

——— 밑줄이 그어져 있기도 하고 단어에 네모가 쳐져 있기도 하고, 아무튼 메모를 많이 하셨네요.

다치바나 발행년도가 언제로 되어 있습니까?

── 1955년입니다.

다치바나 그렇다면 15살, 중학교 3학년 때군요. 몇 번이나 되풀이해서 읽었으니까 중학교 때 친 밑줄도 있고 고등학교나 대학 때 친 밑줄이나 메모도 있을 것입니다. 최근에는 특별한 경우가 아니면 펼쳐 보지 않습니다만, 지금 다시 읽는다면 전혀 다른 곳에 밑줄을 칠 것입니다.

── 이쪽 서가에는 『엘리아데 전집』이 있습니다. 엘리아데는 종교학자이지만 스스로 신비로운 경험을 하여 그것을 책으로 쓴 사람이라고 알고 있는데, 다치바나 씨도 신비 사상에 관심 있으신 것은 아닙니까?

다치바나 젊었을 때부터 신비 사상, 신비주의에 항상 관심이 있었습니다. 저쪽 한편에 있는 자료가 전부 신비주의 관련 서적입니다. 기독교 신비주의 이외에 이슬람 신비주의, 인도 신비주의, 유대 신비주의, 러시아 신비주의, 고대 그리스 신비주의, 불교 신비주의……. 여러 가지가 있습니다.

모든 종교의 근저에는 신비주의가 있습니다. 저는 매우 논리적인 사람이면서도 한편으로는 신비스러운 것에 대한 동경도 항상 품고 있습니다. 문학이건 철학이건 최종적으로 신비주의에 도달하는 사람이 많습니다.

── 『임사 체험臨死體驗』을 집필하신 것도 신비주의와 관련이 있습니까?

다치바나 그런 면도 있습니다. 임사 체험은 죽음에 이르는 사람이 경험하는 신비 체험이라고도 말할 수 있으니까요. 빛의 체험이라는 것은 여러 종교 속에 내재되어 있는 신비 체험과 매우 유사합니다. 그러나 그것이 과연 무엇인지에 대해서는 『임사 체험』에서도 언급하였듯이 여러 가지 해석이 가능합니다.

────── 다치바나 씨 자신은 신비로운 체험을 하신 적이 있습니까?

다치바나 안타깝게도 없습니다.

────── 다치바나 씨의 세계에는 『다나카 가쿠에이 연구』 등에서 볼 수 있듯이 수학적이라고도 표현할 수 있는 고집스러운 논리성과 거기에서 파생된 신비로운 것에 대한 관심, 이 두 가지 대조적인 면이 공존하고 있다는 생각이 듭니다.

다치바나 맞습니다. 그러니까 이과 계열로 진출하였다고 하더라도 순수하게 과학의 세계에 안주하지는 못했을 것입니다. 그렇기는 하지만 과학의 세계에도 일상 논리로 설명되지 않는 부분이 있습니다. 우주를 예로 들면, 빅뱅 이전이라든가 거품 우주 등의 최첨단 이론은 무에서 유를 만들어 내는 것과 마찬가지로 대부분 상식을 벗어나 있습니다. 그 점 또한 재미있는 구석입니다. 터널 효과라고 부르는 양자 역학적 현상도 텔레포테이션(염력으로 물건이나 자기 자신을 움직이는 것─역자 주)과 같은 비현실적인 현상입니다. 그래서 저는 "과학의 최첨단은 대부분 초자연적 신비다"라고 말하곤 합니다(웃음).

───── 과학으로 모든 것을 밝혀내는 일이 재미있는 것이 아니라 반대로……

다치바나 그렇습니다. 잘 모른다는 점이 재미있는 거죠. 그저 우등생처럼 공부만 한다면, 과학은 무척 알기 쉬운 세계입니다. 그러나 그 너머에는 논리적 설명이 불가능한 미지의 세계가 펼쳐져 있습니다.

그런 의미에서 가장 설명이 불가능하여 흥미로운 것이 '뇌'입니다. 일찍이 철학자들이 필사적으로 고민하던 문제가 오늘날 브레인 사이언스brain science의 문제로 대치되고 있는 중입니다. 다시 말해, 예전에 인식론에서 다루었던 문제가 지금은 '뇌가 어떠한 메커니즘으로 외부 세계를 인식하고 있는가' 라는 문제로 자리잡고 있는 것입니다. 그러나 뇌의 메커니즘이 구체적으로 어떻게 이루어져 있는가에 대해서는 여전히 알 수 없습니다. 그렇기 때문에 이 분야가 가장 흥미롭다는 겁니다.

───── 그래서 저 엄청난 전문적인 논문을 읽고 최첨단의 알지 못하는 곳으로 직접 들어가 보려는 것입니까?

다치바나 바로 그것입니다. 보통 사람은 금방 태만해져 그 준비 작업을 하지 않기 때문에 가장 흥미로운 지점을 눈앞에 두고 멈춰 버리고 맙니다. 적어도 전문 잡지에 실린 논문 정도는 읽어두어야 최첨단의 세계로 한발 다가설 수 있는 것입니다.

───── 이 정도의 학문적인 일을 하시면서 한편으로는 '옴진리교' 같은 사건에도 무척 '세속적'인 호기심을 보이는 점 또한

다치바나 씨의 대단한 점 아니겠습니까(웃음).

다치바나 뇌든, 우주든, 옴 진리교든, 모두가 불가사의한 것입니다. 왜 이런 일이 일어나는 것인지 수수께끼가 너무 많지 않습니까? 저는 수수께끼가 많아서 너무 즐겁습니다.

책과의 만남이란

——— 이처럼 폭 넓은 분야를 철저하게 취재하고, 세계의 여러 최첨단 분야를 만나 오신 가운데 얻게 된 자신의 세계관을 전면에 보여 줄 책을 집필할 계획은 없으십니까?

다치바나 그 작업은 좀더 나이가 들면 하려고 합니다. 저 자신이 좀더 많은 것을 알고 난 다음에라고나 할까요. 아직 사람들에게 무언가 대단한 것을 말하기에는 모르는 것이 너무 많습니다.

하지만 지금 먼 장래에 써낼 마지막 한 권을 준비하고 있다는 것 정도는 말씀드릴 수 있습니다.

——— 다치바나 다카시의 '마지막 한 권'은 과연 어떤 책이 될까요? 벌써부터 기다려집니다.

다치바나 : 오히려 심플한 책이 되지 않을까 생각합니다. 지금 쓰고 있는 글들은 어떤 사실을 말하기 위해 그것이 옳다는 논증을 전개하면서 집필하고 있습니다. 마지막 책에는 그런 논증 없이 '나는 이렇게 생각한다'는 단순한 제 생각만을 쓰게 될지도 모르겠습니다.

『짜라투스트라는 이렇게 말했다』같은 스타일도 괜찮지 않을까 싶습니다. 아니면 플라톤의 『대화편』 같은 스타일도 좋을 것 같고요. 하지만 아직 먼 이야기입니다. 지금 '이것을 이렇게 하고 싶다'고 생각하고 있는 계획이 너무 많아서 말이죠. 이것조차도 살아 있는 동안에 다 할 수나 있을는지…….

――― 마지막으로 '독자들에게 권하는 다치바나 다카시의 베스트 5'에 해당하는 책을 소개해 주신다면.

다치바나 그 부탁은 거절하고 싶습니다. 제가 젊었을 때 누군가 추천해 준 책을 읽고 기뻤던 기억이 없기 때문입니다. '쓸데없는 짓을 하고 말았구나'라는 후회만 남았으니 말입니다. 결국, 책과의 만남은 자기 스스로 만드는 수밖에 없습니다. 진정으로 책을 좋아하는 사람은 스스로 찾을 수 있기 때문입니다.

게다가 저는 '이 한 권을'이라고 추천하는 독서 방법은 권하고 싶지 않습니다. 무엇인가에 흥미를 가지게 되면, 관련 서적을 10권 정도는 읽어야 합니다. '가장 좋은 책이 뭘까' 따위는 생각하지 말고, 서점에 가서 관심이 가는 분야의 책들을 하나하나 펼쳐본 후, 우선 10권 정도 사서 집으로 돌아오십시오. 그 중에는 아마 읽지 않는 편이 낫겠다 싶은 책들도 있을 것입니다. 재미없다거나 너무 어렵다거나 저자와 잘 맞지 않는 경우도 있기 때문입니다. 하지만 이 10권 중에는 분명 '바로 이것이다' 싶은 책도 있을 것입니다. 한두 권 읽는 것으로 끝내는 독서법은 버리십시오.

'책과의 만남'이란 다 이런 것이 아닐까 생각합니다.

(「책 이야기本の話」, 1995년 7월 창간호 기사에 대폭 가필)

나의 독서를 되돌아본다

중 3학년 2반
다치바나 다카시橘隆志

나는 예전부터, 그렇다고 태어나면서부터는 아니지만 독서가 좋았다. 물론 지금도 좋아한다. 그래서 내가 왜 독서를 좋아하게 되었는지, 독서 경향은 어떤 변화를 거쳐 왔는지를 글로 옮겨 보려고 한다.

먼저, 내가 독서를 좋아하게 된 것은 환경의 영향이 컸다고 생각한다. 우리 부모님은 문과 계열을 전공한 분들이라 문학을 좋아하셨고, 게다가 아버지가 출판 관계 일을 하셨기 때문에, 자연스럽게 나도 책을 접할 기회가 많았다. 그리고 집에서 부모님이 문학 이야기를 나누는 경우가 자주 있었는데, 나로서는 이해가 가지 않는 부분이 많아 왠지 소외되는 기분이 들어 재

미가 없었다. 그래서 책을 읽어 지식을 쌓아야겠다는 생각이 들었다. 이것이 내가 독서를 하게 된 가장 큰 이유였다.

다음으로 나의 독서 경향의 변화를 살펴보면, 초등학교 이전부터 초등학교 2학년까지, 초등학교 3학년부터 4학년 중기까지, 4학년 중기부터 6학년까지, 중학교 전기와 중학교 후기 등 다섯 단계로 나누어 볼 수 있다.

그림책을 보던 단계는 생략한다면, 내가 처음 책을 읽기 시작한 때는 초등학교 입학 직전인 것 같다. 다른 사람들도 마찬가지겠지만, 처음에는 나 역시 동화책부터 읽기 시작하였다. 쓰보타 죠지坪田讓治,

오가와 미메이小川未明, 그림, 안데르센, 이솝 우화, 아라비안 나이트 등, 지금 생각해도 재미있는 동화가 많았다. 동화는 꿈과 공상의 세계를 열어 주었지만 나와의 인연은 그다지 오래 가지 않았다. 동화를 읽어도 왠지 부족함을 느끼기 시작하면서 점차 다음 단계로 넘어가게 되었던 것이다.

그래서 읽은 것이 마크 트웨인의 『톰 소여의 모험』, 『허클베리핀의 모험』, 다니엘 디포의 『로빈슨 크루소』, 메테를링크의 『파랑새』, 버넷의 『소공자』, 아미치스의 『쿠오레』, 스토우 부인의 『엉클 톰스 캐빈』, 콜로디의 『피노키오』, 스티븐슨의 『보물섬』 등이었다. 장난꾸러기 톰은 통쾌한 기분을 느끼게 해 주었고, 로빈슨은 고독이 주는 고통과 그것을 견디는 힘을 가르쳐 주었으며, 치르치르·미치르와 함께 행복을 찾아 여러 세계를 돌아다니며 여행을 하기도 하였다. 세드릭은 착한 마음씨를 갖도록 가르쳐 주었고, 쿠오레는 우정의 따스

함과 조국애를 가르쳐 주었다. 『엉클 톰스 캐빈』을 다 읽고 나서는 말로 표현할 수 없는 슬픔과 분노가 가슴 가득 북받쳐 올라 아무 일도 할 수 없었다. 피노키오의 말썽 많고 의지 약한 모습에 질렸다가 마지막에 착한 아이가 되자 안도했으며, 『보물섬』의 짐이 보여 주는 무모함에는 몇 번이나 조마조마해 하였다.

이쯤에서 다음 단계로 들어갔다.

초등학교 3학년이 되었을 무렵, 이웃에게 탐정 소설을 빌려 본 것을 계기로 이후 탐정 소설, 모험 소설, 추리 소설, 괴기 소설, 검객 소설, 범죄 소설 등에 열중하여 이 책 저 책 끊임없이 읽었다. 그러나 이런 종류의 책은 집에 없었기 때문에 친구나 책 대여점에서 빌려 오거나, 서점에 가서 읽고 싶은 책을 서서 읽은 적이 많았다. 일요일이 되면, 도시락까지 챙기지는 않았지만 오전부터 서점에 들러 이런 종류의 책들을 한두 권은 읽고 집으로 돌아왔다. 아침부터 저녁 때까

지 무려 네다섯 권을 읽은 적도 있었다. 아무리 책이 읽고 싶었다고는 하지만, 지금 생각해 보면 배가 고프다거나 피곤한 줄도 몰랐던 것 같다.

한편 이 무렵에는 『서유기』, 『집 없는 아이』, 『엄마 찾아 삼만 리』, 『플란더스의 개』, 『왕자와 거지』, 『알프스의 소녀 하이디』, 『이상한 나라의 앨리스』, 셰익스피어의 작품 중 『햄릿』, 『로미오와 줄리엣』, 『리어왕』, 『베니스의 상인』, 『맥베스』, 『템페스트』 등도 읽었다. 셰익스피어의 작품들은 상당히 어려운 부분도 있었지만 모르면 모르는 대로 덮어놓고 읽어 버렸다. 이 책들을 읽고 나서 이상하게 느낀 점은 그 때까지 읽은 책들은 대부분 해피엔딩으로 끝나는데, 셰익스피어의 작품들은 『베니스의 상인』만 제외하면 주인공이 모두 마지막에 죽게 되어 비극으로 끝난다는 것이었다. 이상하게 느꼈다기보다는 충격에 가까운 감동을 받았다는 표현이 더 정확할지도 모르겠다. 어쨌든 이 책들의 비극적 결말이 나를 감동시킨 것은 분명하다.

일본 작가가 쓴 책으로는 집에 있는 『야마모토 유조山本有三 전집』을 읽었다. 『시가 나오야志賀直哉 전집』은 집에 있어도 재미가 없어 읽지 않았던 것에 반해, 야마모토 유조의 책은 모두 재미있게 읽었다. 희곡으로는 『길가의 돌路傍の石』, 『진실일로眞實一路』, 『바람風』, 『파도波』, 『살아 있는 모든 것生きとし生けるもの』 등을 읽었다. 그리고 모험물을 읽으려고 서점에 들렀다가 대중 소설도 함께 읽게 되었다. 도미타 쓰네오富田常雄의 『스가타산시로姿三四郎』, 요시카와 에이지吉川英治의 『다이코키太閤記』, 『삼국지』 등이 그것이다. 이 책들은 예전에 열중하였던 모험물의 어머니 격이라고 할 수 있는데, 이 책들을 읽고 나서는 그 아들 격인 책들은 거들떠보지도 않게 되었다. 『다이코키』, 『삼국지』는 모두 10권 정도나 되는 장편이었기 때문에, 읽는 데 족히 3개월은 걸렸지만 어쨌든 전

부 읽었다. 『다이코키』와 『삼국지』 중에 나는 『삼국지』가 더 좋다. 첫째, 스케일이 크기 때문이다. 드넓은 중국을 무대로 정말 많은 인물들이 등장하는데, 그 중 제갈 공명이 가장 마음에 들었다. 그의 무궁무진한 두뇌에서 뿜어져 나오는 지혜는 정말 훌륭하다.

그리고 친척 집에서 나쓰메 소세키夏目漱石의 『도련님坊ちゃん』, 『나는 고양이로소이다我輩は猫である』, 『런던탑ロンドン塔』 등을 읽은 것도 이 무렵이었으며, 처음으로 도서관을 알게 된 것도 이 때였다. 그 후 나는 매일 도서관에 갔다. 도서관을 알게 된 것을 계기로 나의 독서는 다음 단계로 넘어간다.

초등학교 4학년 중기부터 6학년 때까지는 독서량이 가장 왕성했던 시기 중 하나로 꼽을 수 있다. 그때까지의 독서가 집에 있는 책을 중심으로 책 대여점이나 친구의 책을 빌려 읽는 것이었다면, 그 무렵부터는 도서관 중심의 독서로 바뀌었다. 4학년 때 읽은 책 가운데 가장

가슴에 남는 것은 『퀴리 부인전』이었다. 이 책은 그녀의 딸 에브 퀴리가 쓴 책으로, 지금 읽으라고 해도 좀처럼 읽고 싶은 마음이 생기지 않을 정도로 대작이다. 내가 문학과 함께 과학에도 흥미를 갖게 된 원인 중 하나가 바로 이 책의 영향 때문일 것이다. 초등학교를 졸업할 때까지 도서관에서 주로 읽은 책은 세계 문학이었다. 어차피 읽을 거라면 제대로 된 것을 읽고 싶어서 가와데 쇼보河出書房에서 나온 세계문학전집을 읽었다. 대부분 내가 읽어 내기에는 어려웠으나 한 번 손에 잡은 책은 피치 못할 일이 아닌 이상 무슨 일이 있어도 끝까지 읽었다.

스콧의 『아이반호』, 포우의 『검은 고양이』, 『황금 벌레』, 『모르그가의 살인 사건』, 스위프트의 『걸리버 여행기』, 다니엘 디포의 『로빈슨 크루소』, 뒤마의 『몽테크리스토 백작』, 『삼총사』, 몰리에르의 『수전노』, 『미장트로프』, 호머의 『일리아스』, 『오딧세이아』, 중세의

서사시인 『롤랑의 노래』, 『니벨룽겐의 노래』, 알퐁스 도데의 『마지막 수업』, 『풍차 방앗간 편지』, 슈토름의 『백마의 기수』, 『호수』, 빅토르 위고의 『레미제라블』 등을 이 때 읽었다.

이 책들을 읽어 보니 이전에 읽은 것들은 모두 요약본이라는 사실을 알았다. 『걸리버 여행기』를 예로 들면 소인국, 거인국 이외에도 말의 나라나 하늘에 떠 있는 나라, 일본 등 많은 나라들을 여행하고 있다. 『로빈슨 크루소』만 하더라도 그는 한 번 구조되어 영국으로 돌아갔으나 다시 항해에 나서고 있다. 지금이니까 이렇게 말하지만, 앞으로 원서를 읽을 수 있게 되면 "역시 번역문을 통해서는 진짜 내용을 알 수 없다"고 말할지도 모르겠다. 빅토르 위고의 『레미제라블』은 이 시기에 읽은 책 중에서 최대의 읽을 거리였다. 세계문학전집에서 세 권을 차지하는 분량이므로 지금 읽는다고 해도 상당한 끈기가 필요할 것이다. 이 책을 다 읽었을 때 어떤 감동보다는 마침내 대작을 다 읽었다는 홀가분한 기분에 만세라도 부르고 싶은 심정이었다. 장발장의 긴 생애를 생각해 보면서 나는 작품 전체에 흐르고 있는 사랑의 정신에 깊은 감명을 받았다. 장발장이 신부님의 너그러움에 감화를 받아 많은 사람들에게 베푼 깊은 사랑과 봉사의 태도는 나에게 많은 것을 생각하게 해 주었다. 사랑하는 사람을 위하여 스스로 목숨을 끊은 남자 이야기인 디킨즈의 『두 도시 이야기』를 읽고, 마음 속 깊이 자극을 받은 것도 이 무렵이었다. 이 책 한 권으로 디킨즈를 완전히 좋아하게 되어, 『올리버 트위스트』, 『크리스마스 캐롤』, 『영국사』 등을 읽었다.

이렇게 지내는 사이에 나는 중학생이 되었다. 중학교에 들어가 1학년에서 2학년 때까지는 다독多讀·남독濫讀의 시기였다. 이 때는 학교 도서관, 시립 도서관, 현립 도서관 등 이용할 수 있는 곳은 모두 이용하며 책을 빌려 읽었기 때문에 정말 엄청난 양의 책을 읽었다. 학교 도서관에는 세계 문학류가 거의 없었기 때문에 일본 문학, 역사, 철학 관련 책을 읽었는데, 나중에는 도서관에 있는 책 전부를 읽어 치우겠다는 무모한 계획을 세워 실천에 옮겼다. 처음에는 순조롭게 진행되었으나 위인전 문고를 반쯤 읽었을 때 왠지 바보 같은 짓을 하고 있다는 생각이 들어 그만두었다. 그러나 이 시기에 그 밖에 읽은 다른 책까지 더하면 학교 도서관에 있는 책 가운데 반 정도는 읽었다고 생각된다. 어쨌든 이 시기에 모든 분야에 걸친 독서를 통해 광범위한 지식을 내 것으로 만들었기 때문에, 결코 헛된 시간을 보냈다고 생각하지는 않는다. 철학 관련 서적을 통해서는 생각한다는 것이 얼마나 중요한 일인지를 배웠고, 지리 관련 서적을 통해서는 세계 각지의 갖가지 풍물을 배울 수 있었다. 이때 읽은 책들의 영향 때문인지, 나는 언젠가 세계 일주 여행을 하겠다는 꿈을 갖게 되었다. 역사서는

소설 못지않게 재미있게 읽어서, 역사 수업 시간에 '아, 이것이 그때 얘기로구나' 하고 짐작해 보는 즐거움도 몇 번이나 경험하였다. 전기류傳記類는 때로 나를 자극하여 분발하게 할 때도 있었지만, 전에 읽은 『퀴리 부인전』이 머리 속에 남아 있어서인지 대체로 재미없게 느껴졌다.

일본 문학 중에서 이 시기에 읽은 책은 히구치 이치요樋口一葉의 『키재기たけくらべ』, 후타바테이 시메이二葉亭四迷의 『부운浮雲』, 구니키다 돗포國木田獨步와 아쿠타가와 류노스케芥川龍之介의 작품 대부분, 모리 오가이森鷗外의 『산쇼타유山椒太夫』, 『기러기雁』, 『다카세부네高瀬舟』, 홋타 요시에堀田善衛의 『광장의 고독廣場の孤獨』, 이시카와 다쿠보쿠石川啄木의 『한줌의 모래一握の砂』, 『슬픈 장난감悲しき玩具』, 『구름은 천재다雲は天才である』, 무샤노코지 사네아쓰武者小路實篤의 『사랑과 죽음愛と死』, 『진리선생眞理先生』, 시가 나오야志賀直哉의 여러 작품들, 가

와바타 야스나리川端康成의『무희舞姬』, 나쓰메 소세키의『산시로三四郎』, 노마 히로시野間宏의『진공지대眞空地帶』, 이노우에 야스시井上靖의『투우鬪牛』, 시시 분로쿠獅子文六의『야단법석てんやわんや』, 요시카와 에이지吉川英治의『미야모토 무사시宮本武藏』, 그 밖에도 겐지 게이타源氏鷄太의 샐러리맨 이야기와 대중 소설도 마음껏 읽었다. 이 때 내가 좋아하게 된 작가는 아쿠타가와 류노스케, 이시카와 다쿠보쿠, 이노우에 야스시이다. 아쿠타가와 류노스케의 작품은 후기 작품의 경우 좀 어려웠지만 대체로 재미있었다. 또한 다 읽고 난 다음에는 묘한 뒷맛이 남았다. 그 묘한 기분에 쫓어 다른 세계로 빠져들곤 했다. 이시카와 다쿠보쿠의 단가短歌는 음악으로 표현하면 단조의 곡을 들었을 때와 비슷한 느낌을 주는 작품이 많다. 그리고 어쩐지 서글퍼지는 기분이 들게 하는 점이 그를 좋아하게 된 이유 중 하나이다. 이노우에 야스시의 작품은 처음부터 끝까지 책에서 눈을 뗄 수가 없었다. 문장도 훌륭했다. 이에 비하여 시가 나오야의 작품은 너무 재미가 없어 읽다만 책이 몇 권 있다. 구니키다 돗포의 작품도 좋기는 하지만 아쿠타가와 류노스케의 작품에는 미치지 못하였다.

세계문학으로는 키플링의『킴』, 『정글 북』, 고골리의『타라스 불리바』, 쿠퍼의『모히칸족의 최후』, 어빙의『립 밴 윙클』, 스티븐슨의『지킬 박사와 하이드 씨』, 올코트의『작은 아씨들』, 카뮈의『페스트』, 헤르만 헤세의『수레바퀴 밑에서』, 롤링즈의『아기 사슴 플랙』, 레마르크의『서부 전선 이상 없다』, 안데르센의『즉흥시인』, 사토 하루오佐藤春夫 번역의『수호지』, 그리고 루팡, 셜록 홈즈 이야기도 읽었다. 지금 생각해 보니, 세계 문학 작품은 초등학교 5, 6학년 때 더 충실하게 읽었다는 느낌이 든다.

그러나 이 시기의 독서에는 다른 시기에서는 찾아볼 수 없는 특징이 있다. 즉, 문학 서적 이외의 책들을 많이 읽었다는 점이다. 그렇다고 독서력이 떨어진 것도 아니다. 이 때 읽은 세계문학 작품 중 감명을 받았던 책으로는 우선 헤르만 헤세의 『수레바퀴 밑에서』, 레마르크의 『서부 전선 이상 없다』, 안데르센의 『즉흥시인』 등을 들 수 있다. 『수레바퀴 밑에서』와 『서부 전선 이상 없다』는 모두 결말이 죽음에 이른다. 한쪽은 자살, 다른 한쪽은 전사였지만 양쪽 죽음 모두 나에게 여러 가지를 생각하게 하였다. 『즉흥시인』은 모리 오가이의 번역인데 문어체로 서술되어 있었다. 안데르센은 동화 작가라고만 기억하고 있었기 때문에 이런 소설이 있었다는 사실이 한편으로 의외였다. 이처럼 비극적인 분위기를 자아내는 아름다운 이야기는 나에게 기분 좋은 뒷맛을 남겨 주었다. 『작은 아씨들』과 『아기 사슴 플랙』은 그 전에 영화로 보았기 때문에 책을 읽으면서 장면이 자꾸 겹쳐 재미있게 읽을 수가 없었다. 『수호지』는 삼국지처럼 무대가 넓고 게

다가 주요 등장 인물이 800명 이상이나 되어 일본의 핫켄덴八犬傳과는 스케일이 다르다. 읽고 있으면 나자신까지 용감한 장사가 된 듯한 기분이 들었다. 이 시기에 읽다가 그만둔 책 중에는 푸쉬킨의 『예브게니 오네긴』, 멜빌의 『백경』이 있다. 그 때 좀 재미 없더라도 끝까지 읽을 걸 그랬다.

다음 시기는 중학교 2학년부터 현재까지이다. 이 시기에 나는 다시 문학 서적만을 읽었다. 현대 일본 작품으로는 다미야 도라히코田宮虎彦의 『아시즈리 미사키足摺岬』, 『낙성落城』, 우메자키 하루오梅崎春生의 『저무는 태양 저 너머日の果て』, 이노우에 야스시井上靖의 『엽총獵銃』, 『히라의 석남화比良のシャクナゲ』, 『검은 물黯い潮』, 미시마 유키오三島由紀夫의 『파도소리潮騷』, 다니자키 준이치로谷崎潤一郎의 『여뀌 먹는 벌레蓼食う蟲』, 『춘금초春琴抄』, 고바야시 다키지小林多喜二의 『게 공모선蟹工船』, 도쿠나가 스나오德永直의 『태양 없는 거리太陽のない

街』, 하야시 후미코林芙美子의 『방랑기放浪記』, 『밥めし』, 이토 사치오伊藤左千夫의 『들국화 무덤野菊の墓』, 오사라기 지로大佛次郎의 『귀향歸鄕』 등을 읽었다. 노벨문학상 후보에 오른 『여뀌 먹는 벌레』를 읽고 나서는 '글쎄……' 라는 생각이 들었다. 노벨문학상 후보에 오를 정도는 아닌 것 같았다. 그것보다는 프롤레타리아 문학이라고 불리는 『게 공모선』, 『태양 없는 거리』가 더 좋게 느껴졌다. 이노우에 야스시의 작품은 여전하다는 생각을 하였다.

세계 문학 작품으로는 초서의 『켄터베리 이야기』, 플로베르의 『보봐리 부인』, 괴테의 시와 『젊은 베르테르의 슬픔』, 『파우스트』, 메리메의 『카르멘』, 뒤마 피스의 『춘희』, 에밀리 브론테의 『폭풍의 언덕』, 샬로트 브론테의 『제인 에어』, 도스토예프스키의 『죄와 벌』, 입센의 『인형의 집』, 『민중의 적』, 앙드레 지드의 『좁은 문』, 스탕달의 『적과 흑』, O. 헨리의 단편집, 셰익스피어의 『햄릿』, 『로미오와 줄리엣』, 『오델로』, 『맥베스』, 『리어왕』, 로망 롤랑의 『장 크리스토프』, 등을 읽었다. 책을 골라 읽었기 때문인지 손해를 보았다고 느껴지는 책은 없었다. 『보봐리 부인』은 기대만큼 재미있는 책은 아니었다. 대체로 '이 책은 잘된 작품' 이라든가, '저 책은 세계 명작' 이라고 권하는 다른 사람의 추천이나 서평을 보고, 기대에 차서 책을 읽어 보면 실망하는 경우가 종종 있었다. 하지만 그 반대의 경우도 있었다. 괴테의 시는 읽다 보니 무척 좋아하게 되어 몇 번이나 읽고 또 읽었다. 괴테의 시는 나에게 슬플 때, 즐거울 때, 쓸쓸할 때, 기쁠 때, 고민이 있을 때 시를 쓸 수 있도록 가르쳐 주었다. 『젊은 베르테르의 슬픔』은 사람들이 평가하는 것만큼 잘된 작품이라는 생각은 들지 않았지만 감동은 있었다. 브론테 자매의 작품에 대해서는 일반적으로 『폭풍의 언덕』이 더 낫다고 평가되고 있지만, 나는 『제인 에어』가 더 낫다고 생각한다. 『죄와 벌』은 그 전에 영화로 보았기 때문에 그 맛을 잘 느끼지 못하였다. 『인형의 집』은 세계적인 명작이라는 말을 듣고 기대를 안고 읽었으나 내용이 너무 짧았고, 게다가 이 희곡을 왜 훌륭하다고 하는 것인지 의문이 들었다. 『좁은 문』은 종교적이어서 그런지 너무 읽기 어려웠다. O. 헨리의 단편집은 그다지 유명하지는 않지만 나는 이 책이 좋았다. 셰익스피어는 이미 소설로는 읽었지만, 희곡으로는 처음이라 표현이 정말 복잡하고 어려웠으나 그만큼 읽은 보람이 있었다. 『장 크리스토프』를 다 읽었을 때는 마치 『레미제라블』을 읽었을 때와 똑같은 느낌을 받았으며, 이 작품 전체에 흐르고 있는 자유와 사랑의 정신에 깊은 감동을 받았다.

이상으로 지금까지 내가 읽어 온 책들의 경향을 대략적으로 살펴보았다. 물론 확실하지 않은 기억도 있어서 잘못된 부분이 있을지도 모른다. 그래서 그 당시에 독서 기록

을 해 두지 않은 점이 지금 너무 후회가 된다. 예전부터 몇 번이나 독서 기록을 하려고 시도했지만 언제나 두세 달을 넘기지 못하였다. 지금도 '이번만은' 하며 결심해 보지만 과연 얼마나 지속될 수 있을지 잘 모르겠다. 하지만, 이런 '이번만은'이라는 결심을 통해 나는 조금씩 발전하리라고 생각한다. 또한 같은 책을 두 번 이상 반복하여 읽으면 그 때마다 감상이 변한다는 사실도 알게 되었다. 물론 모든 책이 다시 읽는다고 해서 감상이 매번 변하는 것은 아니지만, 정도의 차이가 있기는 해도 대개 변한다는 것만큼은 분명하다. 예전에는 진한 감동을 받았지만 다시 읽고 나서 재미가 없어 실망하기도 하고, 예전에는 재미 없다고 생각했지만 다시 읽고 나서 아주 멋진 감동을 받기도 한다. 그러므로 여기에 쓴 글 중에는 지금의 느낌이 들어가 있는 부분도 있기 때문에 처음 읽었을 때의 순수한 감상으로 볼 수 없는 부분도 있으며, 지금 다시 읽

어 보면 전혀 다른 감상을 갖게 될 것 같은 부분도 있다. 시간은 많은 변화와 발전을 가져다준다. 내가 좀더 어른이 되어 이 글을 다시 읽어 보게 된다면 '아니, 이 때 이 정도밖에 생각하지 못했던 거야?'라고 여길지도 모른다.

이런 생각도 해 보았다. 누구나 기나긴 인생을 살면서 언젠가는 반드시 사랑이라는 문제와 맞닥뜨리게 되지 않을까. 사람이 이 세상에 태어나 가장 먼저 받게 되는 것이 사랑이며, 그런 사랑 속에서 성장한 아이는 곧이어 다른 사람을 사랑하는 법을 배운다. 부모님, 이웃, 형제, 친구를 사랑하고, 어떤 사람은 그림이나 음악을, 혹은 문학이나 자연을 사랑하게 된다. 이 세상에 생명을 가지고 태어난 이상, 자신이 사랑하는 사람을 통해 이 세상을 위해 무언가 하지 않으면 안 된다. 아니, 해야만 하는 사명이 있는 것이 아닐까? 그리고 세상 모든 사람들이 경험하는 것은 이성에 대한 애정, 이른바 연애라는 것이다.

이 연애라는 감정은 언제 어디서 어떻게 경험하게 될지 알 수 없지만, 빠르건 늦건 누구에게나 틀림없이 찾아오게 된다. 그렇게 다가온 연애는 기쁨으로 매듭을 짓건, 슬픔으로 매듭을 짓건 간에, 그 사람에게 평생 잊을 수 없는 경험이 될 것이다. 따라서 인생의 길 안내자가 되어줄 수 있는 문학에서 이런 문제를 다루지 않을 리가 없다. 수필·소설·희곡 등의 문학 작품에서 '사랑'은 빠질래야 빠질 수 없는 요소라고 해도 지나치지 않을 것이다.

이와 함께 서양의 문학 작품을 읽을 때 잊지 말아야 할 것은 기독교이다. 기독교에 대한 이해가 부족하면 전혀 이해할 수 없는 작품들이 많이 있다. 그 대표적인 예가 앙드레 지드의 『좁은 문』이다. 기독교에 대해 아무것도 모르는 사람이 읽는다면 그 진정한 의미를 전혀 알 수 없을 것이다. 그 때문에 나도 이해하기 어려웠다. 지금의 나의 독서는 피상적인 것인지도 모른다. 그러나 그렇다고 해서 지금의 독서가 무의미하다고는 생각하지 않는다. 아무리 모르는 것이 있다고 하더라도 다음 번에 책을 읽을 때는 이해하게 될 것이고, 다시 읽어도 이해할 수 없을 때는 또 다음 기회에 이해하게 될 것이므로. 언젠가 사랑과 기독교에 대해 보다 깊이 이해할 수 있게 될 날이 오면, 작품 속에 있는 더욱 깊은 의미를 깨닫게 될 것이다. 그렇게 생각하면서 나는 지금 이해할 수 있는 부분만 받아들여 읽으면서 앞으로도 독서를 계속해 나갈 것이다.

(이바라키茨城 대학 교육학부 부속
아타고愛宕 소중학교
「사쿠라さくら」 1956년 제36호)

퇴사의 변

다치바나 다카시橘隆志

당연한 이야기지만, 인간은 할 수만 있다면 하고 싶은 일을 하며 살아야 한다. 내 경우, 하고 싶은 일이란 읽고 싶은 책을 읽으면서 조용히 생각에 잠겨 보는 것뿐이다. "그 정도라면 회사를 그만두지 않아도 할 수 있는 일 아니냐?"고 말하는 사람이 있을지 모르지만, 적어도 내 경우에는 그렇지 않다.

"좀더 참아 봐. 다른 편집부로 옮기면 책은 얼마든지 읽을 수 있을 거야"라고 충고해 주는 사람도 몇 있었다. 아마 그럴지도 모른다는 생각이 들기도 하였다. 그러나 집에 돌아와 서재의 서가 앞에 앉으면 언제나 말로 표현할 수 없는 초조함이 엄습해 왔다.

학창 시절부터 의식주 문제가 해결되지 않아 고생하는 한이 있더라도 책을 사는 데만큼은 돈을 아끼지 않았다. 읽고 싶은 책을 책상 한쪽에 산더미처럼 쌓아 놓고 그 산을 점령해 갔고, 산을 다 점령하고 나면 또다시 서점을 돌아다니며 새로운 책을 구입하여 책상에 산을 만드는 일이 생활의 대부분을 차지하였다. 그런데 사회 생활을 하면서 점점 그 산을 점령하지 못하고 있다. 언제부터인지 책상 위에 더 이상 책을 올려 놓을 수가 없어 책상 옆에 쌓아 두게 되었다. 그리고 그 산이 둘이 되고 셋이 되어, 이젠 서가를 새로 구입하여 꽂아 두어야 할 상황을 맞고 말았다. 읽고 싶어도 읽지 못하는 책장 가득 꽂힌 책들을 매일 바라보기만 한다는 것은 고통이었다.

만약 하루에 한 권씩 책을 읽는다면, 1년에 365권을 읽을 수 있다. 10년이면 약 3,600권이다. 아마 정말 읽을 가치가 있는 책은 그 정도일 것이다. 포켓 북이나 가벼운 소설류라면 회사를 다니면서도 이 정도의 속도로 읽어 낼 수 있을 것이다. 그러나 내가 정말 읽고 싶은 책은 그런 종류와는 다르다. 열흘 걸리는 것이 있는가 하면, 한 달 걸리는 것도 있다. 그렇다면 내가 읽고 싶은 책을 고르고 골라 500권으로 추린다고 하더라도 5,000일, 그러니까 14년 정도 걸리게 된다. 이 정도로 시간을 들여 책을 읽는다 해도 아깝지 않다. 만약 이 계산대로, 고르고 고른 500권의 책을 14년 간 다 읽을 수 있다면 회사를 계속 다녀도 상관없다.

그러나 최근 1, 2년 간 나의 독서 방식을 반성해 보면, 이 계산대로 되지 않을 가능성이 확실히 높

다. 책 한 권을 다 읽고 나서 다음에 읽을 책을 고르려고 서가 앞에 서서 손을 뻗게 되는 책은, 아무래도 읽고 싶은 책이 아니라 쉽게 읽을 수 있는 책이었다.

회사를 다닌 30개월 간 진정으로 읽고 싶은 책을 얼마나 읽었을까? 문자로 표현되어 있는 저자의 심오한 세계로 내 정신이 빨려 들어가, 그곳에서 언어를 초월한 대화를 나누며 하나의 정신적 드라마를 전개해 가는 독서 체험을 그 동안 몇 번이나 했을까? 아마 한 달에 한 번도 되지 않을 것이다.

만약 이런 상태가 이대로 지속된다면, 정말 읽고 싶어서 고르고 고른 500권을 읽는 데 40년이 걸릴지도 모른다. 그렇지만 시간적인 측면에서만 생각한다면 그렇게 절망적인 것은 아니다. 읽고 싶은 책을 읽는 데 시간이 너무 많이 걸린다는 것보다 더 절망적인 것은 내가 읽고 싶은 책, 정말 읽을 필요가 있다고 여기는 책을 외면하고 있기 때문에 나 자신이 점점 정신적인

황폐화의 길을 걷고 있다는 자각이었다.

저널리즘은 확실히 매력적인 세계이다. 보도라는 대의명분으로 일개 시민으로서는 결코 알 수 없는 사회의 구석구석을 자유롭게 활보하면서 엿보기도 하고, 문예춘추의 후광을 업은 채 개인으로서는 대등한 입장에서 만나 볼 수 없는 사람과 동등한 대화를 나눌 수 있다는 것은 미안할 정도로 흥미진진한 일이었다. 그것은 내가 이 직업을 택한 이유이기도 하고, 언제나 무슨 일인가를 하는 것보다 보는 것을 선호하는 내 성격과도 잘 맞았다.

그러나 지난 30개월 간, 여러 곳을 가 보고 여러 사람을 만나 묻고 듣는 일을 계속하면서도, '나 자신은 도대체 이 세계에서 어떤 존재인가?'라는 물음이 끊이지 않았다.

내가 알고 싶은 것은 단 한 가지였다. 나 자신은 대체 어떤 사람인가, 나와 나 자신은 대체 어떤 관계를 맺고 있는가, 나 자신과 다른 사람은 대체 어떤 관계를 맺고 있는가, 이런 것들을 알기 위해서 계속 책을 읽어 왔고 삶을 살아 왔던 것이다. 이런 물음들에 대한 대답은 결코 단순한 사유를 통해 얻을 수 있는 것이 아니며, 연구한다고 해서 알게 되는 것도 아니다.

아마도 끊임없는 삶의 연속선상에서 보는 것, 생각하는 것, 행하는 것, 이 세 가지를 반복하고 피드백 과정을 거치다 보면 어느 날 정신적인 비상을 이루는 때가 찾아와 모든 것을 직관으로 파악할 수 있는 그런 날이 올 것이라는 확신이야말로 나의 생활을 지탱해 준 기대이자 신념이었다.

그러나 저널리즘의 세계에서 내가 느낀 것은, 사유와의 피드백 과정이 빠진 관찰은 무용지물이라는 것이다. 아무리 많은 것을 보더라도, 만약 그것이 충분한 사고에 의해 뒷받침되지 않는다면 오히려 해로운 것일지도 모른다. 초인적으로 생각해 보지 않고 초인적으로 보는 일에 익숙해지는 것은, 초인적인 눈으로 본 것을 평범한 것으로 판단하여 그것으로 정신적인 처리를 끝냈다고 결론 짓는 것이며, 이미 본 것에 대해 생각하기보다는 보다 많은 것을 보려고만 하게 되어, 초인적인 눈으로 보았다고 여기지만 결국 평범한 눈으로 본 것에 불과한 결과로 나타나고 만다.

그리고 저널리스트는 초인적인 시각의 소유자라는 환상 아래 독자를 현혹하고 모든 사람들을 만성적인 정보 과다증에 빠뜨려서, 보았다고는 하나 사실은 아무것도 보지 못하였고 들었다고는 하나 아무것도 듣지 못한 사람들에게, 모든 것을 보았고 모든 것을 들었다고 안심시키는 역할을 하고 있는 것은 아닐까?

진정으로 본다는 것은 자기 자신을 봄으로써 자기 자신과 다른 사람과의 관계를 보려는 것이다. 그러나 이러한 관점을 잃어버린 채, 다른 사람과 다른 사람의 관계만 보려고 한다면, 보았다고 여기지만 결국은 아무것도 보지 못한 결과만 남게 되는 것이 아닐까?

이런 의문들이 나를 엄습해 오고, 점점 물리적으로 보는 것에만 열중하다가는 얼마 지나지 않아 물리적으로 보는 것에 완전히 길들여져 버릴 거라는 생각이 들었을 때, 나는 보다 많은 것을 보기 위해 지금은 조금 덜 보기로 결심하였다.

(「문예춘추」 사원회보, 1966. 10. 12)

다치바나 씨의 작업실 '고양이 빌딩' 전말기

세노 갓파妹尾河童(무대미술가)

다치바나 다카시 씨는 야행성이다. 세상 사람들이 잠든 조용한 시간이 그에게는 가장 일의 능률이 오르는 시간인 것 같다. 새벽녘까지 깨어 있는 나는 그의 생리를 이해할 수 있다.

한밤중 조금 지나서 전화가 걸려 오면, 그 전화는 대개 '다치바나 다카시의 심야 소식'이다. 이런 한밤중의 전화는 그가 원고를 끝냈을 때 걸려온다. 그러니까 다음 작업에 들어가기 전, 일종의 기분 전환을 위한 숨 고르기인 것이다. 따라서 대개 특별한 용건이 있는 건 아니다.

"여보세요, 다치바나입니다. 지금 뭐하시오?"

언제나 정해져 있는 전화 인사말.

지금 통화할 수 있는지 일단 나를 배려해 주는 것이다. 내가, "지금 그림 그리고 있는데……"라고 대답하면 그는 나와 통화가 가능하다고 판단한다.

나는 원고를 쓰면서 통화할 수는 없지만, 그림을 그리면서 통화할 수는 있다. 언어 회로를 담당하는 뇌와 그림을 그리는 회로가 따로 있어서 동시에 움직일 수 있는 것이다.

전에, 위에서 내려다본 그림을 그리는 방법 등에 대해 전화로 이야기하고 있었는데, 좌우 양쪽 뇌를 동시에 사용하여 통화하면서 그림을 그리고 있는 나에게 흥미를 느꼈는지, 그가 갑자기 "지금 갈게"라고 하였다. 나는 "일부러 올 것까지는 없어"라고 말하려고 하였으나 이미 전화는 끊어졌다.

그리고 나서 15분 뒤 현관 벨이 울렸다. 그가 현관문 앞에 서 있었다. 그 신속함에 그저 놀랄 뿐이었다. 집이 가깝다고는 하지만, 원고 마감이 코앞에 닥쳐 있는데 정말 부지런한 사람이었다.

그는 등 뒤에서 그림을 그리고 있는 내 손끝을 들여다보면서, "굉장하구먼. 이야기를 나누면서도 정말 잘 그리는군" 하며 마구 칭찬해 주었다.

하지만 그것은 그가 도형 묘사에 관해서는 믿어지지 않을 정도로 서툴기 때문에, 보통 사람의 칭찬보다 훨씬 점수가 후한 것이다. 다치바나 씨가 나를 인정해 주고 있다면, '그림을 그릴 수 있는 친구' 정도일 것이다.

1991년 가을 어느 날, 한밤중인 2시가 좀 지나서 다치바나 씨의 전화를 받았다.

"다치바나입니다. 지금 데리러 갈 테니 잠깐 나올 수 있겠소?"

그 때 나는 무대 시안을 바쁘게 작성하고 있는 중이었기 때문에 선뜻 대답하지 못했다. 하지만 그는 그런 분위기 따위는 안중에도 없었다.

"작업실로 쓸 건물을 짓고 있는데, 잠깐 봐 주었으면 해."

"지금은 한밤중이야, 어두워서 건물이 보일 리 없잖아. 낮에 밝을 때 갈게."

"지금도 주변에 불빛이 있어서 잘 보여. 지금 데리러 갈게."

이렇게 되면 더 이상 저항해도 소용 없다는 걸 알고 포기한다. 나도 사람들 사이에서는 떼 잘 쓰기로 유명한데, 다치바나 씨와는 상대가 되지 않는다. 다치바나 씨의 "지금 곧 갈게"에는 이길 재간이 없다.

그가 "곧 갈게" 했을 때, 차 운전은 당연히 그의 부인이 한다. 우리 집사람도 사람들에게 "정말 대단하십니다"라는 말을 자주 듣고 있기는 하지만, 내가 보기에 다치바나 씨 부인은 더 대단하다.

짓고 있는 그 건물은 다치바나 씨의 자택에서 걸어서 3분 정도의 거리에 도로가 구부러지는 길 모퉁이에 있었다. 다치바나 씨가 말한 대로 주위에서 새어 나오는 불빛을 받아 콘크리트만을 쳐 놓은 건물의 외벽이 희미하게 보였다. 건평은 약 7평 정도라고 하는데, 건물 끝이 둥글게 튀어 나온 가늘고 긴 삼각형 모양의 기묘한 건물이었다.

회중 전등을 들고서 건물 안으로 들어갔다. 급 커브의 좁은 계단이 3층까지 연결되어 있는 공간이 독특한 느낌을 주었다. 지금은 지하실, 1층, 2층, 3층의 네 개 공간이 텅 비어 있지만, 곧 세 군데에 분산하여 보관하고 있는 책이나 자료들을 모아 이곳으로 옮겨올 거라고 했다. '얼마 지나지 않아 지금까지 그랬던 것처럼 이곳도 책과 자료로 가득 차서 어지러워지겠지'라는 생각이 들었지만, 벌써부터 입 밖에 낼 필요는 없을 것 같아 그냥 가만히 있었다.

설계는 고등학교 때부터 친구인 가와이 다다모리河合尹盛 씨가 맡았다는 얘길 듣고, '다치바나 씨의 개인적인 주문이 엄청 많았겠군' 하며 속으로 그를 동정하였다.

"이 건물 벽을 이용해 뭔가 재미있는 놀이를 할 수 없을까? 몬드리안처럼 색을 칠해도 괜찮겠고, 무슨 그림을 그려도 좋을 것 같은데……" 하고 다치바나 씨가 말을 꺼냈다.

우리 두 사람은 건물의 외벽을 올려다보면서 여러 가지 의견을 나눈 끝에, 벽을 새까맣게 칠하고 그 위에 고양이 얼굴을 크게 그려 넣기로 의견을 모았다.

다치바나 씨의 자택으로 돌아와 차를 마시면서 나는 종이를 잘라 건물 모형을 만들어 보았다. 거리 한가운데 돌연 검은 고양이가 그려진 건물이 서 있다고 생각하니 재미있을 것 같았다. 고양이는 다치바나 씨가 개인적으로 좋아하는 동물이어서 그려 넣는 것일 뿐, 특별한 의미가 있는 것은 아니었다.

"그러면, 갓파 씨가 이 그림을 그려 주시겠소?"라고 말했지만 그건 그렇게 간단하게 해결할 수 있는 문제가 아니었다. 직업이 무대미술가라서 좀 크다 싶은 그림을 무대에 걸기는 하지만, 그 그림을 내가 직접 그리는 것은 아니기 때문이었다. 나는 기본이 되는 디자인의 원화를 그릴 뿐이고, 이 디자인 원화를 크게 확대하여 그리는 전문적인 화가는 따로 있는 것이다.

"내 친구 가운데 영화나 연극의 대형 배경화를 그리는 〈아틀리에 구름ァトリェ雲〉이라는 모임 소속인 시마쿠라 후치무島倉二千六라는 화가가 있는데, 부탁해 볼까? 이 놀이를 재미있게 여긴다면 부탁을 들어 줄 것도 같은데……"라고 말을 꺼내면서, 시마쿠라 씨가 기꺼이 이 일에 참여할 거라고 믿었다. 마침 다치바나 씨도 일본에서 구름을 가장 잘 그리는 사람으로 알려져 있는 시마쿠라 씨의 이름을 잘 알고 있었다. 당장 전화를 걸어 답을 듣고 싶었지만 시계가 새벽 3시 반을 가리키고 있었다.

이것 저것 잡담을 하면서 다치바나 씨가 만들어 준 우동을 먹기도 하며 시간을 보내다 집에 돌아오니 거의 아침녘이었다. 아마 한밤의 이 소동으로 안됐지만 어느 곳의 원고가 하루 늦어졌을 것이다.

"그렇게 한가하게 시간을 보내면서 일이 늦어졌다니……"라고 불평을 하는 편집자가 있다면 아직 다치바나 씨를 이해하지 못하고 있는 사람이다. 그는 노는 것과 일하는 것의 경계가 없는 사람이다.

'놀다'라는 단어를 사전에서 찾아보면, '자신이 하고 싶은 것을 하면서 즐기다'라고 실려 있지 않은가. 다치바나 씨의 저서 『거악 vs 언론巨惡 vs 言論』이라든가 『우주로부터의 귀환宇宙からの歸還』, 『뇌사腦死』 등은 모두 그가 '재미있다'고 생각했기 때문에 손을 댄 저서들이다. 단 한 번도 그는 자신이 하고 싶지 않은 것을 일로 선택한 적이 없다.

와인에 대해 알고 싶어져 갑자기 프랑스로 날아가 버리는 바람에 편집자를 당황시킨 것도, 건물에 고양이를 그릴 계획을 세우고 나서 흥분하는 것도, 모두 마찬가지이다.

다음날 아침, 시마쿠라 씨에게 전화를 하니 많은 것을 설명할 필요도 없이 "재미있을 것 같은데요? 하게 해주세요" 하였다.

그는 바로 예비 조사를 위해 달려와서는 작업 일정을 짰다. 먼저 발 디딜 곳을 만들고 건물 전체를 도료로 새까맣게 칠하고 나서 아크릴계의 수용성 화구로 고양이 얼굴을 그리기로 하였다.

작업에는 시마쿠라 씨가 이끄는 〈아틀리에 구름〉의 젊은 화가 세 사람도 참가하여 우선 고양이 사진을 모아 놓고 연구하기 시작하였다.

"고양이의 눈을 대개 한마디로 표현해 버리지만, 새삼 이렇게 다시 살펴보니 표정이 참 다양하군요. 너무 심술궂은 듯한 고양이여서도 안 되고, 그렇다고 귀여운 고양이를 그려 넣자니 다치바나 다카시 씨의 작업실 이미지와 맞지 않고 말입니다."

밑그림을 몇 장 준비하여 그 중에서 다치바나 작업실 〈세 다치 바나ㇱㅋㅌㅋㅋㅋㅋ〉의 얼굴과 어울리는 검은 고양이를 선택하였다.

드디어 그림을 그리기 시작한 날, 건물을 올려다보면서 어느 지점에 눈을 그릴지 상의하였다.

건물 벽에 종이에 그린 눈과 코의 밑그림을 붙이자, 벽면이 둥 글게 굽어 있어 눈과 눈 사이가 벌어진 멍청한 고양이 얼굴이 나 타났다. 서둘러 눈과 눈 사이의 간격을 좁혀서 그리도록 조정하 였다.

건물 아래에서 "좀더 오른쪽으로, 입을 좀더 위로!" 등등의 조 언을 하는 나는 즐거웠지만, 발을 건물 벽에 디디고 서서 그림을 그린 사람들은 정말 고생이었다.

꼬박 사흘 만에 그림이 완성되었다.

한창 그림을 그릴 때부터 인근에 살고 있는 사람들이 어안이 벙벙한 눈으로 이 작업을 지켜보았는데, 마침내 완성이 되어 건 물 외벽에 있던 안전 장치들을 모두 제거한 날, 바로 앞 건물에 사는 주민은 "앞으로 매일 이 고양이가 우리를 노려보는 거예 요?" 하며 비명에 가까운 소리를 냈다. 나는,

"복을 부르는 커다란 고양이가 집 앞에 놓여 있는 거나 마찬가 지니까, 앞으로 좋은 일만 있을 거예요"라고 입에서 나오는 대로 무책임한 위로의 말을 건네고 말았다. 하지만 이 고양이가 이 거 리의 명물이 되어 정말로 좋은 일이 많이 생길지도 모르지 않는 가. TV나 주간지에 자주 보도되는 일이 좋은 일인지 나쁜 일인지

는 잘 모르겠지만, 건물이 완성되자마자 여기저기에 소개되기 시작하였다.

그런 보도를 접하고 알게 되었는지, "검은 고양이 빌딩이 어디입니까?"라고 물으며 멀리서 일부러 찾아오는 사람들도 많아졌다.

누구보다도 다치바나 다카시의 팬들은 이 건물을 필히 보러 왔다. 이 기묘한 '고양이 빌딩'을 보는 것으로, '위대한 인물=이상한 사람'이라는 다치바나 씨를 입체적으로 만나 볼 수 있었던 것이다.

그의 일하는 자세가 '고양이 빌딩'에 그대로 나타나 있다고 하면 지나친 말일지도 모르지만, 대체로 다치바나 다카시가 바로 그런 사람인 것이다.

일하는 모습은 언뜻 성실해 보이지만 실제로는 무척 놀기 좋아하는 마음의 여유를 가진 점이야말로 그의 장점이다.

"몇 년 지나 이 그림이 지겨워지면, 이번에는 벽 한 면에 새빨간 석양 속의 구름을 그리고, 그 구름을 바라보고 있는 검은 고양이의 뒷모습을 그려 넣으면 어떨까?"라고 그가 제안했는데, 과연 어떻게 될까? 그건 그때 가 봐야 알게 될 것이다.

내가 '고양이 빌딩' 작업에 참여했다는 사실을 알게 된 몇몇 사람들로부터, "그 빌딩 안은 어때요? 다치바나 씨는 몇 층에서 일하시는 거예요? 책이나 자료는 어떠한 방식으로 분류되어 있나요? 지난번처럼 위에서 내려다본 그림 방식으로 한번 그려주시면 좋겠는데"라는 질문을 자주 들었다. 그러나 나는 못 들은 척하였다. 그 빌딩의 각 층을 부감도로 그린다는 것은 쉬운 일이 아니었기 때문이었다.

그런데 결국 나는 더 이상 달아날 수 없게 되었다. 문예춘추의 「책 이야기本の話」 편집부에서 그 의뢰를 해온 것이었다.

"다치바나 씨의 팬 여러분들이 고양이 빌딩의 내부를 보고 싶어해, '갓파 씨의 화풍으로 그린 부감도'를 부탁드립니다. 각 층별로 자료나 책이 어떻게 보관되어 있는지, 가능한 한 자세하게……"

처음에는 이 의뢰를 거절하였다. 무대 미술 작업의 마감일이 다가왔기 때문이었다.

그러나 편집부에서는 포기하지 않았다. 몇 번이나 파상 공격을 받은 끝에 결국 나도 결심을 굳히고 '이왕에 독을 마셔야 한다면 그 그릇까지 삼키겠다'는 심정으로 시작하였다.

고양이 빌딩을 방문하는 날, 모눈종이처럼 줄이 쳐져 있는 스케치북과 20m까지 잴 수 있는 줄자, 카메라를 들고 고양이 빌딩을 향해 출발하였다.

이 빌딩을 전에 몇 번 방문한 적이 있지만, 올 때마다 책과 자료는 증가 일변도였다.

처음 방문하게 된 나의 어시스턴트는 각 층의 문을 열 때마다, "와~, 이런 방이 지하 1층에서부터 지상 3층까지 있단 말입니까!"라며 비명을 질러댔다. 무리도 아니었다. 치수를 재고 도면 상에 기록을 하는 일은 어시스턴트의 일이니까.

어시스턴트라면, 다치바나 씨의 비서인 사사키 치카코佐々木千賀子 씨도 고생이 말이 아니다. 매일같이 눈처럼 쌓이는 자료를 분류하여 정리하는 일뿐만 아니라, 아무리 바쁘거나 며칠 동안 철야 작업을 해도 아무렇지도 않은 얼굴로 사는 다치바나 씨의 속도에 보통 사람이 보조를 맞추자면 생명을 단축할 우려가 있는 것이다.

나도 조심해야지…….

(문예춘추, 『갓파의 스케치북河童のスケッチブック』 중에서)

'고양이 빌딩' 전경

갓파가 들여다본 〈고양이 빌딩〉의 내부

세노 갓파 妹尾河童

이 부분에 고양이 얼굴을 그렸다. 참고 자료로 고양이 사진을 많이 수집했는데, 고양이 눈동자 표정이 그렇게 다양할 거라고 생각지 못해 놀랐다. 〈셰다치바나〉 빌딩의 얼굴로 하기 위해서는 '방심할 수 없는 검은 고양이'의 느낌을 표현해 보는 것이 좋지 않을까 생각했다.

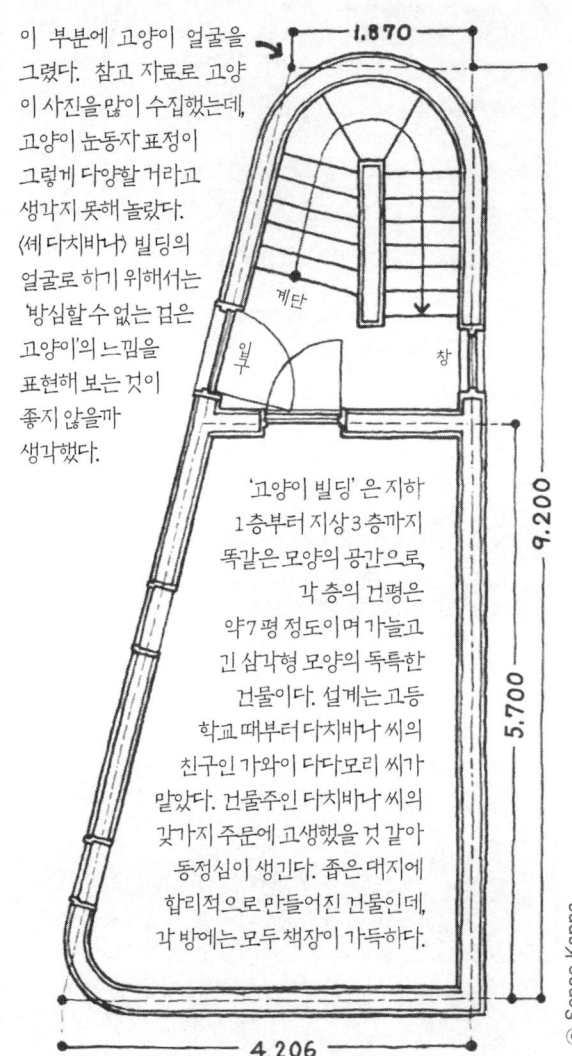

1.870

9.200

5.700

4.206

계단

복

창

'고양이 빌딩'은 지하 1층부터 지상 3층까지 똑같은 모양의 공간으로, 각 층의 건평은 약 7평 정도이며 가늘고 긴 삼각형 모양의 독특한 건물이다. 설계는 고등학교 때부터 다치바나 씨의 친구인 가와이 다다모리 씨가 맡았다. 건물주인 다치바나 씨의 갖가지 주문에 고생했을 것 같아 동정심이 생긴다. 좁은 터지에 합리적으로 만들어진 건물인데, 각 방에는 모두 책장이 가득하다.

책이나 자료는 방안의 책장뿐만 아니라 각 층을 이어주는 계단 위에도 쌓여 있다. 만약 강도가 심한 지진이라도 발생한다면, 3층에서 일하고 있는 다치바나 씨는 무너지는 책에 깔려버릴 뿐만 아니라, 계단 밑으로 버려 올 수도 없을 것이다. 그는 "그런 것까지 생각하면 일 못해"라고 하지만.

지하1층

이 방 아래에는 또 하나의 지하실이 있다. 그곳에 고급 와인이 꽤 있다.

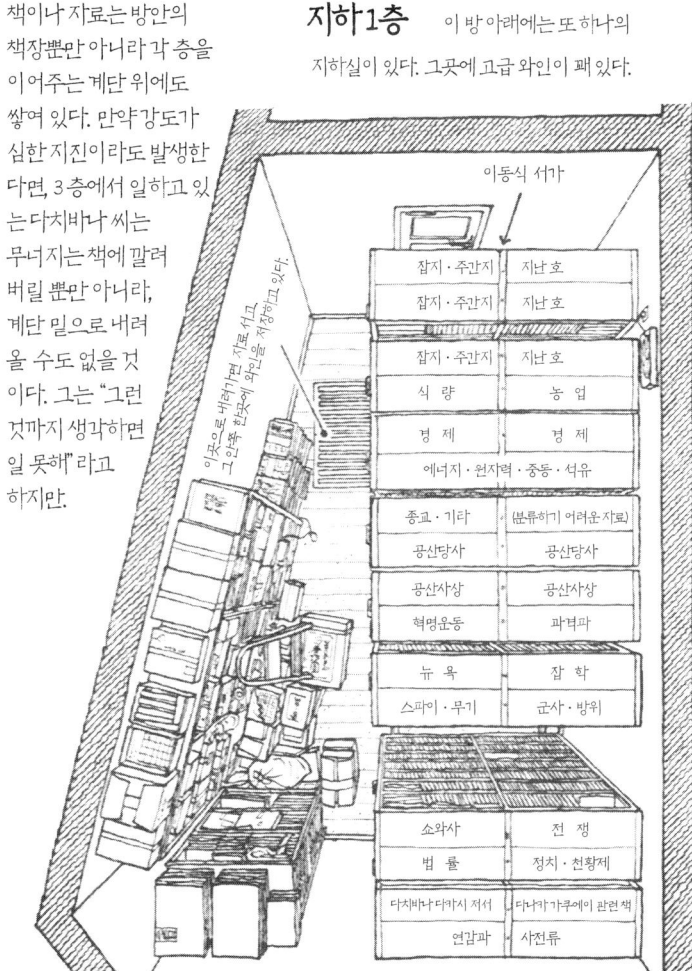

이동식 서가

이 쪽으로 내려가면 자료, 선고, 그 외의 확인사에 와인을 저장하고 있다.

잡지·주간지	지난 호
잡지·주간지	지난 호
잡지·주간지	지난 호
식 량	농 업
경 제	경 제
에너지·원자력·중동·석유	
종교·기타	(분류하기 어려운 자료)
공산당사	공산당사
공산사상	공산사상
혁명운동	파벌파
뉴 욕	잡 학
스파이·무기	군사·방위
소와사	전 쟁
법 률	정치·천황제
다치바나 다카시 저서	다나카 가쿠에이 관련 책
연감파	사전류

A 뇌와 관련된 학술 서적이
나 논문·자료 등.

B 책장 위쪽에는 뇌와
관련된 정치, 뉴사이언스
자료, 책장 중간에는
경찰, 옴진리교 관련
자료.

C 관료와 정치학 등
관련 자료.

D 사전류, 참고서용 책.

E 우주와 관련된
물리, 수학 자료.

F 초자연적 신비,
임사체험 자료,
백과사전 등.

1층 자연과학과 관련된 책과 자료가 넘쳐난다.
『우주』,『뇌사』,『임사체험』 등의 자료는 이 방에 있다.

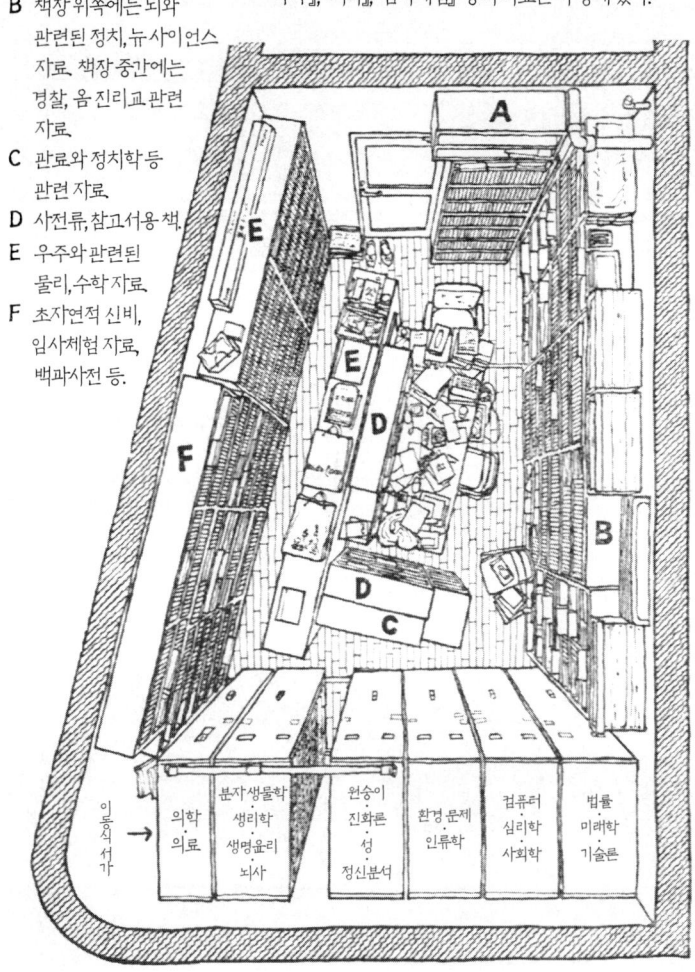

이동식 서가 →

의학
의료

분자 생물학
·생리학
·생명윤리
뇌사

원숭이
·진화론
·성
정신분석

환경 문제
인류학

컴퓨터
심리학
사회학

법률
미래학
기술론

A 앞뒤 두 줄로 된 슬라이드
　식 책장으로, 정치, 뇌사,
　의료, 우주, 컴퓨터, 행정,
　제너럴 컨트랙터, 보도
　등 관련 스크랩.
B 두 줄로 된 슬라이드식
　책장. 앞줄에는 잡지
　기사. 뒷줄에는 여행
　서적과 해외 자료.
C 행잉 홀더용 락커
　18개.
D 아직 정리가
　안 된 스크랩들
　(분류하여 A로
　옮긴다).

2층 이 방에는 단행본보다 다치바나
씨의 일과 관련 있는 스크랩 등이 많다.

비서인 사사키 씨가 일하는 방

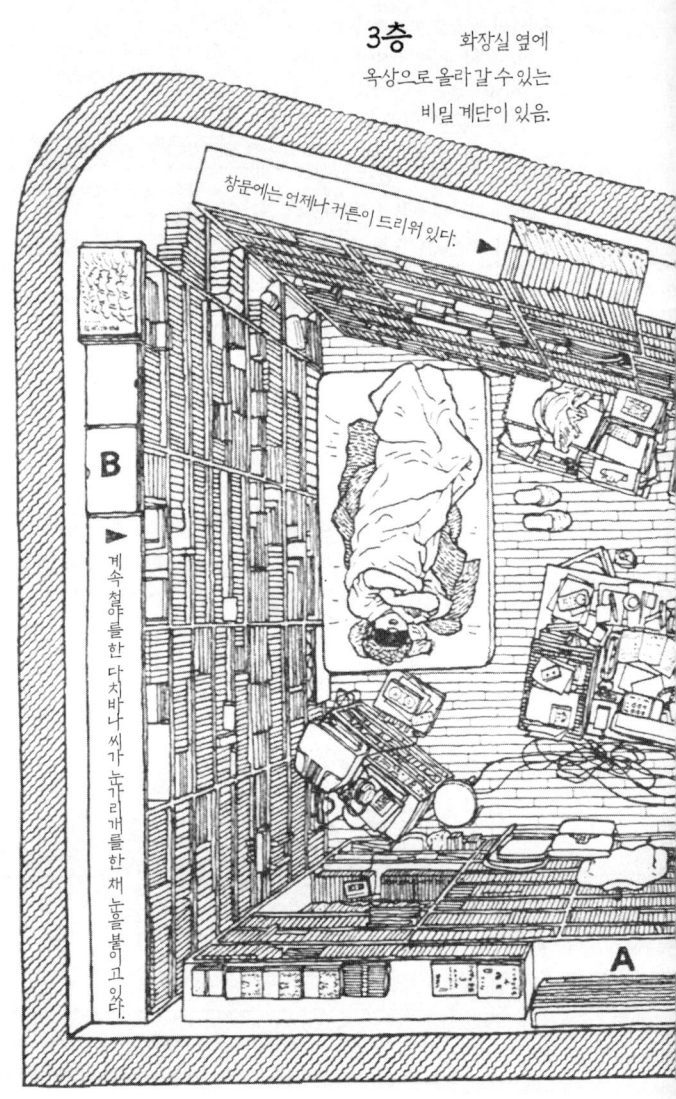

3층 화장실 옆에 옥상으로 올라갈 수 있는 비밀 계단이 있음.

창문에는 언제나 커튼이 드리워 있다.

B

계속 철야를 한 다치바나 씨가 눈가리개를 한 채 눈을 붙이고 있다.

A

A 중세 신비주의 관련 책과 문학, 철학에 관한 책. 오에 겐자부로 관련 자료.
B 미술 서적. 기독교, 유대교, 이슬람교 관련 서적. 종교 전반. 동양, 중국 관련 서적.
C 책상에서 가깝기 때문에 진행 중인 일 관련 자료가 많다. 남미 인디오의 역사, 바로크 관련 서적, 종교, 문화인류학, 음악, 영화, 사진집 등.
D 번역 문학. 오에 겐자부로의 책. 임사 체험 자료.

이곳에는 낮과 밤이 따로 없다.

출입문

(오후 2시의 취재)

▲ 책상 위는 어수선하여 비어 있는 곳이 거의 없다.

있기 때문일 것이다. 3층에만 화장실과 잠깐 눈을 붙일 수 있는 곳이 많다. 다시 말해 가장 중요한 작업실인 셈이다. 이 다치바나 씨는 일반적으로 이 방에서 지내는 경우가 둔한 느낌이 든다.

일을 할 수 있다. 다치바나 씨의 머리 속을 들여다보는 사상, 문학, 종교, 음악, 미술, 사진, 영화 등 넓은 범위의 이 방에서 할 수 있는 일의 범위는 주로 인문계열인데,

(『책 이야기 本の話』 1995년 7월 창간호 중에서)

우선, 「주간 문춘」의 〈나의 독서일기〉 연재를 어떻게 시작하게 되었는지, 그리고 이 연재를 집필하면서 책과 독서에 관해 무엇을 생각하게 되었는지 등에 대해 기술하겠다. 그리고 내가 실천하고 있는 나름대로의 책 읽는 방법과 관련하여, 어떻게 그렇게 많은 책을 빨리 읽을 수 있는지에 대해서도 기술하겠다.

*   *   *

  독서 일기는 나의 개인적인 독서 생활(일과 관련하여 또는 취미로서)을 있는 그대로 기록한 것이 아니다. 나는 이 글이 나름대로 독특한 신간 안내 역할을 해주길 기대하며 집필하였다.

  나의 개인적인 독서 생활은 대부분 일을 하기 위한 것이다. 그것도 하고 있는 일에 따라 극단적인 편중성을 보이기 때문에 누군가에게 소개한다는 것이 불가능하며, 소개한다 하더라도 오해를 부를 소지가 많아 굳이 하려 들지 않는다. 좀더 쉽게 설명하자면, 나는 어떤 일을 맡더라도 2, 30권의 책(자료)을 책상 위에 쌓아 놓고 시작한다. 연재처럼 계속 집필해야 하는 일을 맡으면 읽어야 할 책은 50권도 되고 60권도 되어(때로는 그 이상), 점점 늘어나기만 한다. 또한 장시간을 필요로 하는 테마를 맡게 되면(반 년 이상, 또는 몇 년이 걸릴 경우), 그 일을 하기 위한 책을 보관하려고 새로운 서가를 마련하기도 한다.

나는 일하는 책상을 각각 세 군데에 따로 두고 있으며, 장기적인 일은 서로 다른 책상에서 한다. 각 책상 주변에 이동식 서가를 책 수백 권이 들어갈 만큼 확보해 두고, 수시로 교체하는 것이 장기적인 큰 일을 맡았을 때의 최소한의 필요 조건으로 작용한다. 그러나 금방 그것만으로 부족하여 넘쳐나는 책이나 자료를 책상 주변의 적당한 곳에 쌓아 놓기도 하고, 상자에 넣어 방 한쪽에 쌓아 두기도 한다. 이렇게 쌓아 두는 책이 종종 몇 백 권이 되기도 한다.

그런 책이나 자료 가운데 몇 권을 골라 소개한다는 것은 아무래도 불가능하며, 또한 무리해서 소개한다 해도 의미를 찾을 수 없게 된다. 그렇다고 〈나의 독서일기〉를 연재하면서 일과 관련된 책에 대해 전혀 다루지 않은 것은 아니다. 일 때문에 읽은 책이더라도 이 책만큼은 일반인들이 꼭 읽어 봤으면 좋겠다고 생각한 책은, 아무리 전문성이 높아 어렵다고 해도 많이 소개하였다. 또한 일반인들이 이해하기에는 무리지만, 어떤 구절만이라도 소개하고 싶으면 그 구절을 인용하는 형식을 빌려 꼭 소개하였다(예를 들어 『아사쿠라 물리학 대계朝倉物理學大系』에서는 소립자론의 최첨단 부분이 이 세계 존재를 어떻게 해석하고 있는가에 대해 이야기하였다). 다만 이렇게 전문적인 책이나 어느 구절을 인용하여 소개하는 경우는 늘 해오던 방법대로 책이나 자료를 모았는데도 그 수가 적거나 내용의 조합이 별로 좋지 않을 때이다. 평소에 모은 책이나 자료만으로 넘칠 정도이기 때문에 좀처럼 전문적인 책이나 자료를 소개할 만한 여유가 없다.

〈나의 독서일기〉를 작업하는 과정을 소개해 보면, 원고 마감이 다가왔을 때 서점에 가서 책꽂이에 꽂혀 있는 책이 아닌, 앞쪽 판매대에 진열되어 있는 책들 중에서 읽고 싶은 책, 재미있을 것 같은 책, 왠지 궁금해지는 책 등을 한꺼번에 산 후(보통 한 번에 2, 30권) 집에 돌아와서 그 날 사온 책들을 쭉 한 번 훑어보고 소개할 만한 책을 고른다.

다시 말해, 〈나의 독서일기〉에서 소개하고 있는 책 중 대부분은 기본적으로 '지금 서점의 판매대에 진열되어 있는 신간 서적들'이다.

나는 주간지 기자로 직장 생활을 시작하여 그 후에도 몇몇 주간지와 함께 일했고, 주간지는 매주 세상의 움직임을 전달하는 중요한 뉴스 매체이므로 기본적으로 주를 단위로 하는 정도(일간지만큼의 새로운 정보는 아니라도 좋지만 월간지처럼 늦어지지 않는)의 새로운 정보로 채워져야 한다고 생각한다.

사실 처음에 이 원고를 맡게 되었을 때, 당시 「주간 문춘」의 편집장은, "내용은 무엇이라도 좋습니다. 신간도 좋고 오래 된 책도 좋습니다. 지금 잘 팔리고 있는 책이 아니어도 상관없습니다. 일반성이 없는 전문적인 책이어도 상관없습니다. 자주 그러면 곤란하지만 가끔은 외국 서적을 소개해도 상관없습니다. 직접적인 책 소개나 비평이 아니어도 괜찮습니다. 책과 관련된 신변잡기적인 내용이든, 평상시의 견해이든, 뭐라도 상관없습니다. 어떤 제약도 없습니다. 책에 관한 것이라면 아무 거라도 좋습니다"라고 말씀해 주셨다. 따라서 군이 신간을 다루어야 할 필요까지는 없지만, 나는 기본적으로 신간 서적을 중심으로 쓰겠다는 원칙을 세워 실천하고 있다. 그것은 주간지라는 매체가 당연히 그래야 한다고 보는 나의 시각에 따른 것이기도 하지만, 역시 해 보니 신간 중심으로 다루는 것이 재미도 있고 나 자신에게도 많은 도움이 된다는 사실을 알았기 때문이다.

나는 원래 서점에 자주 가서 책을 사는 편이지만, 이 일을 맡게 되었을 무렵에는 너무 바빠서 몇 주 간 발길이 뜸한 상태였다. 서점의 판매대에 있는 신간 서적들을 훑어볼 시간조차 충분하지 않았고, 광고 등을 통해 점찍어 놓은 책이 판매대에서 이미 자취를 감추어 버린 경우도 적지 않았다.

그러나 이 일을 맡게 되면서 적어도 매주 한 번은 대형 서점의 판매대에 가서 하나하나 꼼꼼히 신간 서적을 둘러볼 여유를 갖게 되었다(집 가까이에 있는 중소 서점에 잠깐 들러 서점 안을 휙 둘러보는 것까지 합쳐 하루 한 차례 이상). 이런 서점 순례를 하면서 세상을 보는 눈이 달라져 갔다. 역시 서점이라는 곳은 한 나라 문화의 최전선에 있는 병참기지와 같은 존재이므로, 그곳의 흐름(정보의 흐름)을 보고 있으면 한 나라의 문화, 사회의 전체상을 잘 파악할 수 있다.

그러고 보면 서점의 판매대는 한 나라의 문화, 사회 현상을 전달하는 최고의 매체인 셈이다. 신간 시평時評은 그 매체를 항상 지켜보다가 재미있는 움직임을 포착하면 재빨리 전달하는 미디어 워칭media watching의 성격을 지니고 있다. 이 일을 해 보니, 이 일이야말로 동시대의 토탈 워처total watcher이기를 자부하며 살아온 나에게 천직이라는 생각이 든다.

여기서 잠깐 개인적인 이야기를 하면, 나의 부친은 오랫동안 서평신문書評新聞(「주간독서인週刊讀書人」과 그 전신인 「독서타임즈讀書タイムズ」, 또 그 전신인 「전국출판협회신문全國出版協會新聞」)의 일을 해 오신 분이다. 그래서 나는 초등학교 때부터 서평신문을 읽은(비록 재미있는 기사만 골라 읽기는 하였지만) 좀 특이한 경험을 가지고 있다. 대학을 졸업하고 취직한 곳이 출판사였으며, 그리고 그 이후 책을 쓰거나 만드는 입장에서 출판사와는 끊을래야 끊을 수 없는 인연으로 지금에 이르렀기 때문에, 출판사의 내부 사정이나 책을 만드는 전 과정은 내가 가장 잘 알고 있는 지식이며, 또한 그런 의미에서 이 일은 나의 천직인 것이다.

처음에는 그다지 기대하는 것 없이 오히려 마지못해 하는 기분으로 시작한 일이었지만 하면 할수록 점점 재미를 느끼며 빠져들어, 지금은 내가 하고 있는 일 가운데 가장 즐거운 일이 되었다.

왜 그 책을 소개하는가

나는 이 글을 이른바 서평을 위한 글로 집필하고 있지 않다.

왜냐하면 나는 책을 읽는 독자 입장에서 너무나 서평다운 서평을 그다지 좋아하지 않기 때문에, 나 역시 그런 글은 쓰고 싶지 않은 것이다. '너무나 서평다운 서평'이란, 요컨대 어떤 책에 대해 그 분야의 전문가가 아주 그럴듯한 평가를 뽐내듯 늘어놓는 글을 말한다. 그런 서평은 대체로 쓸데없는 참견처럼 느껴진다. "그 책이 읽을 만한 가치가 있다면 그 점만을 재빨리 끌어내 전해 주길 바란다. 평가는 독자가 하는 것이니 불필요한 선입관을 심어 주지 않기 바란다"고 말해 주고 싶을 정도이다. 내가 서평을 통해 알고 싶은 것은 오로지 그 책이 읽을 만한 가치가 있는가에 관한 정보이다. ◎ ○ △ × 등의 기호로 등급을 표시하는 것으로써 서평을 대신한다면 그보다 좋은 방법이 없을 것 같다고까지 생각한 적이 있다. 책에 대한 평가는 읽는 사람에 따라 천차만별로 나타나는 것이 당연하다. 책에 대한 진정한 평가는 개인적일 수밖에 없는 것이므로 당연히 읽는 사람 스스로에게 맡기는 것이 가장 나은 방법이다.

서평을 하는 사람은 책을 읽는 사람에게 방해가 되지 않을 정도의 참고 의견을 제시하는 선에서 그쳐야 한다고 나는 생각한다.

독자는 보통 책을 사기 전에 ①서점의 앞쪽 판매대에서 책을 펼쳐 든다, ② 책을 대충 넘겨 보며 책의 가치를 가늠해 본다, ③ 주머니 사정을 살펴본다 등의 단계를 보여 준다. 서평을 하는 사람이 할 수 있는 최대한의 역할은 ①의 '서점의 앞쪽 판매대에서 책을 펼쳐 들게 되는 계기'를 만드는 일이라고 생각한다. 독자는 ②와 ③에 대해 서평을 보조적인 참고 의견으로 보는 데 그쳐야지 너무 의존하지 않는 것이 좋다.

서점에서 책을 펼쳐들게 되는 계기를 조사해 보면, ①서점 앞쪽 판매대에서 보고(책제목, 표지, 뒷면, 띠지 등), ②광고(신문, 잡지)를 보고 책을 찾게 되었다는 경우가 많지만, ③서평을 읽고, ④친구의 평가를 듣고라는 의견도 그 뒤를 이었다.

지금 일본에서는 연간 약 63,000종의 신간 서적이 발행되고 있다. 하루에 180종이나 되는 신간이 나오므로, 모든 신간이 서점의 앞쪽 판매대에 진열되지는 못한다(10일이면 1,800종, 100일이면 18,000종이다). 서점의 신간 서적 코너에서 책꽂이가 아닌 판매대 앞쪽에 나란히 진열되는 신간은 대형 서점에서조차 5, 60종 정도이다(문고, 신서는 별도). 매일 그 신간들을 교체하기는 하지만, 아무리 자주 교체한다고 하더라도 신간 서적 중 일부만이 진열될 수 있는 것이다. 신간 서적 코너에서 판매대 앞쪽에 진열되지는 못하지만 부문별 매장에 진열되거나 처음부터 책꽂이에 꽂히는 신간을 포함한다면, 신간 서적의 발행 종수는 서점의 수용 능력(좀 크다 싶은 서점일지라도 27,000~28,000종 정도밖에 진열할 수 없다. 대부분은 신간 서적이 아니라 중판본 등 항상 비치되어 있는 서적이다)을 훨씬 뛰어넘기 때문에,

책을 계속 교체하지 않을 수 없다(신간 서적이 주문을 받아 서점으로 왔다가 반품될 때까지의 평균 판매대 체류 기간은 불과 50일에서 60일 정도이다). 신간 서적의 세계는 '웅덩이에 떠오른 물거품'처럼 태어났다가 곧 사라져 버리는 운명의 연속이라고 할 수 있다. 대부분의 책은 서점의 판매대에서 사람들의 눈길을 채 받아 보기도 전에(서점 수용 능력의 한계 때문에, 혹은 짧은 판매대 체류 기간 때문에) 사라져 버리는 것이다.

그 책을 직접 볼 기회만 있었다면 분명 샀을 사람과 만나 볼 여유조차 얻지 못하고 사라져 버리는 책이 너무 많다. 적어도 이처럼 책이 만나야 할 사람과 만날 수 있도록 기회를 만드는 것이 서평이 해야 할 가장 큰 역할이라고 나는 생각한다. 그러므로 여기에서는 책을 깎아 내리는 일은 되도록 하지 않고(이렇게 말하면서도 책을 깎아 내린 일이 몇 번이나 있지만), 단지 그 책을 한번 펼쳐 보고 싶은 마음이 생기도록 글을 쓰려고 한다. 이를 위해 가장 좋은 방법은 적절하면서 매력적인 인용을 활용하는 것이므로, 적절히 인용할 곳을 찾는 데 노력을 기울이는 것이다.

어느 모임에서 이 글을 애독하고 있다는 사람을 만났는데, 그 사람이 "저, 정말 그 책들을 전부 읽으시나요?"라는 질문을 하였다. "예, 분명히 읽습니다"라고 대답하자, "매주 그 많은 책을 다 읽을 수 있나요?"라고 되묻는 걸 보고 그 사람이 내 글의 애독자가 아니라는 것을 금방 알았다(내 글은 5주에 한 번 실린다). 그러나 분명 나는 책을 전부 읽는다. 반드시 책 한 권 한 권을 모두 정독하는 것은 아니지만, 제대로 읽지 않으면 적확한 인용을 찾기가 정말 어렵기 때문이다. 앞에서 언급하였듯이, 소개할 책을 선택하기 전에 보통 다루는 책의 3배 이상을 사 오기 때문에 그 몇 배의 책을 읽고 있다. 소개할 책을 고르는 과정에서 일찌감치 탈락한 책의 경우, 대부분 그 책의 내용 전부를 읽지는 않는다. 별로다라고 느껴지는 책은 전부 읽지 않더라도 금방(대개 3분의 1도 읽지 않아서) 알 수 있기 때문이다. 정말 아니다 싶은 책은 서점의 판매대에서 대충 훑어보는 도중에 알게 되므로 처음부터 사지 않지만, 이 책은 한 번 볼 만할지도 모르겠다는 생각이 들어 사 와도 형편없는 책이 있기 마련이다.

책 중에는 저자부터도 그 책을 처음부터 끝까지 읽기를 기대하지 않는 책이 있으며, 필요성 면에서도 통독할 필요가 없는(필요한 부분을 발췌하여 읽는 것으로 충분한) 책이 많이 있다(분야에 따라 다르기는 하지만, 전문 서적은 그런 경우가 많다). 그런 책일 경우에 통독하지 않고 대부분 발췌하여 읽는다.

취미로 쓰는 서평과는 다르다

여기까지 써 내려오다 문득 깨닫게 된 사실이 있다. 그것은 내 독서법에 있어 가장 큰 특징이 통독을 기본적인 필요 조건으로 하는 종류의 책을 읽는 경우가 드물다는 것이다. 글 전부를 읽어야 하는 종류의 책에는 장편 소설, 미스터리 등 엔터테인먼트 계통의 책, 논픽션 가운데서도 시간의 흐름에 따라 써 내려가 그 흐름을 놓치면 도중에 무슨 이야기인지 전혀 알 수 없게 되는 책 등이 있다. 젊었을 때는 나도 그런 종류의 책을 읽었지만 나이가 들면서부터는 거의 읽지 않고 있다. 왜냐하면 첫째, 일상 생활이 너무 바빠서 시간이 많이 걸리는(시간만 낭비하는) 책을 상대하고 있을 여유가 없기 때문이다. 설사 여유가 생기더라도, 지금까지의 경험에 비추어 볼 때 앞으로도 이런 종류의 책은 거의 읽지 않을 것이다(앞으로 인생에 남아 있는 시간이 점점 줄어들고 있다). 처음부터 끝까지 전부 읽는 것을 전제로 하는 종류의 책은 "시간이 너무 많기 때문에 아무리 시간이 걸리더라도 좋다"는 사람들에게 맡기겠다. 인생은 짧다. 아마도 사회 일선에서 정신없이 일하고 있는 사람들은 나와 같은 생각을 하고 있을 것이다.

세상에는 시간이 많은 사람과 너무 바빠서 정신없는 사람(여러 가지 등급이 있으나 일상적으로 여유 있게 식사조차 할 시간도 없는 정말 바쁜 사람) 중 어느 쪽이 더 많을까. 시간이 많은 사람 쪽이다. 그리고 출판계의 상당한 부분이 시간적으로 여유 있는 사람들의 시간 보내기용 소비(시간도 돈도)에 의존하고 있기(참고로, 출판계 그 자체는 바빠서 정신없는 소수파와 시간이 많은 다수파가 혼재해 있다) 때문에, 시간적으로 여유가 있는 사람을 위한 책이 서평에서도 지속적으로 소개되고 있는 추세이다. 그러나 이 글에서는 그런 경향을 배제한다(전혀 없다고는 할 수 없지만). 대개 서평을 쓰는 사람들 중에 문인이나 취미로 쓰는 사람들이 많은 것도, 시간 보내기용에 의존한 출판이 다수를 차지하기 때문이다. 그러나 나는 그런 사람들이 좋아하는 책과 그들이 쓰는 '맛깔 나는' 문장을 좋아하지 않기 때문에(그런 문장에 대해서는 바쁜 사람이 밥을 빨리 먹는 경우와 마찬가지로, "맛보다는 내용이다. 좋지 않은 점이 있다면 그것을 먼저 말해 주길 바란다"라든가 또는 "당신의 신변잡기 따위는 어찌 됐든 좋으니, 어서 좋은 책이나 소개해 주시오"라고 말하고 싶어진다), 나는 그런 사람들이 쓰는 서평은 기본적으로 읽지 않는다. 읽더라도 대충 훑어보며 책 제목을 재빨리 체크하고 필요한 부분을 발췌하여 읽는 정도이다.

나의 서평은 그렇게 취미로 쓰는 것과는 전혀 다르다. 이 세상에는 취미로 서평을 쓰는 사람들이 일생 동안 한 번도 펼쳐 볼 일이 없는 책 가운데, 그들이 좋아하는 책보다 몇 배나 귀중한 책이 산더미처럼 많이 존재하고 있다는 사실을 말하고 싶다. 나의 서평은 그런 책들에게 바치는 것이다. 그리고 취미로 서평을 쓰는 그들과는 글의 스타일, 내용도 전혀 다르다. 신변잡기적인 내용은 거의 없으며, 오로지 내가 권하는 책의 내용에 관한 정보만을 채워 넣는다. 그것도 될 수 있는 한 쓸데없는 것은 생략하고, 유효한 정보만을 압축하여 밀도 있게 채워 넣는다.

정보의 중심은 그 책이 읽을 만한 가치가 있는가 없는가, 읽을 가치가 있다면 어떤 점에서 가치가 있는가 하는 점이다. 나는 그것을 가능한 한 요약과 인용을 통해 책 자체로 말하는 스타일을 취하고 있다. 개인적인 비평적 코멘트(다른 사람의 서평에서 내가 쓸데 없다고 생각하는 부분)는 될 수 있는 한 비중을 줄이고 있다. 따라서 나는 서평을 쓸 때 글을 써 내려가는 것의 몇 배나 되는 노력을,

소개하려는 책을 고르고 요약하고 인용하는 과정에 쏟아 부었다.

　이렇게 글을 쓰는 목표는 책을 읽는 사람에게 그 책을 읽고 싶다는 기분이 들게 하여, 서점의 판매대에서 그 책을 발견하였을 때 펼쳐 보도록 하는 데 있다. 또한 그 책을 사야겠다는 기분까지는 들게 하지 못하더라도 그 책이 어떤 책인가를 알려 주어, 그 안에 실려 있는 정보를 통해 생각지도 못한 놀라운 작은 지식의 세계를 경험하게 하고, 책을 읽지 않은 사람에게도 지적 우주를 확대해 가는 즐거움을 맛볼 수 있도록 하는 데 있다. 책을 읽는 즐거움은 여러 가지가 있는데, 그 중에서도 '오호라' 하며 마음속에서 놀라움의 탄성을 지를 수 있게 하는 한 구절을 만났을 때의 기쁨이 가장 크지 않을까 생각한다. 내 서평에는 그런 작은 탄성이 몇 백 권 분량 이상으로 담겨 있으며, 정보량도 상당히 많은 편이라고 자부한다.

　나는 대학을 졸업하면서 문예춘추사(당시에는 문예춘추신사文藝春秋新社라고 하였다)에 입사하였다. 당시 굉장히 무서운 상사가 있었는데, 어느 날 어떤 책이 화제에 올랐다(일의 성격상 그런 일이 자주 있었다). 그 책을 아직 읽지 않은 상사는 내가 이미 읽은 사실을 알자, 즉시 "잘 됐네. 이봐, 그러면 이 책이 어떤 책인지 3분 간 설명해 보게" 하며 나를 가리켰고, 나는 시키는 대로 설명하였다. 화제에 올라 있는 책이 주변의 일상적인 출판물이든, 마르크스 관련 서적이든, 플라톤이든, 언제나 마찬가지였다(3분이 5분으로 늘어난 적도 있지만, 그 이상의 시간은 주지 않았다). "그렇게 간단하게 그 책을 요약한

다는 건 불가능합니다"라는 식으로 말하려고 하면, 바로 "어리석
긴! 이봐, 무슨 책이든 그것이 어떤 책인지 3분(혹은 5분)이면 다
알 수 있는 법이야. 전부를 요약하지 않아도 그것이 어떤 책인지
그 내용의 농축된 포인트 정도는 파악할 수 있는 거야. 그렇게 하
지 못한다면 자네가 바보거나 그 책의 저자가 바보거나 어느 한쪽
이 바보인 거지"라며 여지없이 핀잔을 듣기 일쑤였다. 이런 훈련
덕분에 나는 책 내용의 농축된 포인트만을 정확하게 파악하여 요
약한 후 전달하는 일을 꽤 잘할 수 있게 되었다. 또한 정보를 압축
하는 일은 하려고 들면 생각보다 훨씬 잘할 수 있다는 것과 모든
작업실에서 일반적으로 필요로 하는 능력이 바로 여기에 있다(가
능한 한 정보를 밀도 있게 압축하여 포인트를 단시간 내에 전달한다)는 것을
배웠다.

　3분 내지 5분 안에 정보를 전달한다는 것은 활자의 양으로 따지
면 400자 원고지 3~5매로 압축하여 정리하는 것이다(NHK의 아나
운서가 천천히 말하면 표준 속도가 1분 간 300자이다. 나처럼 말이 좀 빠르고 내
용도 요약하면서 말하는 사람은 1분 간 400자 정도 전달할 수 있다. 게다가 활자
로 표현하여 군더더기를 떼어 내는 형태로 다듬어 가면 2~3%는 더 효과적으로
요약할 수 있다). 뉴스에서 하나의 아이템은 그 시간대의 비중에 따
라 달라지지만, 꽤 비중이 높은 큰 뉴스라도 3분 정도(작은 뉴스라면
1분 정도)이다. 어떤 뉴스라도 기본적인 농축 포인트는 확실하게 그
정도의 시간 안에 전달해야만 한다.

　독서 일기 한 회분은 좀 길다 싶은 글이라도 400자 원고지 4매

정도밖에 되지 않는다. 보통은 2매나 그 이하이기 때문에 결국 그 상사의 말이 맞았던 것이다. 과학 관련 학회의 연구 발표에 주어지는 시간은 발표자 수에 따라 달라지지만, 스케줄이 빡빡한 학회일 경우 대개 한 사람당 3분밖에 주어지지 않는다(스케줄이 더 빡빡한 학회일 경우, 중요도가 낮은 발표자는 요점을 포스터 1장에 정리하여 회의장 한쪽에 붙여 놓도록 허락하고 있을 뿐이다). 현대 사회는 그 정도의 시간틀 속에서 표현되는 정보 발신력을 모든 곳에서 필요로 하고 있다(공중 전화도 3분에 10엔이다). 아마 대기업의 회의에서도 한 사람의 한 차례 발언 시간은 그 정도가 상식적인 한계선일 것이다.

속독을 위해 차트를 만들어라

한편 서평을 쓰게 된 덕분에 나는 책을 상당히 빨리 읽을 수 있게 되었다. 원래부터 책을 읽는 속도는 빠른 편이었는데, 전보다도 훨씬 빨라졌다. 원고 마감이 다가오면, 아무래도 책을 읽지 않을 수 없으므로 결국 전부 읽는다. 그러나 서평을 쓰기 위해서만 읽는 것은 아니다. 여기저기 원고를 쓰고 있어서 원고 마감을 지켜야 할 곳이 많기 때문에 반드시 읽어야 할 책이 많아지면서 속독 능력을 높일 필요성이 더욱 커졌다. 예를 들어 어떤 사람을 취재하게 되었을 때, 그 사람이 집필한 저서나 그 사람에 대해 쓴 책 등을 취재하러 가기 전까지는 읽어야 한다. 만약 집필한 책이 5권이라면 5권을 모두 읽고, 10권이라면 무리를 해서라도 10권 전부를 읽는다. 정독이 불가능하면 적어도 대충 훑어보기는 한다. 어떻게 해서든지 해야 할 상황에 쫓기면, 보통 때는 도저히 따라갈 수 없는 속도로 읽게 되기 마련이다.

현대 사회에서 속독 능력은 앞으로 누구나 익혀야 할 능력으로 자리잡을 것이므로, 속독에 대해 내가 아는 약간의 경험을 여기에 기술해 보겠다(그렇다고 모든 사람들이 언제나 속독을 해야 한다는 의미는 아니다. 어쩔 수 없이 속독을 해야 하는 사람들에게 도움이 되었으면 하는 정도의 이야기로 들어 주길 바란다).

책에는 속독이 가능한 책과 불가능한 책이 있다. 속독하기 쉬운 책과 하기 어려운 책이라고 해도 상관없다.

먼저, 본질적으로 시간 보내기용으로 만들어져서 취미 성향이 강한 내용을 기본으로 한 책은 본래 속독이 불가능하며, 속독으로 읽었다고 하더라도 별다른 의미가 없게 된다. 예를 들어, 미스터리 소설을 읽는데 먼저 마지막 장면을 읽고 진짜 범인이 누구인지를 알아 버린 다음에 읽으면 어느 정도 속독이 가능하겠지만, 그렇게 읽는 것이 무슨 의미가 있겠는가? 그러므로 바쁜 사람은 바로 내가 그랬던 것처럼 시간 보내기용으로 만들어진 책은 무조건 읽기를 포기하는 수밖에 없다. 그렇다고 내가 그런 책을 전혀 읽지 않는다는 것은 아니다.

일반적으로 읽는 것 자체를 즐기기 위한 책은 속독을 하지 않는 것이 좋다. 천천히 읽어야 책 읽기를 좀더 오래 즐길 수 있기 때문이다. 속독이 가능하고 또한 속독하는 편이 더 나은 책은, 읽는 것 자체를 즐기는 책이 아니라 정보가 가득 차 있는 조금은 전문적인 내용의 책으로, 실려 있는 정보를 취하는 것 자체를 목적으로 하는 참고 자료 같은 종류이다. 예를 들면, 정부의 「○○백서」 같은 것이다. 이런 책은 대부분 정보의 농축된 포인트를 모두 도표 방식으로 수록하고 있으므로, 그런 도표들을 중심으로 보면 된다. 문자 정보는 보조적인 수단으로 생각하고, 도표를 중심으로 이해해 가면서 정보를 접한다면 글은 굳이 읽지 않아도 괜찮다.

과학 관련 학회의 발표에서 그처럼 단시간에 많은 정보를 밀도 있게 전달할 수 있는 이유는, 발표되는 내용의 요점을 OHP, 슬라이드 등을 사용하여 시각적으로 정리하면서, 언어 정보는 보조적인 수단으로 이용하기 때문이다. 정보 압축은 그 정보를 어떻게 시각화하느냐가 최대의 관건이다. 문자 정보로 이와 가장 비슷한 효과를 기대할 수 있는 것은 키워드를 기호로 연결한 도표를 활용하여 요약하는 방법이다.

이과 계열의 문화와 문과 계열의 문화 사이에는 여러 가지 의미에서 큰 차이가 있지만, 이런 정보 전달 방식과 그에 따른 효율성의 차이가 가장 눈에 띄는 것 가운데 하나이다.

나는 기본적으로 문과 계열의 문화 속에서 자란 사람이지만, 1995년에 도쿄대학의 첨단과학기술연구센터(교수진이나 학생들 모두 이과 계열과 문과 계열이 하나가 되어 연구를 하고 있지만, 80%가 이과 계열)의 구성원으로 참가하면서, 처음으로 이 분야에서 이과 계열의 기본적인 정보 전달 방식을 수신자와 송신자의 입장 모두에 서서 배울 수 있는 기회를 갖게 되었다.

맨 처음 이과 계열의 교수진과 함께 팀을 구성하여 지방 강연에 나섰을 때, 내가 OHP도 슬라이드도 일절 사용하지 않고 원고를 기본으로 한 시간의 강연을 해내자, 이과 계열의 교수들이 "음, 슬라이드 없이도 장시간 강연이 가능한 것이군요. 제 경우 한 시간 정도의 강연이라면 슬라이드 30장 정도는 준비해야 하는데"라며 감탄하였다. 나는 오히려 다른 교수들의 강연을 보면서 '정보를 시각화하면 저렇게 효율적으로 전달할 수 있는 것이구나' 하며 감탄하였다. 이후, 혼자서 일반 청중을 상대로 강연을 할 경우에도 나는 OHP를 많이 활용하게 되었다.

정보의 상당 부분이 시각화되어 있는 책(앞으로 대부분의 책은 이런 방향으로 나아갈 것이 확실하다)은 이런 방식을 이용한 속독이 가능하지만, 문장 중심으로 되어 있는 책은 어떻게 하면 좋을까? 속독이 과연 가능할까? 어느 정도는 속독이 가능하다. 속독 기술을 가르쳐 주는 책을 읽어 보면, 눈의 훈련 등 갖가지 기술적인 방법을 설명하고 있지만 기술적인 방법보다는 어느 정도 열중하느냐가 더 중요하다. 뇌의 움직임은 열중해 있는 대상에 대해서는 몇 배 이상 그 움직임이 활발해진다(정보 처리 속도가 빨라진다). 그러므로 열중해서 책을 읽으면 자연히 속독이 가능해진다.

그렇다면, 열중할 수 없는 책을 속독하는 방법도 있을까? 기본적으로는 어렵다. 한 가지 방법은 그 책을 무슨 일이 있어도 어느 시점까지 읽지 않으면 안 된다는 상황을 자기 스스로 만드는 것이다. 예를 들어 친구들과 작은 독서 모임을 만들어 자신이 그 책의 감상문 발표를 맡으면 반드시 읽게 될 것이다. 이런 도망갈 수 없는 위기 상황을 스스로 만들면, 화재 현장에서 자신도 모르는 엄청난 힘을 발휘하듯 상식을 뛰어넘는 능력을 발휘하여 읽지 못할 것 같은 책도 읽을 수 있을 것이다(나는 개인적으로 무리한 스케줄을 짜는 방법 등을 이용하여 성공하였다).

읽기 어려운 책을 어떻게 해서든지 읽을 수 있는 지적 기술은 과연 없는 것일까? 기본적인 지적 기술의 첫걸음은 그 책의 구조를 파악하는 데 있다. 일반적으로 책은 단락 단위로 기술되어 있고, 단락이 모여 절이나 장을 이루고 있다. 저자가 구분하지 않았더라도 구조적으로는 절과 장으로 구성되어 있다. 다시 말해 책은 단락 하나하나를 벽돌로 삼아 쌓아 올린 건축물과 같은 구조를 가지고 있다. 벽돌(단락) 몇 장이 모여 블록(절)을 만들고, 블록 몇 개가 모여 부분적인 구조물(장)을 만드는 것이다. 이렇게 만들어진 전체 구조물(←부분적인 구조물←블록)을 잘 파악해야 하는 것이다.

앞에서 책의 내용은 키워드를 기호로 연결한 도표로 만들어 시각화할 수 있다고 기술하였다. 그것은 다시 말해 전체 구조를 도표로 만들어 표시하는 것이라고 할 수 있다. **어떤 한 권의 책도 한 장의 도표로 만드는 것이 가능하다.** 실제로 도표를 만들지 않아도 된다. 그저 그렇게 할 수 있다는 사실을 알고 있는 것이 중요하다. 그리고 머리 속으로 그런 도표를 그려가면서 책을 읽어 보는 것이다. 그 때, 도표를 잘 그렸다 못 그렸다, 타당성이 있다 없다, 조잡하다 하지 않다 등의 문제는 차치하더라도, 책의 구조만은 생각해야 한다. 중요한 것은 키워드의 조합과 논리의 흐름이다. 논리의 흐름은 자신이 좋아하는 적당한 기호를 만들어, 그러니까 →라든가 ✳ 등을 자주 사용하여 책 흐름의 도표를 만들어 보면 자연스럽게 형성된다.

중요한 것은 책을 읽을 때 단어가 표현하는 그대로 문장을 읽거나 문장이 표현하는 그대로 책 전체를 읽으려 하지 말고, 책 전체의 구조가 어떻게 이루어져 있는지 그 흐름을 먼저 파악해야 한다는 것이다.

우선, 장 단위로 전체의 흐름을 파악한 뒤 절 단위로 좀더 세세한 흐름을 파악해 간다. 이런 과정을 속독처럼 하고 싶다면, 문장 하나하나를 읽지 말고 단락 단위로 단락의 첫 문장만 차례차례 읽는 것이다(중요한 사항은 단락의 첫 문장에 기술되어 있는 경우가 많다). 연결이 어떻게 되고 있는지 잘 알 수 없더라도 우선은 단락의 첫 문장만을 끊어 읽고(이것이 중요하다), 다음 단락의 첫 문장으로 눈을 돌린다. 이런 방법으로 읽으면 1쪽을 읽는 데 1초, 조금 늦더라도 2초 내지 3초면 읽을 수 있다. 300쪽의 책이라도 300초에서 900초, 즉 5분에서 15분이면 충분히 읽을 수 있다(시간 여유가 있으면 단락의 맨 마지막 문장도 차례차례 읽어두면 좋다. 맨 마지막 문장에 중요한 사항을 기술하는 경우도 많기 때문이다). 여기에 덧붙여, 장이나 절의 작은 표제만 잘 읽어 두고 도표도 어느 정도 훑어본다면, 시간이 좀더 걸려 10분에서 30분이면 충분히 책 한 권을 읽을 수 있다.

물론 이것만으로 책을 읽었다고 할 수 없으며 책장을 넘기면서 대충 한 번 훑어본 것과 똑같기는 하지만, 이것만으로도 그 책의 흐름을 어느 정도는 파악한 셈이다(거짓말 같으면 한번 시도해 보아도 좋다). 중요한 것은, 처음부터 끝까지 한 쪽씩 모든 쪽을 우선 대충이라도 한 번 훑어본다는 것이다.

전체의 흐름과 키워드를 파악하라

사실, 인간이 무엇인가를 제대로 읽기 위해서는 망막 중심에 있는 황반의 중심와中心窩라는 극도로 미세한 부분에 초점을 맞추어야 한다. 이 부분(중추 시야)에만 정밀하게 사물을 볼 수 있는 원추 세포가 집중적으로 존재하며, 그 주변부(주변 시야)에는 감도가 훨씬 떨어지는 간상 세포만 있기 때문이다. 원추 세포는 감도는 좋지만 그 수가 적다. 약 600만 개뿐이어서 1억 2천만 개나 있는 간상 세포의 5% 정도밖에 되지 않는다. 대충 훑어볼 때 문자를 읽는 작업은 물론 원추 세포가 중심 활동을 담당하지만, 그 사이에 나머지 95%의 간상 세포가 놀고 있는 것은 아니다. 나름대로 주변의 관련 정보를 뇌에 보내고 있으며, 그것이 뇌의 인지 과정에 중요한 역할을 하고 있다는 사실이 여러 가지 실험을 통해 밝혀졌다(주변 시야를 일부러 방해하면, 보고 있는 것의 의미를 파악할 수 없게 되어 빨리 읽지 못하게 된다). 그러므로 깊이 있게 의미를 파악할 수는 없더라도, 어쨌든 한번 훑어보는 행위로 인해 의식하지 못하고 있는 사이에 많은 정보가 자동적으로 입력되고 있는 셈이다(원추 세포로 책 한 줄을 읽을 때, 사실은 간상 세포를 활용하여 몇 줄을 한꺼번에 훑어보고 있

다는 사실이 실험을 통해 확인되었다). 이와 관련된 내용은 이케다 미쓰오池田光男의 『눈은 무엇을 보고 있는가眼はなにを見ているか』(平凡社)와 야마다 무네무쓰山田宗睦 외 공저인『눈은 무엇을 위해 있는가眼は何のためにあるか』(風人社)에 실려 있는 이케다 미쓰오·이케다 후사코池田幾子의 「눈의 생리·눈의 지각眼の生理·眼の知覺」이라는 논문에 자세하게 기술되어 있다.

그러므로 잠깐 대충 훑어보더라도 이런 작용에 의해 어쨌든 책의 흐름을 파악할 수 있으며, 그 책에서 다루고 있는 테마의 주요한 키워드가 무엇인지 정도는 저절로 알 수 있게 되는 것이다.

대략적인 책의 흐름을 파악했으면 다시 처음으로 돌아간다. 이 단계에서 그저 그런 책으로 파악되었다면(혹은 지금 자신에게는 그 책이 벅차게 느껴질 정도로 어렵다는 것을 알았거나 저자와 생각이 전혀 맞지 않는다는 것을 알았다면) 처음으로 돌아갈 필요 없이 더 이상 그 책을 읽지 않는 것이 좋다. 책을 많이 읽기 위해 무엇보다 중요한 것은 읽을 필요가 없는 책은 되도록 빨리 가려내어, 읽지 않기로 마음을 정했다면 단호하게 멈추는 것이다.

좀더 그 책을 자세히 읽어 보고 싶다면, 처음으로 돌아가 다시 한 번 단락을 단위로 좀더 세밀하게 읽어 보는 것이다(단락 단위로 읽은 문장을 다시 한 문장 내지는 몇 개 문장으로 늘려서 읽어 본다). 어느 정도로 세세하게 읽을 것인가는 자신의 필요에 따라 혹은 자기 좋을 대로 적당하게 정한다. 내 경우에는 자연스럽게 눈이 머무는 곳만을 읽고 지나간다. 또한 자연스럽게 눈이 머문 어느 한 곳에서부터 전체 문장을 통독하기 시작하는 경우도 적지 않다. 여기에서는 '자연스럽게 눈이 머문' 곳이라는 점이 중요하다. 인간의 뇌는 의식 세계에서 미처 인식하지 못하고 있더라도 여러 가지 일을 무척 많이 하고 있다. 머리 속에 왠지 계속 맴도는 키워드가 있을 경우, 주변 시야 속에 그 키워드가 나타나면 눈은 자연히 그곳에 머물게 되는 것이다. 키워드를 찾아서 의식적으로 눈을 이러저리 굴릴 필요는 없다. 중요한 정보(마음에 계속 남아 있는)를 찾는 일은 뇌가 자동적으로 해 준다. 의식적으로 글을 읽지 않아도 책 위로 눈이 움직이는 것만으로(한 쪽 읽는 데 1초가 채 걸리지 않아도 된다), 눈은 정확히 중요한 곳에 머문다. 여기서 중요한 점은 뇌의 무의식이 행하는 작용을 믿는 것이다.

이런 방법을 스스로 시도해 보면, 전체의 흐름과 키워드를 파악하는 것만으로 그처럼 빨리 책을 읽을 수 있다는 사실에 감탄할 것이다. 물론 이 단계에서도 아주 세세하지는 않게, 단락 단위로 키워드가 나타나는 부분을 중심으로 읽는 정도로만 하고, 더욱 세세한 것은 세 번째에 다시 읽는 방법도 있다. 정해진 규칙은 없다. 임기응변으로 하는 방법이지만, 읽기 어려운 책을 전부 읽어 보겠다고 몇 번이고 도전했다가 도중에 그만두는 것보다는 몇 번이고 가볍게, 대략적으로나마 반복해서 읽는 방법이 결국은 그 책을 파악하는 데 도움이 된다는 사실을 염두에 둘 필요가 있다.

두 번째 읽을 때도 가볍게 읽겠다면, 단락과 단락 사이를 잇는 접속사, 접속구에 주의를 기울여 읽어 보는 것도 좋을 것이다. 이

점에 주의를 하면 논리 흐름의 도표를 어느 정도는 그려볼 수 있을 것이다(논리를 글의 내용 속에서 정밀하게 쫓지 않아도, 그 흐름은 밖으로 나타난다). 그 다음에는 좀더 마음에 걸리는 부분 몇 군데를 수시로 찾아가면서 더욱 세세하게 읽어 나가는 것을 반복한다.

즉, 세부적인 사항을 먼저 읽고 나서 전체적으로 읽는 일반적인 책 읽기 순서와 정반대로, 대략적인 '파악'에서 출발하여 조금씩 세세한 것을 파악해 가는 이 방법은 책 읽기 방법 그 자체를 바꾸어 버리는 셈이다.

이를 음악적인 책 읽기 방법에서 회화적인 책 읽기 방법으로의 전환이라고 바꿔 말해도 좋을 것이다. 음악은 시간 예술이기 때문에 신호를 연속적으로 들음으로써 비로소 의미 파악이 가능해진다. 단어 하나하나, 문장 하나하나로 책을 읽는다는 것은 연속적으로 문자 신호를 따라감으로써 비로소 의미를 파악하게 된다는 것을 말한다. 이에 반해, 회화는 공간 예술이므로 신호를 연속적으로 쫓을 필요가 없다. 그림을 눈앞에 놓고 대략 전체상을 파악하는 것이 회화를 읽는 방법이다. 전체상을 파악하기 위해서는 그림에 너무 접근하지 않는 것이 좋다. 먼저, 조금 떨어진 곳에 서서 그림 전체가 시야에 들어오게 한다. 다음에는 조금씩 그림 가까이 다가가면서 세부적인 부분을 들여다본다. 너무 가까이 접근하게 되면 전체상을 볼 수 없으므로, 가까이 다가가기도 하고 멀리 떨어지기도 하면서 항상 전체적인 것을 보려고 노력해야 한다. 그러니까 왠지 궁금하다고 느끼면 바짝 다가가, 때에 따라서는 확대경을 사용하여 세부적인 부분을 관찰해 보고, 그리고 나서는 바로 몸을 세워 그 세부적인 부분이 전체 속에서 어떤 부분을 차지하고 있는지 확인하는 것을 잊지 말아야 한다.

회화적 책 읽기가 갖는 음악적 책 읽기와의 가장 큰 차이점은, 책 읽기를 통한 깊이의 자유자재성에 있다. 이런 관점에서 보면, 어느 정도의 회화적 책 읽기는 누구나 일상적으로 행하고 있다는 사실을 알 수 있을 것이다. 순수한 음악적 책 읽기라는 것은 사실 낭독을 듣는 경우밖에 없다. 그러나 보통 사람이 책을 읽을 때는 낭독처럼 일정한 템포로, 한 방향으로 진행되는 시간의 흐름에 따라 책을 읽어 가지는 않는다. 그런 낭독을 위한 책 읽기에 맞는 책도 있지만, 대부분의 책은(특히 내용이 충실한 책은) 낭독과는 맞지 않는다. 그때그때 머리 속에서 정보의 흐름이 가장 원활해지도록 템포를 조정하면서 읽어야 하며, 실제로 보통 사람은 자연스럽게 그렇게 하고 있다. 또한 책을 읽는 도중 몇 번이고 이리저리 뒤적이면서, 혹은 훨씬 앞쪽으로 돌아가 다시 읽기도 하는 것이다. 다시 말해, 회화적 책 읽기는 그렇게 특수한 방법이 아니라 누구나 일상적으로 행하고 있는 극히 평범한 책 읽기의 한 측면이라는 것이다. 요컨대, 회화적 책 읽기의 본질(음악적 책 읽기와의 가장 큰 차이)은 전체상을 항상 눈여겨보면서 책 읽기의 깊이, 책 읽기의 템포를 자유자재로 바꾸어 가는 점에 있다.

전체적으로는 음악적 방법으로 책 읽기를 진행하고(처음부터 끝까지 순차적으로 읽어 간다) 부분적으로는 회화적 책 읽기 방법을 취하는 것이 일반적인 독서의 구조(이런 의미에서 보면 처음부터 끝까지 음악적 책 읽기를 하고, 회화적 책 읽기를 전혀 하지 않는 낭독은 일반적인 독서가 아니다)이지만, 내가 여기에서 기술하고 있는 속독 기술은 전체적인 책 읽기의 구조 자체는 회화적 책 읽기로 진행하고, 음악적 책 읽기(단어 하나하나, 문장 하나하나를 읽는 책 읽기)는 깊이 있는 책 읽기가 필요한 부분만으로 한정시켜 버리는 방법이다.

먼저 그 책의 전체상을 파악한다. 머리말과 맺음말을 확실하게 읽고, 목차를 구조적으로 정확히 파악한 다음 책을 대충 넘기며 훑어본다면(작은 표제의 흐름을 어느 정도 파악한다면), 개략적인 전체상을 파악할 수 있을 것이다. 여기에서 그 책이 처음부터 음악적 책 읽기에 알맞는 책(회화적 책 읽기에 맞지 않는 책)으로 판단되어 음악적으로 읽을 만한 가치가 있는 책이라면 그렇게 읽는 것이 좋다. 그러나 그 책이 그런 범주의 책이 아니라는(원래 필요한 부분만을 읽으면 되는 책, 곳곳에 재미있는 내용이 있으나 굳이 전체를 천천히 읽을 정도의 가치는 없는 책 등) 판단이 선다면, '전체적으로 음악적 책 읽기, 부분적으로 회화적 책 읽기'라는 기존의 책 읽기 구조에서 '전체적으로 회화적 책 읽기, 부분적으로 음악적 책 읽기'라는 새로운 구조로 바꾸어 보는 것이 필요하다.

비유하자면, 질 낮은 작품들이 많이 섞여 있고 작품 수만 쓸데없이 많은 미술전이나 미술관에 갔을 때의 느낌을 떠올려 보면 된다. 처음부터 작품 하나하나를 몇 십 분이나 시간을 들여서 천천히 관람하는 것은 어리석은 일일 뿐더러 시간을 낭비하는 일이다

(대개 작품의 수가 정말 많은 경우에는 물리적으로 불가능하다). 작품 수가 적정 수 이상으로 많으면, 이 작품에서 저 작품으로 조금 빠른 걸음으로 벽면에서 조금 떨어져 걷다가, 궁금한 작품이 있을 때만 걸음을 멈추고 앞으로 다가가 잠시 시간을 들여 천천히 감상하는 수밖에 없다. 그러나 처음 미술관에 들어섰을 때는 어떤 작품이 어느 정도 있는지 알 수 없으므로, 한곳에서 너무 많은 시간을 허비하지 말고, 일단 끝까지 휙 둘러보고 나서 다시 한 번 전 코스를 거꾸로 걸어가다가, 정말 마음에 드는 작품만 천천히 감상하는 것이 올바른 관람법이다(그다지 마음에 드는 작품이 없다면 거기서 미술 작품 관람을 끝낸다). 나는 실제로 대부분의 미술전이나 미술관을 이런 식으로 관람한다. 그래서 처음부터 '차분히 보고 있는' 사람들을 계속 앞지르게 되지만, 결국엔 그 사람들보다 훨씬 짧은 시간에 깊이 있는 미술 감상을 할 수 있다고 자부한다.

독서도 이와 마찬가지이다. 세상에 존재하는 책의 양을 살펴보면, 어떤 대규모 미술관이나 미술전보다도 작품에 신뢰가 가지 않을 정도로 많아서, 처음부터 순차적인 책 읽기 방법을 취한다면 한평생이 아니라 수백 년이 걸려도 다 읽지 못할 만큼 엄청난 양이다. 더구나 그 안에는 쓰레기만도 못한 것이 산더미만큼 섞여 있기 때문에, '전부, 처음부터 차분히 읽는' 방식은 절대로 시도할 필요가 없는 무모한 짓이다. 그런 무모한 방식으로 책을 읽으면, 꼭 읽어야 할 책을 만나 보지도 못한 채 일생을 마치게 될 것이 분명하다. 천천히 시간을 들여 읽을 만한 진정한 가치가 있는 책을 만날 때까지 회화적 책 읽기 방식의 속독을 통해 선별을 거듭해 가야 한다. '차분히 읽을' 가치가 없는 책까지 시간을 들여 읽는다는 것은 시간과 뇌의 수용 능력을 헛되이 낭비하는 일일 뿐이다.

내가 이런 속독 기술을 익히게 된 이유는 기본적으로 일 때문에 많은 양의 자료를 단시간에 읽어야 했기 때문인데, 사실 본격적으로 속독을 하게 된 것은 인터넷 체험과 큰 관련이 있다.

오래 전부터 내 책의 독자였던 사람들은 내가 1995년에 도쿄대학의 첨단연구센터에서 일하게 되면서 인터넷의 세계를 접하게 됐고, 곧 깊이 빠져들어 『인터넷 탐험』(講談社, 1996), 『인터넷은 글로벌 브레인』(講談社, 1997) 등 두 권의 책을 집필했다는 사실을 알고 있을 것이다. 두 권 다 베스트셀러였지만 오늘날처럼 인터넷이 유행하기 전에 출판한 책이라서, 내 책의 애독자라도 인터넷에 관심을 갖고 있지 않던 사람이 대부분이라 읽지 않은 경우가 많았다. 잠깐 해설을 덧붙이자면, 그 당시 나는 매일 철야에 철야를 거듭하면서 인터넷의 세계에 빠져들었으며, 각종 홈페이지를 탐험하였다. 그때의 체험기를 고단샤의 월간지 「Views」에 〈인터넷은 모든 곳의 출입문—사이버 스페이스 탐험기〉라는 제목으로 연재하여 앞의 책들을 집필하는 기초가 되었다.

그 당시 일본의 인터넷 활용 수준은 아직 초보 단계에 있었기 때문에, 제대로 된 홈페이지가 거의 없어 주로 영어로 된 홈페이지를 찾아 여행을 하였다.

인터넷 관련 연재를 쓰기 위해서 얼마나 많은 인터넷 홈페이지를 돌아다녔는지는, 『인터넷은 글로벌 브레인』의 〈머리말〉에 있는 다음 글을 읽어 보면 알 수 있다.

이 연재는 인터넷이라는 광활한 세계를 마음 내키는 대로 돌아다니며 여행을 하다가, 이것만은 알리고 싶다고 여긴 홈페이지를 골라 소개한 글이다. 아주 쉽고 간단하게 이 글을 쓰고 있는 것으로 여길지 모르지만, 이 일을 하는 데는 굉장한 에너지가 필요하다. 이 연재를 집필하기 위해 인터넷에서 내려 받아 프린트한 홈페이지를 전부 쌓아 놓으면 2m 정도는 아주 가볍게 넘긴다. 도중에 편집부 직원 한 사람을 어시스턴트로 보내 줄 것을 부탁하여 함께 일을 하였는데, 그 편집부 직원이, "와, 이 기사를 쓰기 위해 이런 엄청난 과정을 거치셨단 말입니까?" 하며 놀랄 정도로 매회 노력을 기울였다.

우선, 매달 테마를 정하기까지가 고생스럽다. 이런 방향으로 테마를 정하면 어떤 가능성이 있을까 하는 가상적인 테마를 설정해서 몇 번이고 시행해 본다. 대략적인 방향이 정해지면 그 틀 속에서 가치가 있을 만한 홈페이지를 찾아 링크에 링크를 거듭하면서, 검색 엔진에 여러 가지 키워드를 입력하여 홈페이지를 찾아내는 작업을 반복한다. 살펴볼 만한 홈페이지라고 판단되면 그 부분을 전부 프린트한다. 그리고 그 내용들을 전부 읽고 난 후 괜찮은 내용은 뽑아 놓는다. 연재되는 글의 3분의 2는 대부분 영어로 된 홈페이지에서 뽑은 것이기 때문에 이 작업 또한 만만치 않다.

실제로 전부 쌓아 놓으면 2m 정도는 훌쩍 넘기는 방대한 홈페이지를 프린트하여 읽었다. 그 전에 프린트로 뽑아낼 만한 가치가 있는 홈페이지를 찾기 위해 훑어본 것까지 합하면 내가 본 자료는 그 몇 배가 될 것이다. 그처럼 많은 자료는 속독법으로 읽지 않으면 다 읽을 수가 없다. 게다가 여기서 필요한 것은 바로 영어를 읽는 속독법이다. 나는 이 일을 2년 간 해 오는 동안에, 나 자신조차 놀랄 정도로 빠른 속독 능력을 익힐 수 있었다. 영어권에서는 그에 맞는 속독법 훈련 기관도 있다고 하지만, 내 경우에는 따로 배우지 않고 자연스럽게 터득했다. 앞에서 언급한 단락의 첫 문장 하나를 차례차례 읽어 가는 방법은 언제부터인가 내가 사용해 왔던 것이다.

그러나 인터넷 체험을 통해 익힌 무엇보다 소중한 것은 그런 기술적인 속독 기술이 아니라, 앞으로 인터넷이 만들어 낼 거대한 정보 공간 속에서 인간 개개인이 정보와 함께 살아가야만 하는 시대가 도래하였다는 자각과, 그런 시대를 맞이하여 어떻게 대처해야 하는가 하는 기본적인 마음가짐이다.

최근 일본에도 인터넷이 상당히 보급되었다고는 하지만, 이런 사실을 알고 있는 사람은 의외로 적다. 그 원인 중 하나는 일본의 인터넷 공간이 세계적으로도 상당히 특수하고 폐쇄적인 일본어 공간으로 되어 있어, 인터넷이 가져온 글로벌한 단일 정보 공간의 외곽에 존재하게 되었기 때문이다. 또한 영어를 사용하면서 그 공간을 자유롭게 출입하는 소수의 일본인을 제외하면 인터넷 정보 공간의 거대함도, 인터넷 정보가 가져온 커다란 사회 변화와 시대

변화도 충분하게 인식하지 못한다는 데 그 원인이 있다.

영어를 사용하는 인터넷 공간에서 영어 검색 엔진으로 본격적인 정보 수집을 해 본 경험이 있는 사람이라면 누구나 알겠지만, 어떤 키워드로 검색해도 어안이 벙벙할 정도로 바로 바로 정보가 화면에 뜬다(영어 사용 인터넷 공간의 정보량과 일본어 사용 인터넷 공간의 정보량의 격차는 확실한 측정 방법이 없지만, 실제로 경험한 바에 의하면 10만 배 이상 차이가 나지 않을까 싶다). 이 세계에는 그 누구도 다 처리할 수 없을 만큼 정보가 넘쳐나고 있다는 사실을 이내 알 수 있게 된다. 앞으로 다가올 시대에 인간이 살아간다는 것은 '일생 동안 정보의 바다에 빠져, 하나의 정보체로서 정보의 신진대사를 담당해 가면서 정보와 함께 살아가는' 모습일 거라는 생각을 직관적으로 할 수 있다. 마치 고전적으로는 인간을 생물학적 존재로서 산소를 마시고 탄소 가스를 배출하면서 살아가는 가스 교환체라거나, 음식물을 먹고 배설물을 배출하는 영양물 신진대사체라고 말할 수 있듯이, 정보 시대의 인간상을 가장 정확하게 묘사한 것은 인간을 끊임없이 정보를 입력하고 출력하는 정보 신진대사체로 보는 것이다.

인간을 정보 신진대사체로 보는 경우, 풍요로운 인간으로 존재하기 위해 가장 필요한 조건은 정보 시스템의 효율성을 늘리는 것이다. 정보의 입력량을 높여 체내(두뇌 속)에 가능한 한 많은 정보를 저장하는 것(지금까지의 정보 인간에 대한 정의)은 더 이상 의미가 없다. 입력하고 출력하는 정보의 흐름(시스템의 효율성)을 확장시켜 그것을 계속 선별하고, 필요한 정보를 하나하나 찾아내어 이용함으로써 자신을 정보체로서 높여 정보 신진대사량, 정보 이용량이 많은 고도의 정보 인간으로 나아가는 것이 중요하다.

이렇게 살아가는 데 절대로 빼놓을 수 없는 정보 사회 서바이벌 기술은 재빠른 정보 선별 기술과 정보 섭취 기술이다. 그리고 그 기본이 바로 속독 기술, 즉 '회화적 책 읽기'이다.

다시 한 번 속독 기술의 핵심 요령만을 말하자면, 우선 처음부터 끝까지 내용은 정확하게 알 수 없더라도 단락 단위로 대충 훑어보고 나서 다시 훑어본다. 그렇게 일단 끝까지 읽어본 뒤 다시 한 번 읽을지 생각해 본다. 처음부터 끝까지 천천히 문장 하나하나를 읽을 마음으로 시작한 책이지만, 도중에 그만 읽고 싶어지면 (자주 있는 일이다) 단락 단위로 훑어보는 방법으로 바꾸어 어쨌든 끝까지 대충이라도 훑어보는 것이 중요하다. 끝까지 읽고 나면 그 책은 그렇게 자세히 읽을 필요가 없는 책이라는 것을 깨닫게 될지도 모른다.

요컨대 내가 말하고 싶은 것은 책은 반드시 처음부터 끝까지 전부 읽을 필요가 없다는 사실이다.

나 역시 젊었을 때는 책이란 반드시 처음부터 끝까지 순차적으로 읽어야 한다는 생각에 휩싸여 있었다. 읽고 싶어서 읽기 시작했지만, 다 읽지 못하고 도중에 던져버린 책 때문에 오랫동안 좌절감에 빠져 있기도 하였다. 어른이 되어 비로소 책 가운데 상당수는 처음부터 순차적으로 읽을 만한 가치가 없다는 사실을 깨닫고 나서는 그런 좌절감에서 해방될 수 있었다.

결국 책을 읽는 데 가장 중요한 점은 그 책이 지금 나에게 어떤 책 읽기 방법을 요구하고 있는지 재빠르게 판단하여, 적절한 방법을 선택하는 것이다. 그리고 단어 하나하나, 문장 하나하나를 보며 전체를 읽어야 하는 책이 의외로 적다는 사실을 깨닫고, '맛을 음미하며 즐기듯 찬찬히 읽는다', '논리를 정확하게 파악해 가며 정독한다', '필요한 부분, 궁금한 점만을 찾아 읽는다', '대충 책장을 넘기며 훑어보다가 눈이 머문 곳만을 읽는다', '키워드 중심으로 정보만 읽는다' 등 자신의 책 읽기 방법에 몇 가지 변화를 주면서 그 책에 맞는 책 읽기 방법을 선택하는 것이다.

한편, 이 독서일기의 연재는 책을 다루는 방법이나 소개하는 방법에 매우 독특한 점이 있으므로 여기에 대해 언급해 보기로 하겠다. 명확한 기준이 있는 것이 아니라서 나 자신도 나중에야 깨닫게 된 측면이 많지만, 특정한 의도에서 글을 썼기 때문에 이런 특징이 나타나게 된 것이 아닐까 하는 생각이 들어 간략하게 써 보려고 한다.

첫째, 세상에 알려진 베스트셀러 류의 책은 의식적으로 피하고 있다는 점이다. 베스트셀러는 다른 매체에서도 충분히 소개하고 있으므로 이 글에서까지 다룰 필요는 없다고 생각했다. 다만 나중에 베스트셀러가 된 책을 베스트셀러가 되기 전에 다룬 적은 있으며, 베스트셀러라도 좋은 책이라고 판단되었을 때는 언급을 한 적이 있다(예를 들어, 『오체불만족五體不滿足』, 『모택동 비록毛澤東秘錄』 등).

베스트셀러를 다루지 않는 이유는 그 책이 이미 세상에 잘 알려진 책이기 때문이다. 나는 오히려 세상에 잘 알려져 있지는 않지만 정말 좋은 책이라서 독자들이 꼭 한 번 읽어 보기를 바라는 책을 주로 선택하고 있다.

따라서 다른 매체에 실린 서평란을 참고하여 기본적으로 다른 곳에서 다루고 있지 않은 책을 선택한다. 과학 분야의 서적은 일반적인 서평에서 다루는 경우가 적기 때문에 의식적으로 다루려고 하는 경향도 있었다. 그러나 과학 서적을 소개하더라도 일반인들이 읽기에는 너무 어려운 책이 많기 때문에, 재미있는 포인트를 찾아내거나 재미없는 부분은 버려가면서, 읽고 싶다는 마음을 이끌어 내기 위해 궁리를 거듭한다.

서평에는 기본적으로 비평형과 소개형이 있는데, 나는 소개형을 채택하고 있다. 신간 서적 소개의 가장 커다란 역할은 독자가 '와, 이렇게 재미있으면서도 중요한 책이 나와 있네'라고 느낄 수 있도록 그 책에 대해 알려 주는 것이라고 생각하기 때문이다. 이런 역할을 충실하게 하기 위해서는, 영화의 예고편과 마찬가지로 재미있는(중요한) 대목이라고 할 만한 곳을 발췌하여 제시하는 것과 핵심을 요약하여 제시하는 것이 가장 중요하다. 이를 보다 정확하게 전달하기 위해서는 상당한 노력과 시간이 필요하다. 그러나 이 일을 잘 하기만 한다면(특히 후자), 몇 장의 짧은 글이지만 놀랄 정도로 많은 정보를 담을 수가 있다.

그렇지만 영화의 예고편과 마찬가지로 본편의 재미를 너무 노출시키면 안 된다. 보고 싶다(읽고 싶다)는 기분을 불러일으키는 선에서 멈추어야 한다.

내 나름대로 책 고르는 방법 가운데 또 하나의 특징은 다양한 테마에 있다. 내가 어떤 책을 다루어 왔는지 스스로 분석해 보기 위해 한 권 한 권 어떤 범주의 책인지 세세하게 분류하여 적어 본 적이 있는데, 얼마 지나지 않아 종이가 범주 이름으로 가득 차 수습할 길을 찾지 못하였다. 이쯤이면 내가 얼마나 다양한 테마의 책을 다루어 왔는지 짐작할 수 있을 것이다. 개중에는 특정 범주의 책이 몇 번이나 등장하는 경우도 있다. 여기에는 나만이 가진 기호가 들어가 있는 것이라고 생각한다.

세세한 이야기는 그만두고 한마디로 말하면, 나라는 사람이 특이한 것을 참 좋아한다는 사실을 5년 간 다루어 온 책들을 분류해 보고 알았다. 일반적으로 이상하다고 여겨지는 것들에 남다른 애정을 느낀다. 이상한 사람, 이상한 사건, 이상 행동 등 정상이라는 범주에서 벗어나 있는 것과 정설을 뒤집는 이야기에는 예외 없이 흥미를 느낀다(예를 들어『석기시대 문명의 경이石器時代文明の驚異』,『미지의 지저고열 생물권未知なる地底高熱生物圈』등). 또한 새로운 것에 대한 견해가 필요한 이야기에도 여지없이 마음을 빼앗긴다(예를 들어『보는 뇌 · 그리는 뇌見る腦 · 描く腦』,『역공장逆工場』등).

그러나 내가 특별히 이상한 사람이기 때문에 이런 독서 취향을 갖는 것은 아니다. 오히려 나의 뇌가 정상적으로 기능하고 있다는 증거이다.

인간의 뇌는 정상이 아닌 것을 재빠르게 발견할 수 있도록 프로그램화되어 있다. 뇌는 날마다 받아들이고 있는 정보 가운데, 일상적으로 일어나고 있는 당연한 현상은 완전히 무시하고, 오직 특이한 현상을 찾아내도록 프로그램화되어 있다. 정상적이거나 일상적인 현상에 대해서는 주목하지 않을 뿐만 아니라 기억조차 하지 않도록 만들어져 있다. 왜냐하면 그럴 필요가 없기 때문이다. 신변에서 일어나는 정상적인 일들에 대해서는 특별히 마음을 가다듬을 필요 없이 일상적인 관례에 따른 반응을 통해 충분히 대응할 수 있다. 일상적인 관례에 따른 반응은 우리 안에 있는 자동 기계 인간(오토마톤automaton) 부분이 담당하고 있다. 인간이란 오토마톤 부분 위에 휴먼human 부분이 있는 이중 구조로 이루어져 있다. 인간의 의식 있는 활동(행동도, 사고도)은 모두 휴먼 부분이 담당하고 있지만, 무의식의 반사적 행동은 모두 오토마톤 부분이 담당하여 자동적으로 처리하고 있다. 인간의 일상적인 관례에 따른 반응으로 처리되는 부분이란, 바로 이 오토마톤에 의한 무의식 처리 부분인 것이다. 그러나 이상 현상을 발견하면 인간의 전 신경계에 경고 신호가 내려지고, 전 신경 활동이 의식의 관리(휴먼 컨트롤)하에 들어간다.

이상 현상과 만나면 그 현상에 어떻게 대응할지, 재빨리 생각하고 판단을 내려 적절한 행동을 취할 필요가 있기 때문이다.

이상하다는 것을 재빠르게 인지하는 능력, 그것이 어떤 이상함

인지 재빠르게 분석하는 능력, 그리고 그것에 올바르게 대응하는 능력—선택할 수 있는 대응법들을 재빨리 찾아낸 후 그 각각의 선택 결과 발생하게 될 일들을 바르게 예측하고, 그 결과의 비교를 통해 가장 좋은 방법을 선택하여 결단을 내리는 능력은, 생물이 살아가는 데 가장 중요한 능력이다. 그러므로 뇌는 그에 필요한 정보를 재빨리 자동적으로 찾아 낼 수 있도록 만들어져 있는 것이다. 그리고 그 과정 중 경우에 따라서는 지금까지 당연하게 여겨 왔던 사고 방식을 모두 버리고, 전혀 새로운 사고 방식에 따라 상황을 분석해야 할지도 모른다. 전혀 새로운 행동 원리에 입각한 대응을 생각해야 할지도 모른다.

이런 유연성을 가지는 것이야말로 인간에게 가장 중요하다. 이는 한마디로 말해, 패러다임의 전환에 대응할 능력을 가지는 것이라고도 할 수 있다. 바꾸어 말하면 정설이 뒤집히는 상황에 대응하는 능력이라고도 할 수 있다. 따라서 정설이 아닌 것에 대해 강한 관심을 보이는 일은 인간의 유연한 적응력을 키우는 데 무엇보다 중요한 것이다.

세상에는 좀 이상하다 싶은 것은 이유 없이 싫어하고 무엇이든지 정상적인 것만 관심을 갖는 사람이 적지 않은데, 그런 사람은 진정한 의미에서 세상에 적응할 능력이 결여된 인간이다. 무언가 이상한 일이 항상 일어나면서 이상과 정상 사이의 선이 조금씩 어긋나는 것이 이 세상의 리얼리티이다. 따라서 이상하다 싶은 것을 자세히 살피고 따져 보지 않고서는 정상이라는 것을 올바르게 인식할 수 없다. 이상한 현상과 만나는 것은 인간이 건전한 적응 능력을 기르기 위해 꼭 필요한 것이라고 할 수 있다.

지금까지 전통적인 이상론異常論을 통해 나의 이상한 것들에 대한 남다른 애정을 변명해 보았는데, 내가 선택한 좀 이상하다 싶은 책 중에는 정말로 이상한 책도 들어 있다(예를 들어『세기말 기예담 世紀末奇藝談』,『애널 바로크ァナル・バロック』등). 여기에는 내 취향이 많이 들어가 있는지도 모른다. 내 취향 중 또 하나는 에로스에 대한 깊은 관심이다(예를 들어『섹설로지스트 다카하시 데쓰セクソロジスト高橋 鐵』,『망설이는 성・집착하는 성ためらう性・すがりつく性』등). 에로스에 대한 깊은 관심 역시 인간의 중요한 본성 가운데 하나로서, 그런 본성이 있었기에 인류가 지금까지 존속할 수 있었으므로 결코 배제해서는 안 된다.

두 번째, 내가 의식적으로 하고 있는 일은 보통 서평에서는 좀처럼 다루지 않는 고가의 책을 부담 없이 다루고 있다는 점이다(예를 들어『피에르 벨 저작집』,『거인巨人』,『우파니샤드─번역 및 해설』등). 그 가운데는 좋은 책이 많아, 내용을 고려할 때 고가라도 비싸지 않다고 생각하는 사람이 적지 않기 때문이다.

책에는 대량의 부수를 겨냥하여 가격을 낮게 책정한 책과 소량의 부수라도 투자액 회수가 가능하도록 가격을 높게 책정한 책이 있다. 책 내용의 좋고 나쁨은 가격과는 전혀 상관없는 것으로, 싸지만 좋은 책도 얼마든지 있고 비싸지만 쓸데없는 책도 얼마든지 있다.

책의 가격은 기본적으로 초판에서 투자액 회수가 가능하도록 책정되어 있으므로, 초판부터 대량으로 발행하는 책은 한 권의 제작 원가가 낮아져 가격을 낮게 책정할 수 있다. 낮게 책정하면 사는 사람도 쉽게 선택할 수 있으며, 광고비도 융통할 수 있다. 또한 서점에 배본하는 부수도 많아져, 서점 앞쪽 판매대에 진열되는 등 좀 다른 대우를 받을 수 있다. 이렇게 되면 매상이 오르고 광고 효과도 얻게 되어 베스트셀러의 길로 들어서게 되는 것이다. 이런 이유로 자본력 있는 대형 출판사는 기본적으로 대량 부수를 겨냥하는 전략을 취하지만, 반대로 이 전략이 빗나가면 반품이 쏟아져 들어와 적자 투성이가 되기도 한다.

이에 반해 소형 출판사는 처음부터 베스트셀러 따위는 염두에 두지 않고, 소량의 부수를 발행하여 확실한 투자액 회수를 겨냥하기 때문에 가격을 낮게 책정할 수 없다. 부수가 적어 광고 선전비가 거의 들지 않고 서점의 판매대에서도 그다지 대우를 받지 못해 사회적 인지도는 낮지만, 내용이 좋으면 꾸준히 팔리는 책도 꽤 있다.

지금 대량 부수를 겨냥하고 있는 단행본은 초판 1만~2만 부, 가격은 1,700~1,800엔 선을 책 가격의 분기점으로 삼고 있다(책 가격은 여러 가지 요소가 얽혀 있으므로 일반론으로 말하기도 어렵고, 앞으로 제시되는 숫자는 상당히 대략적으로 어림잡은 숫자라는 점을 이해해 주길 바란다). 그러나 가격이 2,000~2,500엔 정도가 적당하다면 초판은 7,000~8,000부로 적정 부수가 정해지며, 가격을 3,000엔 이상으로 정하면 초판은 3,000부 정도 발행된다. 5,000엔 이상으로 정하면 1,000부를 발행할 수 있다. 혹은 7,000~8,000엔으로 정하면 몇 백 부를 발행할 수 있는 것이다.

이처럼 소량의 부수를 발행하는 책은 전부 팔려도 눈에 띌 만한 이익이 나오지 않기 때문에, 대형 대중매체의 서평란에서는 무시되는 경향이 있다. 그러나 이런 책 가운데는 '일본의 문화 수준도 이런 책을 낼 수준까지 왔단 말인가' 하는 생각이 들 만큼 좋은 책이 꽤 많이 있다(예를 들어『신대지지神代地誌』,『프레게 저작집ㄱ레一ゲ著作集』등. 물론 그 중에는 책 값이 왜 그렇게 비싼 건지 도저히 이해할 수 없는, 내용은 전혀 없고 가격만 비싼 책도 적지 않다).

따라서 좋은 책을 만나면 자신도 응원단이 되어 조금이라도 더 팔릴 수 있도록 그 책을 열성적으로 칭찬하는 서평을 쓰게 된다. 나는 고가이면서 문화 수준이 높은 책을 많이 소개하는 편이다. 원래 그 분야를 아주 좋아하는 사람이 아니면 살 것 같지 않은 책이지만, 독자에게 이 책을 사 달라고 소개하는 것이 아니라 일본 출판 문화의 폭과 깊이를 알리고 싶은 심정에서 소개하는 것이다.

출판 문화는 누가 지탱하고 있는가

와타나베 미치코渡辺美知子의『일본의 소출판日本の小出版』을 읽어 보면, 소량 부수의 발행으로 승부를 거는 소형 출판사 경영자의 마음가짐을 짐작할 수 있다. 이 책을 출판한 쓰게쇼보柘植書房의 사장인 니시무라 유코西村祐紘 씨와의 대화를 소개한다.

이 출판사에는 어떤 분야를 기획하더라도 변하지 않는 다음과 같은 철칙이 있습니다. "각자가 만들고 싶은 책을 만든다. 그리고 그것을 채산이 맞도록 판다. 그러나 선은 넘지 않는다. 사회를 변화시킨다는 관점에서 책을 만들어야 한다. 체제·지배자 측에는 가담하지 않는다." 이것만 지키면, 그 다음부터는 하고 싶은 대로 열심히 하면 됩니다. 무엇을 하든 상관없습니다. (중략)

_연간 발행 종수는 어느 정도입니까?

열심히 만들면 24종 정도지만 그렇게 많이 출판할 수는 없습니다. 무리해서 열심히 하면 낼 수도 있지만, 모두들 그렇게까지 무리해 가면서 열심히 하지 않는 걸요, 하하하.

_현재의 출판 상황 속에서 출판사를 유지해 가는 것이 보통 일이 아닐텐데, 경영의 위기가 있었다면?

일 년 내내 위기 속에 있습니다. "경기가 어떻습니까?" 하고 누군가 물으면, "이러다가 문 닫고 어디로 도망갈지도 모르겠습니다"라고 대답하고 있습니다.

_낙천적이신 것 같습니다.

매일 매일이 힘드니까 사람이 멍해지는 것 같아요. 다만 이 일을 그만두고 싶다는 생각만은 들지 않습니다. 수표 한 장 끊어 줄 때마다 흰 머리카락이 하나씩 늘어나지만 말입니다.

책 만드는 일에 손을 댄 사람 가운데 다른 일을 하기 위해 전업한 사람은 내가 알고 있는 사람 가운데 두 사람밖에 없습니다. (중략)

_끈질기게 이 일을 계속 하실 수 있는 비결은?

출판 일을 계속 할 수 있는 것은 힘들고 어려운 상황에 익숙해졌기 때문인지도 모릅니다. 좀 뻔뻔스럽습니다만, 작년에도 괜찮았으니까

올해도 괜찮겠지 하는 마음이 있습니다.

하지만 괜찮을 것이라고 생각하는 근거는 있습니다. 아카가와 지로赤川次郎의 소설 같은 분야는 접어두더라도, 사회나 인문 분야를 보면 예전에는 누구나 사서 읽는 책이 있었습니다. 『산타로의 일기三太郎の日記』나 니시다西田 철학책은 학생들의 하숙집에 가면 반드시 있는 책이었습니다. 이 책들을 읽지 않으면 체면이 서지 않는 그런 분위기였으니까요.

그런데 1970년대 들어서는 유행처럼 모두 같은 책을 읽던 분위기가 사라졌습니다. 제 나름대로 표현해 보면, 통일 시장이 무너졌다고 표현할 수 있습니다. 따라서 시장은 굉장히 다양해졌고 또한 각각의 시장은 작아졌습니다. 여기에 소형 출판사가 존립하는 근거가 있다고 생각합니다. '이 분야만큼은 우리 출판사가 반드시 한다, 다른 분야는 다른 출판사에서 알아서 할 것이다'라는 생각입니다.

_채산을 맞추기가 어렵지 않습니까?

예를 들어, 이 책의 정가는 2,800엔이지만 3,000엔 또는 좀 낮추어 1,980엔으로 책정해도 팔리는 부수는 그다지 변하지 않습니다. 살 사람은 산다, 현재의 출판 시장은 그런 상황입니다.

그러므로 정가를 내리면 더 많은 책을 팔 수 있지 않을까 하는 얄팍한 계산은 하지 않습니다. 다 합쳐 2,000명 정도의 사람들이 그 책을 읽어 준다면 그것으로 충분한 것입니다. 오히려 '그 이상 아무리 발버둥쳐도 읽는 사람이 없을 것이다'라고 생각하는 편이 낫습니다. 그리고 '이 정도가 팔릴 것이다'라고 생각하면 그 선에서 채산을 맞출 수 있도록 궁리를 하면 됩니다.

좀 건방진 생각일지도 모르겠습니다만, 조금 전에 말씀드린 것처럼 하면 대중성은 얻지 못하더라도 역사에 도움이 되는 책은 남게 될 것입니다. 문화로서 남는다면 그것으로 충분합니다. (중략)

_판매 부수가 얼마나 될지 알 수 없다는 게 너무 불안하지 않습니까?

아, 그 반대입니다. 처음부터 '이 책은 별로 팔리지 않을 것이다' 라는 사실을 알고 내는 것이니까요. 출판사 이름이나 브랜드로 책을 팔지는 않습니다. 한 종류로 승부를 거는 겁니다. '그래, 2,000부. 이 이상은 찍지 않겠다!' 그러면 오히려 마음이 편합니다. 그 책이 잘 팔리면 물론 무척 기쁩니다. 기껏 팔려야 2,000부일 거라고 생각했던 책이 3,000부나 팔리면 정말 기쁩니다.

광고를 내지 않을 수 없는 중견 출판사 측이 저희들보다 힘들지 않을까 생각합니다. 세상의 체면도 염려해야 하고요. 「아사히신문」에 광고를 두 번 내면 그 비용으로 책을 한 권 낼 수 있습니다. 그런 위험한 장사는 할 수 없습니다. 저희들은 게릴라라서, 한 번 승부를 걸어 보고 나면 그걸로 끝입니다, 하하하. 늘리고 줄이는 것을 자유자재로 하는 유연성 있는 출판사입니다. 적당히 늘리기도 하고 줄이기도 하면서 도망도 칠 수 있고.

_소형 출판사로서의 전략이라면 어떤 것이 있습니까?

가장 좋지 않은 태도는 '지금 잘 봐 둬. 우리도 언젠가 저렇게 되고 말테니'라는 생각입니다. 또 하나는 '한 방 터뜨리자'는 생각을 갖지 않는 것. 팔리지 않을 거라고 생각했던 책이 우리들 생각을 뛰어넘어 잘 팔린다면, 이것이 가장 큰 기쁨입니다. 처음부터 잘 팔릴 책이라고 생각하지 말아야 합니다. (중략)

_소형 출판사로서의 강점이 있다면?

누군가 출판계에는 '출판업'과 '출판 산업'이 있다고 하더군요. 지금 증가 추세에 있는 '신형 출판 산업'은 단단하게 시스템화되어 있어 이것이 제대로 작동하면 10,000부는 쉽게 넘는 사업입니다. 저희들과 같은 '출판업'은 그 출판업에 종사하는 사람이 얼마나 잘 버티느냐 하는 것이 관건입니다. 그 밖에는 아무것도 없습니다. 출판업이 제대로 서기 위해서는 적당한 야성미가 필요한 것이 아닐까 생각합니다. 점점 시스템화되면 될수록 창조력은 고갈되리라 생각하기 때문입니다.

(중략)

'한 방 터뜨려라'라든가 '더 잘 팔리는 책을 만들어라'라고 세상 사람들은 말합니다. 그래도 그 반대 방향으로 나아갈 수밖에 없습니다. 그런 출판사는 잘될 수 없다고 확신합니다. 승산도 있습니다. 그래서 태연하게 '정말로 원하는 놈들만 사 봐!'라고 할 수 있는 가격을 붙인 책을 낼 수 있는 것입니다.

참고로 이 쓰게쇼보 출판사는 내 사무실에서 아주 가까운 곳에 자리하고 있다. 정확하게 말하면 가까운 곳에 있었다고 해야겠다. 최근 이 출판사가 입주해 있던 빌딩의 간판이 바뀐 것을 알고 쓰게쇼보의 간판도 내려졌구나 생각했는데, 출판사 연감에서 이름이 사라지고 쓰게쇼보신샤柘植書房新社라는 이름으로 주소도 바뀌어 있었다. 니시무라 씨와의 인터뷰에 있듯이, 경영 상태가 언제 도산해도 이상하지 않은 그런 상황이었는데 정말로 도산해 버린 것이다. 비즈니스라는 것은 의지만으로는 이끌어 갈 수 없는 매우 어려운 것이다. 그러므로 작은 출판사의 세계에서 도산은 놀라운 것이 아니다. 나는 젊었을 때 작은 출판사와 여러 차례 일을 한 적이 있어서 직접 가까이에서 도산을 지켜본 일도(그 때문에 원고료를 받지 못한 일도) 한두 번이 아니다. 그러나 니시무라 씨와의 인터뷰에 있듯이 이 업계에 종사하는 사람 중에는 끈질긴 사람이 많기 때문에, 어느 사이엔가 기운을 차려 다른 이름으로 다시 출판을 시작하는 경우를 많이 보았다(도산한 뒤 그대로 모습을 감춘 사람도 적지 않다). 『일본의 소출판』을 읽어 보아도 최근 몸담고 있던 회사가 도산하였기 때문에 자신이 직접 회사를 만들었다는 이야기가 자주 나온다. 소출판의 세계는 매년 100개 정도의 새로운 회사들이 설립되었다가 1년 정도 지나면 그 중 10%만이 살아 남는 세계인 것이다.

나는 문화란 상당 부분이 이런 사람들의 의지에 의해 지탱되는 것이라고 생각한다. 물론 출판 문화만이 문화라고 생각하지는 않는다. 하지만 문화의 가장 중요한 부분은 어떤 의미에서는 반드시 책과 연결되어 있으며, 책을 만드는 사람(판매하는 사람, 집필하는 사람 모두 포함하여)과 책을 사서 읽는 사람 사이의 공동 작업 내지 공동 사업에 의해 지탱되는 것이다.

니시무라 씨의 표현을 빌리자면, '출판 산업'의 시스템에 의해 대량 생산·대량 판매되는 상품인 책의 경우, 읽는 사람 측에서 자신이 어떤 책을 사서 읽는 것이 책을 집필하는 사람이나 만드는 사람과의 공동 사업이라는 의식을 갖게 되는 것을 전혀 기대할 수 없다. 이 때 존재하는 것은 다른 상품과 마찬가지로 단지 생산자와 소비자의 관계뿐이며, 책을 만드는 사람과 사는 사람 사이에

'당신은 만드는 사람, 나는 먹는 사람'과 같은 일방통행의 의식만 존재할 뿐이다.

책을 사는 사람 측에서 책을 만드는 사람을 못 보는 것과 마찬가지로, 책을 만드는 사람 측에서도 책을 사는 사람을 불특정 다수의 얼굴이 보이지 않는 존재로 본다. 그러므로 책을 만드는 측에서도 독자와의 공동 사업이라는 의식을 갖기가 어렵다.

그러나 책을 출간하는 사업은 그 책을 돈을 내고 사는 사람이 존재해야 비로소 성립하며, 본질적으로 책을 만들어 파는 사람과 책을 사서 읽는 사람 사이의 공동 사업에 의해 성립하는 것이다. 이런 본질은 소량의 부수이면서 고가로 판매되는 책을 통해 더욱 확실하게 발견할 수 있다.

그런 의미에서 문화의 최하부 구조를 형성하고 있는 매트릭스(기저세포층)는 '책 한 권 한 권을 만드는 사람과 읽는 사람 사이에 형성되는 소세계小世界'가 유니트(단위)를 이루고 있다고 말할 수 있다. 이런 소세계가 책의 숫자만큼 무수하게 형성되어 수직 방향(시간축 방향)으로 역사를 뛰어넘는 중층 구조로 겹쳐지고, 동시에 수평 방향(동시대 인간들 간의 사회 형성 작용)으로 상호 연관되어 조합을 이루면서 사차원(통시적 또는 공시적)의 공동체를 이루어 가는 것이 우리 인류 공동체의 문화인 것이다. 이 공동체의 매트릭스 요소를 이루는 것은 물론 책을 만드는 소세계만이 아니다. 모든 문화 세계에 그 문화의 산물마다(영화, 음악, 미술 무엇이든 좋다. 존재하는 모든 문화적 산출물마다) 생산자와 향유자(만드는 사람과 즐기는 사람)의 소세계가 만들어져, 이들 존재하는 모든 소세계가 함께 섞여 형성 되는 것이 무수한 다세계 복합체로서의 '인류 문화·공유=향유 공동체'인 것이다. 이 공동체 안에서 개개인은 무엇인가를 향유할 때마다, 어느 소세계의 주민이 되어 보다 많은 것을 향유하게 되고, 동시에 많은 소세계에 속하는 다세계 존재가 된다. 책 한 권을 읽을 때마다, 작품 하나를 감상하거나 들을 때마다, 혹은 하나의 퍼포먼스를 즐길 때마다, 사람은 자신을 보다 많은 소세계의 존재자로 만들 수 있고, 또한 이들 소세계를 전부 결합한 존재로서 자신의 소우주를 만들어 갈 수 있다. 다시 말해 인간의 숫자만큼 소우주가 있으며, 그 모든 것이 통합되어 인류 사회라는 대우주를 형성하고 있는 것이다.

그 중 역시 책의 세계는 문화의 공통 기반을 담당하는 존재로서 무엇보다 중요하다. 어떤 문화 세계라도 어느 지점에서는 책과 연결되어, 생산자와 향유자 모두 그 문화 세계를 보다 풍요롭고 깊은 맛이 우러나는 존재로 만들어 갈 수 있기 때문이다.

따라서 다시 책 이야기로 돌아가면, 인류 문화의 전체상을 가장 잘 투영하고 있는 것이 바로 책 세계의 전체상이라고 할 수 있다. 그것은 역사적으로는 도서관에 보관되어 있는 역사적 책들 전체 속에 투영되어 있으며, 현재의 전체상은 서점의 앞쪽 판매대에 진열되어 지금 유통되고 있는 책들 전체 속에 투영되어 있다.

즉, 인류 문화 전체를 대우주라고 볼 때 서점이나 도서관은 그 전체상을 최대한 투영해 놓은 중우주中宇宙로서 형성된 것이다. 사람은 자기 자신의 소우주를 만드는 일을, 서점이나 도서관에서 몇 권의 책의 독자로서 그 책의 숫자만큼 소세계의 주민이 되는 경험을 쌓으면서부터 시작하는 것이다.

얼마나 많은 책을 읽고, 얼마나 많은 소세계의 주민이 되어, 자신을 얼마나 많은 다세계 존재자로 만들었는가에 따라 그 사람의 소우주가 얼마나 풍요로운지가 결정된다.

그렇다고 해서 책이라면 무슨 책이든 읽기만 하면 된다는 것은 아니다. 같은 책이라도 그 내용이나 수준은 천차만별이어서, 책에 따라서는 그 세계를 접하는 것만으로 스스로를 더욱 빈곤하게 만드는 쓸모 없는 소세계만 가진 책도 많다. 쓰레기 같은 책은 읽더라도 아무런 득이 없을 뿐 아니라, 오히려 읽지 않는 편이 도움이 되는 경우도 있다.

지금 일본에서는 해마다 14억 7천만 권의 책이 발행되고 있다 (1999년). 그 가운데 40% 내외가 서점의 앞쪽 판매대에 일단 진열되었다가 아무도 사지 않고 아무도 읽지 않아 반품된다. 반품된 책들 대부분은 폐기되어 사라진다. 나머지 약 60%인 8억 천만 권은 누군가가 사고 누군가가 읽어 그 나름대로의 소세계를 만들어가는 셈이다. 그렇다면 그 가운데 읽을 만하거나 읽힐 만한 가치가 있는, 그 나라 문화의 형성자로서 부끄럽지 않은 책이 어느 정도나 될까? 아마도 몇 퍼센트도 되지 않을 것이다.

해마다 얼마나 많은 신간 서적이 발행되고 있는지를 부수가 아닌 종수로 계산해 보면, 앞에서 언급하였듯이 약 63,000종(1999년)

에 이른다. 평균적으로 한 종당 약 23,000부가 발행되고 있는 것인데, 20,000부 이상이라는 것은 이미 대량 생산·대량 판매되는 책의 부류에 들어간다. 그러나 그것이 전부 대량 생산·대량 판매되는 책은 아니다. 실질적으로는 한 종당 몇 십만 부나 되는 책이 있는가 하면, 한 종당 수천 부 이하인 책도 있어서 이를 평균하여 23,000부라고 한 것이다.

그리고 정말 내용이 좋은 책은 몇 십만 부씩 발행되는 책보다 1,000부 단위로 발행되는 책들 가운데 있는 경우가 많다.

이를 출판사 입장에서 보면, 일본에는 약 4,500개의 출판사가 있는데 그 중 50% 가까이가 직원 10명 이하의 영세 출판사이다. 직원 1,001명 이상의 대형 출판사는 불과 34개밖에 없으며, 201명에서 1,000명의 직원을 거느린 중형 출판사도 114개뿐이다.

규모별로 이 출판사들이 신간 서적을 얼마나 발행하고 있는지를 출판 종수로 살펴보면, 상위 30개 출판사가 연간 총 63,000종 가운데 약 30%를 차지한다. 상위 100개 출판사를 살펴보면(상위 30개 출판사를 포함하여), 40% 내외인 약 27,000종을 발행하고 있다. 나머지 36,000종은 4,400개의 중소 출판사에서 조금씩 발행하고 있는 것으로, 이에 따르면 출판업계는 전형적인 다품종 소량 생산 방식을 취하는 업종인 셈이다.

앞에서 소형 출판사로서 강한 의지를 보여 준 회사 이야기를 하였는데, 여기서 주의를 해야 할 것은 소형 출판사라고 해서 모두 양서 지향의 강한 의지를 가지고 있다고 보기는 어렵다는 사실이다. 소형 출판사이면서 의지도 약하고 쓰레기 같은 책만 만들어 내는 출판사도 적지 않다. 오히려 수적으로는 그런 쓰레기 같은 책을 더 많이 발행하고 있다고 보아도 틀리지 않을 것이다. 반대로, 대형 출판사의 책은 모두 대량 생산·대량 판매를 목적으로 발행되었다고 보는 것도 잘못이다. 대형 출판사에도 처음부터 소량 부수만 발행하기로 하고, 투자액 회수가 가능하도록 높은 가격을 책정한 고가, 소량 부수의 양서가 적지 않다. 종수, 부수 면에서 소형 출판사보다 많은 양서를 내고 있는 것이다. 이런 책은 대대적인 광고를 하지 않고 무리한 배본도 하지 않으므로, 대형 출판사에서 발행하더라도 일반인들의 사회적 인지도는 낮은 채로 끝날지도 모른다. 하지만 앞에서 니시무라 씨가 말했듯이 "책 값이 비싸더라도 살 사람은 산다"는 것이 양서의 세계이므로, 대형 출판사의 책이건 소형 출판사의 책이건 얄팍한 계산으로 가격과 부수를 제멋대로 농간하지 않는 한, 양서 출판은 견실한 사업으로 자리잡을 수 있을 것이다.

대형 출판사에서 만들어 내는 이런 양서의 세계도, 양서를 출판하는 소형 출판사와 마찬가지로 그 일에 관여하는 편집자 개개인의 마음가짐과 의지에 의해 지탱된다. 출판의 세계가 일반 비즈니스 세계와 가장 다른 점은 그 일이 개개인의 마음가짐과 의지에 의해 지탱되는 부분이 크다는 것이다. 대형 출판사의 시스템화된 조직일지라도 일반 산업 사회와는 달리 개인이 자신의 의견을 발의할 여지가 매우 많은 세계이다. 출판에서 무엇보다도 중요한 것은 책 한 권 한 권에 대한 구체적인 기획 입안인데, 이 기획은 모두 개인의 두뇌 활동을 통해 나온다. 출판사의 편집자는 스스로 기획을 입안할 능력이 없어 다른 사람이 기획한 책밖에 만들지 못하는 무능한 편집자를 제외하면, 기본적으로 자신이 만들고 싶은 책을 만든다(물론, 상부의 허락을 얻어야 한다는 전제가 있지만). 다시 말해, 대형 출판사의 출판 부문은 사실 편집자 개개인이 운영하고 있는 작은 출판사의 연합체와 같은 성격을 가지고 있다(그래서 대형 출판사가 도산하면, 소형 출판사가 많이 생길 수 있다). 대형 출판사라고 해서 모두 조직화된 시스템에 의해서만 움직이는 출판 활동을 하고 있는 것은 아니다. 편집자 개개인이 게릴라전을 치르듯이 출판 활동을 하는 경우도 많다.

출판사 전체의 입장에서는 베스트셀러를 겨냥한 대량 부수 전략을 방침으로 세우더라도, 무엇이 적중하고 무엇이 빗나갈지는 실제로 책을 시장에 풀어 볼 때까지 예상을 할 수 없는 것이 출판계의 생리이다. 따라서 편집자 개개인의 게릴라전은 출판사 입장에서도 중요한 '의외의 적중'을 이끄는 원천으로서, 상당히 자유로운 활동이 허락되고 있다. 블록 버스터 전략이라고 하여 광고 대리점 등이 참여하면서 관련 매체를 총동원하여 화제 만들기를 집중적으로 하면, 의도적으로 베스트셀러를 만들어 낼 수 있다고 말하는 사람도 있고, 실제로 그런 일이 벌어지기도 한다(한때의 가도카와 상법角川商法이 그 전형이다. 이것은 출판사인 가도카와 쇼텐角川書店에서 시작한 출판 마케팅 기법으로, 책이 출간되면 그와 관련된 TV 드라마, 영화, 음악 등 모든 대중 매체를 총동원하여 대중의 관심을 끌어내 이윤을 창출한다―역자 주). 하지만 그것도 적중과 빗나감의 격차가 심하여 일반론이 성립되기가 어렵다. 참고로 나는 블록 버스터 전략에 의한 베스트셀러 만들기를 너무도 싫어하기 때문에, 그런 전략으로 만들어진 쓰레기 같은 책은 절대로 소개하지 않는다.

오히려 그런 전략 따위를 전혀 시도하지 않는 곳에서(다시 말해 게릴라전의 결과로서), 돌연 뜻밖의 베스트셀러가 나오는 경우가 종종 있다는 것이 출판계의 재미있는 부분이다. 출판계에는 오직 큰 돈 한번 만져 보겠다고 덤비는 사람이 많이 있다. 반면, 출판사의 출세 가도(돈을 위해 출판을 하는 사람의 길)에 편승할 생각이 전혀 없이, 오직 문화로서 역사에 남는 책을 만들고 싶다는 생각을 가진 양서 지향파 출판인들도 소형 출판사든 대형 출판사든 적지 않게 있다. 이런 사람들이 만든 책과 그 책을 사는 사람들이, 큰 돈 벌어보겠다는 주의에 빠진 사람들의 포장술로 책의 저급화 경향을 감추고 있는 출판 문화를 그나마 부끄럽지 않은 수준으로 끌어올리고 있는 것이 일본 출판계의 현 상황이다. 이런 상황을 조금이라도 좋은 방향으로 이끌려는 생각에, 고가의 양서라도 적극적으로 다루어 칭찬해 주고 싶어진다.

이 글을 쓸 때 또 한 가지 내가 정성을 기울이고 있는 점은, 비판할 것은 확실하게 비판하고 폄하할 것은 확실하게 폄하해야 한다는 것이다. 나는 괴이한 책이라도 재미있으면 소개하는데, 이 경우 '괴이하지만 재미있다'고 분명하게 덧붙여 소개한다(예를 들어

『예수의 잃어버린 17년イエスの失われた十七年』, 『대 알베르투스의 비법大アルベルトゥスの秘法』 등). 마찬가지로 개인적으로는 동의할 수 없고 찬성할 수 없는 부분이 있는 책이라도 그런 사항을 밝힌 다음 그 책을 소개한다(예를 들어 『네안데르탈인이란 누구인가ネアンデルタール人とは誰か』 등).

이런 방침 때문에 저자나 역자로부터 작은 항의를 받은 적이 두 번, 편집자로부터 강력한 항의를 받은 적이 한 번 있었다. 또한 직접적으로는 아니었지만 다른 매체를 통하여 공격을 받은 적도 몇 번 있었다. 하지만 모두 설득력 없는 항의였기 때문에 나의 의견에는 변함이 없다.

〈나의 독서일기〉에서 소개한 적은 없지만, 베스트셀러를 강하게 비판한 「『버려라! 기술』을 단칼에 해부한다『捨てる! 技術』を一刀両断する」(「문예춘추」, 2000년 12월호)라는 글이 있는데, 책을 비판하는 동시에 독서 생활과도 크게 관련된 내용을 담고 있다.

비판한 책 가운데 하나는, 이와나미 쇼텐岩波書店의 『키케로 선집』이다. 비판의 포인트는 색인이 없다는 것과 레이아웃이 제대로 되어 있지 않다는 것이었는데, 그 후에도 이 책은 항목 색인이 들어가 있지 않은 결함 상품 그대로 계속 간행되고 있다(5,000~6,000엔이나 하는 고가의 책이기 때문에 돈을 돌려달라고 말하고 싶은 심정이지만, 예약 구독한 것이기에 그럴 수도 없다). 더욱 놀라운 것은 첫 배본 때부터 책 끝의 쪽수를 잘 맞추지 못하여 6~7쪽이 백지인 채로 간행되었다는 점이다. 이처럼 편집인으로서 불명예스러운 일은 없어야 하는 것이 편집의 상식이다. 백지가 나오면 자사의 광고로 메우는 것이 상식적인 방법이며, 더구나 지금은 컴퓨터 조판이어서 각 쪽의 행을 움직이는 일쯤은 자유자재로 가능하다. 그러니 6~7쪽이나 백지가 나왔다는 것을 알았다면, 각 쪽의 행 구조를 바꾸든지 행간에 변화를 주어 백지를 없애는 것이 당연하다. 이 책의 편집자는 무능하든지 게으르든지 둘 중 하나일 것이다.

가장 좋은 방법은 이 6~7쪽의 백지를 이용하여 빠져 있는 색인을 넣는 일일 것이다. 예전에는 색인 작업에 손이 많이 갔지만, 지금은 컴퓨터로 조판하는 시대이므로 단시간 내에 할 수 있다. 가장 좋은 색인은 전후 문맥이 함께 나와 있어서 어떤 문맥에서 그 용어가 나왔는지를 나타내 주는 KWIC(Key Word In Context) 방식의 색인인데, 같은 출판사인 이와나미 쇼텐에서 출판한 『플라톤 전집』, 『아리스토텔레스 전집』 등도 이 방식으로 색인을 넣었다. 예전에는 이런 방식의 색인을 만드는 데 엄청난 시간과 수고를 필요로 하였으나, 이제는 컴퓨터 덕분에 간단하게 만들 수 있다. 따라서 필요한 것은 편집자의 하고자 하는 절실한 의지일 것이다. 이와나미 쇼텐은 출판사 중에서 전자 제판, 전자 출판에서 가장 선두를 달리고 있는 출판사이므로, 이런 일은 편집자의 상식이 되어 있을 터이다.

이 『키케로 선집』 편집자가 보여 준 의문스러운 점은 이것으로 끝나지 않는다. 다섯 번째 배본까지는 매우 깔끔하게 만들어진 띠지가 둘러져 있었는데, 여섯 번째 배본부터는 띠지가 사라져 버린 것이다. 나는 원래 띠지에 그다지 신경을 쓰는 편이 아니라 종종 내 손으로 벗겨 버릴 정도로 있든 없든 상관없지만, 해 오던 일을 도중에 그만두는 행위는 매우 곤란하다. 도중에 그만둘 거라면 처음부터 하지 않는 게 좋았을 것이다.

『키케로 선집』과 거의 비슷한 시기에 간행된 『시라카와 시즈카 저작집白川靜著作集』(平凡社)을 비교해 보면, 편집자의 우열을 한눈에 알 수 있다. 『시라카와 시즈카 저작집』은 책을 만드는 완벽함이나 편집의 완벽함 면에서, 이런 종류의 책을 만드는 데 모범이 될 만하다. 백지로 된 쪽 따위는 나오지 않는 것은 물론, 「한자편漢字篇」(제1권~제3권)은 이보다 더 잘 활자화될 수 없을 정도의 금문, 갑골문 종류를 책 속에 훌륭하게 수록하였으며, 제10권의 「시경詩經 II」에서는 항목 색인 외에 시편 색인을 덧붙이고 청동기 이름 색인까지 덧붙여 매우 편리하다(청동기 이름은 종종 어떻게 읽어야 할지 모를 만큼 읽기 어려운 글자들로 이루어져 있다). 이와나미 쇼텐의 편집자도 이 책을 참고로 책 만드는 공부를 다시 해 보는 것이 좋을 듯싶다.

그렇지만 『키케로 선집』을 사서 손해를 보았다고는 생각하지 않는다. 지금까지 일본어로 번역되지 않아서 읽지 못하고 있던 책들이 대부분 수록되어 있어서, 불만은 많지만 이것이라도 발행되어 고마운 마음이 드는 책이다.

나는 『키케로 선집』, 『시라카와 시즈카 저작집』뿐만 아니라 고가의 책을 자주 소개해 왔지만, 기본적으로 책 값은 매우 저렴한 편이라고 생각한다. 책에 기술되어 있는 정보를 다른 수단을 통해 손에 넣으려고 할 때, 대개 책 이외에 다른 수단이 없는 경우가 많다. 어떤 정보를 필요로 하는 사람들이 모여 서로 돈을 내고 일정 정보를 공동 구입하는 것이 책이라고 한다면, 얼마나 저렴한지 금방 알 수 있을 것이다. 이 정보를 단독 구매하기 위해 자비를 들여 적당한 정보 제공자를 가정교사로 고용하여 배우려고 한다면, 책값의 몇 십 배 몇 백 배가 들어가는 것이 보통이다. 맥도날드에서 아르바이트하는 학생도 한 시간에 1,000엔 가까이 버는 시대이므로, 키케로를 읽기 위해 라틴어를 할 수 있는 선생님을 가정 교사로 고용하여 몇 시간, 며칠, 몇 달이나 걸려 키케로 강의를 듣는다고 생각하면, 책 한 권 분량의 강의를 듣는 데도 몇 십만 엔이 필요할 것이다.

엔본 시대에 버금가는 현대

최근 출판계의 관계자를 만났는데, 여기저기에서 경기가 나쁘다는 이야기뿐이다. 어느 출판사가 지금 구조 조정 중이라느니, 도산하기 일보 직전이라느니 하는 이야기가 가는 곳마다 들려온다. 사실 책은 거의 팔리지 않고 있다고 한다. 확실히 수량數量 경기 측면에서는 좋지 않은 상황이 꽤 오래 전부터 계속되고 있다.

그러나 발행되고 있는 책의 내용을 살펴보면, 일찍이 이런 책이 발행되리라고는 생각조차 하지 못한 좋은 책이 많이 나오고 있다. 나는 지금의 시대가 내용 면에서는 다이쇼大正 말기부터 쇼와昭和 초기에 걸친 엔본円本 시대에 버금갈 정도로 출판 붐을 맞고 있다고 생각한다. 그렇지만 이것은 어디까지나 내용 면에서 그렇다는 것이고, 수량 경기 측면에서는 아니다. 엔본이라면, 수많은 작품 량이라든가 판매 부수 측면에서 파악하려는 경향이 있으므로, 여기서는 착각하지 않도록 주의했으면 한다. 엔본과 엔본 시대는 따로 떼어놓고 생각하는 것이 좋다.

엔본이라는 것은, 직접적으로는 가이조샤改造社가 다이쇼大正 15년인 1926년에 전 63권의 『현대일본문학전집現代日本文學全集』을 한 권당 1엔에 예약 구독 방식으로 판매하기 시작한 후 계속 팔려 나가(60만 부라고도 하고, 70만 부라고도 한다), 그 결과 출판계에 가격 혁명이 일어나면서 한 권 1엔의 예약 구독 방식 시리즈 책이 속출한 것을 말한다. 한 권에 1엔이라 엔본이라고 이름붙인 것이다. 당시, 한 번 타는 데 1엔이었던 택시(거리 미터기가 없었다)를 엔 택시(정확한 발음은 엔타쿠—역자 주)라고 불렀던 것과 마찬가지이다.

당시 1엔을 현재의 화폐 가치로 환산하면, 무엇을 기준으로 하여 환산하느냐에 따라 다른 수치가 나오기 때문에 곤란하기는 하지만, 여러 가지 방법으로 환산해 본 결과(최근 그 시대의 일을 종종 집필하고 있다) 1엔을 2천 배하여 환산하는 것이 가장 현실적으로 피부에 와 닿는 가치라고 생각한다—그 당시 도쿄대학 앞에 유명한 서양 요리점이 있어 이곳에서 대학 관계자들이 자주 연회, 모임 등을 가졌다고 하는데, 그 비용이 한 사람당 2엔 50전(즉 5,000엔)이었다는 점에서도 나의 환산율이 크게 어긋나지 않았다는 것을 알 수 있을 것이다. 지금부터의 내용은 이 환산율로 계산해 가면서 읽어 보기 바란다.

우선 엔본이 등장하기 전에 책 가격이 어느 정도였는지 알아보기 위해, 같은 다이쇼大正 15년의 「제국대학신문帝國大學新聞」(「동대신문東大新聞」의 전신)에 실린 책 광고를 발췌해 보았다.

독일문학 총서 중『빌헬름 마이스터』상권(岩波書店) 2엔 80전, 『신 국문학사新國文學史』(五十嵐力, 早稻田大學出版部) 4엔, 『창조적 진화』(베르그송) 3엔 80전, 『국제경제총론國際經濟總論』(堀江歸一, 改造社) 3엔 30전, 『함수론函數論』(竹內端三, 裳華房) 4엔 80전, 『모범模範 육법전서六法全書』(三省堂) 2엔 50전, 전 12권, 각 권 활자 720쪽(삼색판 각 권 20~30쪽), 국판 크기에 금박을 넣은 양장본으로 만든『종합 일본사 대계總合日本史大系』(內外書籍) 각 권 5엔(일시불 55엔), 사이카쿠西鶴, 치카마쓰近松에서부터 샤레본洒落本, 닌죠본人情本에 이르기까지 에도江戶 시대의 명작을 모두 모아 사진판 옵셋 인쇄로 복간한『일본명저전집 교정회입 에도문예지부日本名著全集 校訂繪入 江戶文藝之部』전 26권, 각 권 1엔 60전(일시불 39엔), 경제학 고전총서 제1권『스미스 국부론』(岩波書店) 6엔 80전, 『일본 정신사 연구日本精神史硏究』(和辻哲郎) 3엔 20전, 『민법강화民法講話』(末弘嚴太郎, 改造社) 2엔 30전.

이렇게 보통 서적의 가격이 2엔을 훨씬 넘었으므로, 확실히 1엔짜리『현대일본문학전집』은 싼 가격이었다. 또한 책 값은 싸지만 질이 떨어지지 않는 국판 3단으로 짜여진 훌륭한 책으로, 각 권 300쪽이므로 권당 1,200매의 원고를 정리한 전 63권 2만 쪽의 책이었다. 또한 쓰보우치 쇼요坪內逍遙·모리 오가이森鷗外에서부터 이즈미 교카泉鏡花·구니키다 돗포國木田獨步·시마자키 도손島崎藤村·나

쓰메 소세키夏目漱石 · 나가이 카후永井荷風 · 다니자키 준이치로谷崎潤
一郎 등 메이지明治 다이쇼大正 시대 문호들의 작품들을 모아 한 사
람도 빠짐없이 수록한 전집이므로, 매우 큰 이득을 보는 기분이었
을 것이다.

  "일본 출판계 전체가 그 싼 가격에 눈이 휘둥그레졌다", "이 전
집을 모으면 일생 동안 지루하지 않을 것이다" 등이 당시의 광고
문안인데, 정말 그렇게 생각되었는지 예약을 시작하자마자 바로
신청이 쇄도하였다. 예약을 시작하고 나서 2주 째에 접어들자 다
시 나온 광고에는, "100부! 1,000부! 출판계에서 예상조차 하지
못한 단체 신청 쇄도. 바, 노동계, 호텔, 가정, 학교, 은행, 회사 등
일본 방방곡곡에서 이 전집에 관한 이야기가 끊이지 않고 있다"고
실려 있으며, 일본은행을 필두로 미쓰이 합명三井合名, 일본 우선日
本郵船 등 단체 예약을 신청한 100여 곳의 회사, 학교, 단체 등의 이
름이 나란히 기재되어 있다.

  이 전집 발행의 성공은 일본 출판계에 일대 충격을 안겨 주어,
그 이후 한 권에 1엔 하는 예약 구독 시리즈 서적이 각 출판사에
서 잇달아 출간되었다. 주된 시리즈 서적을 들어 보면, 신쵸샤新潮
社의 『세계문학전집世界文學全集』 전 57권, 슌요도春陽堂의 『메이지明
治 다이쇼大正 문학전집』 전 60권, 헤이본샤平凡社의 『현대대중문학
전집現代大衆文學全集』 전 60권, 슌쥬샤春秋社의 『세계대사상전집世界大
思想全集』 전 126권, 가이조샤改造社의 『경제학전집經濟學全集』 전 64
권, 가이조샤의 『마르크스 · 엥겔스 전집』 전 31권, 가이조샤의

『자규子規 전집』전 18권, 이와나미 쇼텐의 『보급판普及版 소세키漱石 전집』전 20권, 슌요도의 『일본희곡전집日本戱曲全集』전 50권, 헤이본샤의 『사회사상전집社會思想全集』전 40권 등이 있다.

이제까지 나열한 것이 주요한 엔본의 종류이다. 긴다이샤近代社의 『세계희곡전집世界戱曲全集』(세계희곡전집 간행부) 전 40권은 세계의 유명 희곡을 400편 이상 모아 놓은 것으로 각 권 700쪽이나 되는 대작인데, 한 권 가격이 90전으로 1엔을 밑돌지만 이것도 엔본의 하나로 보아도 무리가 없을 것 같다.

이 시기에는 제1차 세계대전이 끝나고 일본 경제가 크게 발전하여, 샐러리맨이 증가함과 동시에 대학이 많이 생기면서 대학생과 대학을 졸업한 인텔리 계층이 크게 늘어났다. 다시 말해, 엔본 붐은 책을 사서 읽는 독자층의 양적 증가와 경제력의 확대가 어우러져 일어난 것이라고 볼 수 있다. 그리고 이 붐으로 인해 책을 집필하는 지식인과 문화인이 비로소 인세를 받아 생활할 수 있게 되어, 일본 문화의 경제 구조가 크게 변하였다.

그렇다고 이 시기에 엔본만 잘 팔렸던 것은 아니다. 엔본의 인기에 힘입어 좋은 책이 속속 출판되었다. 그 상황은 「제국대학 신문」의 책 광고에 잘 나타나 있다.

예를 들어, 요시카와코분칸吉川弘文館에서 『증정增訂 가모 마부치賀茂眞淵 전집』(전 12권, 일시불 54엔), 『증보增補 모토오리 노리나가本居宣長 전집』(전 12권, 일시불 50엔), 『신교新校 군서유종羣書類從』(24책, 일시불 110엔), 불전을 집대성한 『대정신수大正新脩 대장경大藏經』(전 55책,

각 책 평균 1,000쪽, 일시불 594엔), 『속續 국역한문대성國譯漢文大成』(전 22
책, 각 책 800쪽, 각 5엔), 이와나미 쇼텐에서 『톨스토이 전집』(전 22권,
각 1엔 50전), 『로한露伴 전집』(전 12권, 각 4엔 50전), 『아카히코赤彦 전
집』(전 8권, 각 4엔), 『아쿠타가와 류노스케芥川龍之介 전집』(전 8권, 각 4
엔) 등이 출간되었고, 이와나미 문고가 발행되기 시작한 것도 이
때부터이다. 이와나미 문고는 첫 번째 발표된 목록이 30종이었는
데, 정가는 가장 저렴한 별 하나짜리가 20전으로 별 하나에서 별
일곱까지 있었다. 나중에 이와나미 문고에 마르크스의 『자본론資
本論』(河上肇 역)도 포함되었는데, 분책分冊을 통한 자유로운 분할 판
매를 기본으로 각 분책에는 별 하나를 붙였다(전 34분책, 총 6엔 80전
으로 기획되었으나, 1927년부터 1929년까지 제5분책까지만 출판되고 중지되
었다. 역자 가와카미 하지메河上肇가 3·15 사건 이후 교토대학에서 쫓겨나 공산
당에 입당하여 지하로 들어가 버렸기 때문이다). 『자본론』은 가이조샤에
서도 다카바타케 모토유키高畠素之 번역으로 전 5책(1책 일반판 80전,
특제판 1엔)이 출판되었는데 초판, 재판이 나오는 즉시 품절되었다.
이 시기에는 마르크스주의 서적이 잘 팔렸다. 『마르크스·엥겔스
전집』은 가이조샤에서 초판을 발행한 이후에도, 이와나미 쇼텐
등 5개 출판사에서 결성한 '전집 간행 연맹'이 역시 1책 1엔(전 20
권)으로 연맹판 전집을 발행하였다(그 후 시대의 경향이 바뀌어 기획은
좌절되었다). 전 13책의 『마르크스주의 강좌マルクス主義講座』도 마르
크스주의 강좌 간행회에서 각 책 1엔에 출판되었다. 문학 분야의
서적으로는 『오사나이 가오루小山內薰 전집』 전 8권(春陽堂, 각 3엔 80

전)이 간행되었고, 『하쿠슈白秋 전집』전 18권(アルス, 각 1엔 50전) 등
도 간행되었다.

엔본 시대의 이야기를 이처럼 길게 한 것은, 일본의 출판계가
이 시대를 경계로 완전히 그 성격이 변하였기 때문이다. 오늘날
출판계의 기본적인 체질은 이 시대에 완성되었다고 해도 과언이
아니다.

그때까지는 책은 수천 부 만들어서 팔면 되는 것으로 여기던 분
위기라서 잘 팔려도 수만 부에 머물렀다. 그러던 것이 한꺼번에
수만 부는 당연하고, 적중하면 수십만 부라는 대량 생산·대량 판
매 시대를 맞이한 것이다. 대량 생산을 위해서는 종이에서부터 인
쇄, 제본까지 생산 비용이 상당히 많이 들기 때문에 대규모의 자
본 투자가 필요하게 되어, 이른바 출판 자본주의 시대로 들어섰던
것이다. 현재의 대형 출판사들 대부분은 이 엔본 붐을 잘 타서 초
기 자본 축적을 이룸과 동시에 인적 자원을 확보하여 근대적 출판
경영의 노하우를 획득하였고, 그 후에도 자본주의적 성공을 거듭
해 온 출판사이다. 다만 출판업계만큼 영고성쇠榮枯盛衰가 격심하
고 시대 환경의 변화에 영향을 받기 쉬운 분야도 없기 때문에, 당
시 성공을 거두었던 사람들 중 상당수는 이미 몰락하였다. 가이조
샤도 이젠 사라지고 없다. 가이조샤의 역사와 당대에 가이조샤를
만들었다가 도산해 버린 야마모토 사네히코山本實彦의 생애는, 일
본 출판업의 성쇠와 그 운명을 좌우하는 요소를 살펴볼 때 무엇보
다도 중요한 참고 자료가 되므로, 이 문제에 관심을 가지고 있는

사람은 마쓰바라 가즈에松原一枝의 『가이조샤와 야마모토 사네히코』(南方新社, 2,381엔＋稅)를 한 번 읽어보는 것이 좋을 것이다.

대량 판매를 위해 빼놓을 수 없는 것이 광고 선전이다. 대량 광고에 의한 대량 판매 전략을 의도적으로 취하여 그것이 극적으로 성공한 경우가 바로 엔본 붐인데, 그 이후 출판과 광고는 뗄래야 뗄 수 없는 관계가 되었다. 신문 광고에서 가장 주목받는 광고주가 항상 출판사였다는, 세계에서도 유례가 없는 상황(일본에서는 당연하게 여기고 있기 때문에, 이런 현상이 세계적으로 보기 드문 상황이라는 것을 대부분의 일본인들은 모른다)이 빚어진 것도 바로 이 시기부터이다. 지금 발행되는 단행본 비용에는 광고 선전비로 대개 10% 전후가 계산되어 있는데, 이런 상황이 일반화된 것도 이 시기부터이다.

이 무렵 출판계는 대중을 대상으로 한 일반 서적을 대량으로 싸게 만들 수 있는 자본력, 인적 자원, 기획·제작 능력을 가진 대형 출판사와, 특정 분야의 독자에게 내용 면에서도 특화된 전문 서적을 건실하게 소량의 부수만 찍어 파는 전문 출판사로 양극화되어 오늘날에 이르고 있다.

또 하나의 엔본 시대가 가져온 커다란 영향은 이 시대의 출판물이 그 후 수십 년 간 일본 문화를 지탱해 왔다는 점이다.

나와 동시대를 산 사람(나는 1940년에 태어나 1960년대 초반에 학창 시절을 보냈다)이라면 모두 알겠지만, 나의 학창 시절 일본의 출판계는 전쟁으로 인한 타격에서 완전히 벗어나지 못하였다. 때문에, 제대로 된 책다운 책을 사기 위해서는 고서점에 가서 엔본 시대 내지는 그 이후 엔본 시대의 영향을 받아 좋은 책이 속속 등장한 시대(1930년대 중반에서 1940년대 중반의 동란기에 들어가면서, 출판업은 다시 침체하였다)의 책을 찾아 돌아다녀야 했던 것이다.

우리들의 청년 시절은 문화의 측면에서 다이쇼大正 데모크라시 시대(러일전쟁 때부터 다이쇼 말기, 쇼와 초기에 걸쳐 나타난 정치·사회·문화 전반의 민주주의 운동—역자 주)나 엔본 시대보다 훨씬 빈곤한 시절을 살았다. 몇몇 분야에서는 제2차 세계대전 이전을 능가하는 좋은 책이 나오기는 하였지만, 문학이나 사상 분야에서는 좀처럼 전쟁 전의 수준을 뒤쫓지 못하고 있었다. 예를 들어, 본격적인 철학자의 저서를 일본어로 읽고 싶은 경우에는 오래된 슌쥬샤의 대사상 전집을 찾아 나서야만 했다. 이런 상황에서 어느 정도 벗어날 수 있었던 것은 중앙공론사中央公論社의 『세계의 명저世界の名著』(전 66권)가 출판되기 시작하면서부터(1966년 이후)가 아닌가 한다. 사상 분야에서 제2차 세계대전 전의 수준을 능가하는 책이 출판되기 시작한 것은, 이와나미 쇼텐에서 1960년대 말에 『아리스토텔레스 전집』과 1970년 초에 『플라톤 전집』을 발행하면서부터인 것 같다. 더욱 진전을 보여 다이슈칸大修館이 1970년대 후반에 『비트겐슈타인 전집』(전 10권)을 출간하면서, 이때부터 적어도 사상 분야는 전쟁 전의 수준을 훨씬 능가하는 새로운 세계로 접어들었다고 볼 수 있다.

1956년의 경제 백서는 "이제 더 이상 전후 상황이 아니다"라고 기술하여, 경제가 전쟁 직후의 혼란기를 벗어나 완전히 부흥하였음을 선언하였다. 1960년대 안보 투쟁기 때 퇴진한 기시岸 내각에 이어 등장한 이케다池田 내각은 고도 경제 성장을 내걸고 성공을 거두고 있었다. 전쟁 전의 수준을 능가하는 책이 좀처럼 등장하지 않았다는 것은 문화적 부흥이 경제 부흥보다 10년 이상 뒤늦게 진행되었다는 상황 때문일까? 확실히 철학 사상 면에서는 문화적 부흥이 이루어질 때까지 어느 정도 시간이 걸렸지만, 문학 면에서는 좀더 빨랐다. 1953년에 나온 가도카와 쇼텐角川書店의 『가도카와角川 쇼와昭和 문학전집』(전 60권)은 다이쇼 시대의 『현대문학전집』을 재탕한 기획이었으나 엔본 붐 때와 같은 전성기를 맞았고, 치쿠마 쇼보筑摩書房의 『세계문학대계』, 신쵸샤의 『세계문학전집』 등도 세계문학 분야에서 일찍이 성공을 거두고 있었다.

그러나 기본적으로 출판업 등의 문화적 비즈니스는 경제 동향이 활황이든 불황이든 그 영향을 상당한 시간 차를 두고 받아들이는 경향이 있다.

그리고 보면, 현재의 출판 불황은 1990년대 초 경제의 거품이 빠지면서 시작된 경제 불황보다 좀 늦게 나타난 것인지도 모른다. 서적의 발행 부수는 거품 경제 붕괴 이후에도 계속 증가하였으나 (정점은 1997년), 동시에 반품률이 계속 늘어나 지금은 각 출판사로 반품된 책이 산을 이룰 정도이며(1970년대에는 30% 전후였지만, 1980년대부터 1990년대에 걸쳐 35% 이상, 1998년에는 40%를 넘었다), 이 문제는 경영을 압박하는 가장 큰 요인이 되었다. 반품률이 늘었기 때문에 실제 판매 부수, 실제 판매 금액 모두 1996년을 정점으로 이미 줄어들기 시작하였다. 도산하는 출판사도 늘어났고 신규 참여 출판사는 줄어들어(전후 매년 7, 80개 출판사가 설립되었는데, 요즈음은 신생 출판사가 연간 10개도 되지 않는다), 출판사의 전체 숫자가 줄기 시작하였다.

경제 전체의 동향을 볼 때 이런 어려운 상황은 당분간 지속될 것으로 예상된다. 이런 와중에서도 고가의 양서가 여전히 꾸준하게 발행되고 있다는 점은 거품이 아직 남아 있음을 보여 주는 것일지도 모른다. 하지만 거품성 기획과는 정반대로 확실히 팔릴 수 있는 양서를 만들어 확실하게 투자 비용을 회수할 수 있는 가격으로 팔겠다는, 거품 경제 이전의 고전적인 상법으로 회귀하고 있음을 보여 주는 단면이기도 하다. 다시 말해 엔본적인 수법(대량 광고 선전으로 싼 책의 대량 판매를 겨냥하는 것) 이전의 책 만들기 방식이라는 것이다.

엔본 이전 시대의 책 소개에서 알 수 있듯이, 그 당시 알찬 내용으로 가득찬 책이라면 가격이 2엔을 넘는 것은 당연하였으며, 3엔, 4엔짜리 책도 흔하였다. 즉 4,000엔, 5,000엔에서부터 6,000엔, 8,000엔짜리 책이 흔하였다는 것이다. 발행 부수 수천 부에서 손익을 맞추려고 한다면, 그 정도의 책 가격이 되어야 한다는 것이다. 또한 그 정도의 가격으로 팔 수 있다면, 수천 부밖에 팔리지 않더라도 장사는 되며, 100부 단위 혹은 10부 단위의 증쇄도 가능해진다. 원래 책이란 그 정도의 부수로도 완결될 수 있는 것이다 (가격이 싸면 소량 부수의 증쇄를 할 때 생산비 부담을 가중시킨다). 『책 읽기

의 역사讀むことの歴史』에도 쓰여 있는 내용인데, 책은 본래 책을 만드는 사람과 사는 사람이 공유하는 소세계小世界를 연결하는 마이크로 미디어인 것이다. 그것이 일종의 매스 미디어(라고 해도 기껏해야 수십 만의 세계이지만)를 겨냥하였기 때문에 책의 세계가 거품화되지 않았을까?

현재 출판계의 일각에서는 예전부터 있었던 마이크로 미디어적 경영(소량 부수 / 고가 / 위험한 전망 시에 생산 안함 / 100부 단위로 증쇄 / 중판)을 하는 사람들이 있는가 하면, 또 한편으로는 엔본 이후의 거품 경제적 경영(대량 부수 / 저가 / 대대적인 선전 / 위험한 전망 시에도 생산 / 수천 부 단위 혹은 만 단위의 증쇄 / 적중하면 큰 돈, 빗나가면 산더미 같은 반품)을 하는 사람들이 있다. 이들은 완전히 양극으로 분리되어 있는 것이 아니고, 둘 사이에는 책 가격·부수·의도, 이 세 가지 요소를 어떻게 혼합하느냐에 따라 가격 책정에서 여러 가지 차이가 생긴다. 출판사 영업 담당자가 언제나 고민하고 있는 것이 이들 세 가지 요소이다. 모험하는 비즈니스와 모험하지 않는 비즈니스 사이의 분기점이 어딘지는, 대상으로 하는 독자층의 범위, 그 마인드를 측정하는 방법 등 불확실한 요소가 너무 많기 때문에 일괄적으로 말하기가 어렵다. 그러나 가격을 책정할 때 2,000엔에서 어느 정도 아래를 하한선으로 할지, 3,000엔에서 어느 정도 위를 상한선으로 할 것인지를 결정해야 하는데, 이 하한선과 상한선 사이에서 책 가격·부수·의도라는 세 가지 요소를 어떻게 조합하느냐에 따라 다양한 책 가격 책정이 가능해질 것이다.

미래의 출판 세계에서도 대량부수주의의 모험 비즈니스를 겨냥하는 사람은 앞으로도 끊임없이 나타날 것이다. 그들 중에는 의도한 계산대로 승리를 거두고 득의의 미소를 짓는 사람, 뜻밖의 적중으로 웃음을 멈출 수 없는 사람, 의외의 실패를 당하여(때로는 도산까지 하여) 주저앉는 사람들이 늘어나기도 하고 줄어들기도 하면서, 최근 몇 십 년 동안 계속되어 온 희비극이 앞으로도 계속될 것이다.

그러나 한편으로 이런 희비극이 교차하는 가운데서도 곁눈질 한 번 하지 않고 성실하게 자신이 좋아하는 책 만들기에 열심인 사람들이 대형 출판사에도 상당수 있으며, 대형 출판사의 비즈니스도 불필요한 모험을 하지 않는 건실한 비즈니스 위에서 비로소 성립한다는 사실이 바로 출판업의 일반적 구조인 것이다.

종이로 된 책이 전자 미디어를 이긴다

출판의 미래를 생각해 보면 불필요한 모험을 하지 않는 비즈니스 쪽으로 그 가능성이 더욱 확대되어 갈 것이다. 그 가능성은 전자 출판, 전자 유통의 가능성이다. 한때, 책의 내용만을 인터넷을 통해 내려 받을 수 있게 하여 파는 출판의 e-비즈니스화가 화제였는데, 그것을 실천하고 있는 작가도 출현하였고(일본의 무라카미 류村上龍, 미국의 스티븐 킹 등) 그 나름대로 성공을 거두고 있으나, 다른 작가들까지 모두 그 쪽으로 휩쓸려 갈 정도의 대성공을 거둔 상황은 아니다.

전자 미디어를 통해 콘텐츠만이 필요 이상으로 돌아다니는 시대가 되어, "언젠가 종이로 된 책은 사라질 것이다" 등의 선언이 남발되고 있다. '전문가'의 주장도 있지만 나는 전혀 그렇게 생각하지 않는다. 오히려 그 반대라고 생각한다. 디지털 콘텐츠 시대가 되면서 더욱 종이로 된 책의 가치가 재확인되어(개인적인 느낌이지만 최근 더욱 실감한다), 전자 기술이 한층 향상됨으로써 디지털 데이터에서 종이로 된 책 만들기(단순히 종이로 된 책을 말하는 것이 아니라, 앞으로는 여러 가지의 하이브리드hybrid 형태를 생각할 수 있다. 이하에서는 이런 의미를 포함한 넓은 의미에서의 종이로 된 책을 말한다)가 더욱 쉬워지고 싸져서 오히려 종이로 된 책의 세계는 더욱 발전할 것이다.

지금은 온 디맨드on-demand 출판 기술이 발달하여 디지털 콘텐츠만 갖추고 있다면, 어떤 책이라도 한 권에 2,000엔 정도 가격으로(이 가격은 쪽수, 종이, 장정, 제본, 색의 유무 등의 옵션 선택에 의해 크게 달라질 수 있으며 기술의 진보에 따라서도 변하지만, 저렴한 기본 옵션이어도 상관없다면 지금이라도 이 정도 가격으로 책정할 수 있다) 만들 수 있다. 온 디맨드 방식의 경우, 종래 방식의 인쇄기를 사용하지 않으므로(고속 프린터로 프린트해 낸 것을 그대로 제본한다), 부수가 많아도 싸지지는 않지만 부수가 적다고 비싸지지도 않는다. 더욱이 디지털 콘텐츠에서 그대로 옵셋 인쇄용 판을 간단하게 만들 수 있으므로, 독자 수를 확실하게 예측할 수 있다면 한꺼번에 옵셋 인쇄를 하여 한 권당 비용을 크게 줄일 수도 있다(수백 엔으로 만들 수 있다).

모니터로 읽는 디지털 콘텐츠보다 그것을 인쇄, 제본한 종이 책이 더 좋은 이유는(양쪽을 대량으로 이용한 적이 있는 사람에게는 설명할 필요도 없지만, 몇 가지 포인트만을 설명하겠다) 우선 어디든 가지고 다니며 어떤 장소, 어떤 상황 아래에서도 읽을 수 있는 편리함을 들 수 있는데, 이것은 무엇과도 비교될 수 없다. 더욱 중요한 것은 종이 책이 일람성과 속독성에서 압도적으로 우세하다는 점이다. 책 한 권을 대충 훑어보며 책장을 넘기다가 여기저기 눈에 들어온 부분을 읽거나, 도표나 사진을 보고 전체 내용을 파악하면서 이 부분을 읽다가 다른 부분을 읽기도 하고, 또 접어서 표시해 놓은 쪽으로 돌아가 다시 읽기도 하면서 종이 책 한 권을 읽는 것은 간단하다. 모니터 상에서도 똑같은 방법으로 읽을 수 있겠지만, 대충 훑어보는 속독에 소요되는 시간과 그것을 통해 얻을 수 있는(머리에 남는) 정보의 질과 양의 측면에서 종이 책이 훨씬 앞선다. 책 한 권 분량을 다 읽었을 때 남는 정보 획득의 성취감도 차이가 날 뿐만 아니라, 육체(눈)와 두뇌의 피로감도 전혀 다르다.

앞으로의 시대는 모든 정보 미디어에서 속독, 속견速見이 더욱 요구될 것이며, 속독은 두말할 것도 없이 종이로 된 책으로 읽는 것이 유리하다. 종이 책의 책장을 넘기는 것과 디지털 콘텐츠의 스크롤 혹은 인덱스나 목차를 이용하여 쪽을 찾아가는 것은 비슷한 듯하면서도 전혀 다르다. 장점 중 하나는 종이 책 그 자체의 모습 속에 담겨 있는 무형의 정보가 이미 많아서, 종이 책을 읽을 때는 그것을 파악하면서 읽으므로 속도가 빠르다는 데 있다(지금 이 책의 어느 부분을 읽고 있는가 하는 정보 등 여러 가지 요소가 있다). 또한 종이 책의 특성을 살린 다양한 이용법을 활용할 수 있다. 무엇보다도 자유자재로 종이 여기저기에 메모를 하고 이곳 저곳 밑줄을 긋거나 자신만이 알 수 있도록 기호나 부호를 붙일 수 있으며, 접어서 표시를 하거나 포스트잇을 붙여 놓을 수도 있다. 경우에 따라서는 다른 책에서 참고가 될 만한 쪽을 찢어 와 붙일 수도 있고, 반대로 읽고 있는 쪽을 찢어 달리 이용할 수도 있다. 이처럼 단물을 다 빨아먹듯 그 책을 철저하게 이용할 수 있다는 점이 무엇보다 큰 장점이다(책을 소중하게 여기는 사람은 잘 하지 않는 행동이지만, 나는 물건인 책을 그다지 소중하게 다루지 않고 철저하게 이용하는 것을 우선으로 하기 때문에 책을 읽으면서 언제나 이런 행동을 한다). 앞으로 다가올 시대는 속독 능력을 익히는 것이 중요하다고 했는데, 이것은 책을 난폭하게 다루면서 철저하게 이용하는 법을 익혀야 한다는 이야기이기도 하다. 컴퓨터 상에서도 비슷한 행동을 할 수는 있겠지만, 마음대로 이용하기가 곤란하고 나중에 재이용할(책장을 넘기며 중요한 사항을 책에 메모하거나 밑줄을 그은 부분을 빠른 시간 내에 찾아 생각을 재검토하는 등) 때의 편리성 면에서도 비교가 되지 않는다.

종이 책의 또 다른 장점은 좋은 책에는 사물로서의 매력이 있다는 점이다. 보는 것만으로 좋은 책이 있어서 그런 책은 읽기 전에 먼저 손에 들고 책장을 넘겨 보며, 그 내용과 함께 사물로서의 존재감을 즐기면서 요모조모 자세히 뜯어보거나 만져 보며 즐기는 기쁨에 젖게 된다. 그것은 책이 사물이기 때문에 가질 수 있는 기쁨으로, 모니터 속의 디지털 콘텐츠에서는 절대로 느낄 수 없는 것이다.

이런 책을 살 때는 사물로서 소유하는 기쁨도 함께 사는 것이므로, 바로 이것이 정보만 있는 디지털 콘텐츠와의 결정적인 차이점이다. 책이 가지고 있는 미래의 가능성 중에는 이렇게 책에 사물로서의 매력(부가가치)을 한층 더 부여한다는 방향도 있으므로, 가격과의 균형을 생각할 때 '득을 본 듯한 느낌'을 어디까지 줄 수 있는지, 어느 선에서 '지나친 감'을 느끼게 될지가 승부처가 될 것이다.

비주얼이 책의 이해를 돕는다

미래의 책에서 예상되는 또 다른 방향성은 이미 많은 책에서 확실하게 나타나 있는 비주얼화 경향이다. 반드시 비주얼의 주체를 책으로 해야 한다는 것이 아니라 비주얼한 요소를 가능한 한 많이 다룬, 이해하기 쉬운 책으로 만들자는 것이다.

이 글을 집필하면서 내가 다루고 있는 책 가운데도 비주얼한 요소를 이용한 책이 상당히 많다(예를 들어, 『대에도 만다라大江戸曼陀羅』, 『도설 자살 전서圖說自殺全書』, 『도설 기형 전서圖說奇形全書』 등). 사진, 그림, 표 등이 몇 천 점이나 들어가 있는 책이 몇 권 있다. 이런 책은 비주얼한 요소를 빼 버리면 책의 내용 대부분이 사라져 버릴 것이다. 예전에는 비주얼한 요소를 많이 실은 책은 고가의 종이, 인쇄 및 제판 비용 때문에 책 가격이 너무 비싸서 일반 서적으로는 부적합하다고 생각했는데, 지금은 전혀 그렇지 않다. 제판 기술과 인쇄 기술의 발전으로 최상의 질을 추구하지 않는 이상, 보통 종이, 보통 인쇄 비용의 범위 안에서 사진, 그림이 많이 실린 책을 만들 수 있다. 색을 입히면 좀 비싸지기는 하지만 예전과 비교하면 놀랄 정도로 인쇄비가 낮아졌다. 올 컬러로 인쇄하지 않아도 책 전체를 한쪽 면 컬러, 한쪽 면 모노크롬(흑백) 등의 방법으로 전체에 색을 넣은 효과를 내는 일(내가 아사히 신문사를 통해 내고 있는 과학 분야의 책은 대부분 이 방법을 사용한다)을 간단하게 할 수 있다.

비주얼한 요소의 비중이 커지면 종이로 된 책보다 전자 미디어인 디지털 콘텐츠가 더 유리해지는 것은 아닐까 생각할지도 모르겠지만, 그렇지 않다. 전자 미디어의 모니터로 인쇄 미디어의 컬러 인쇄가 만드는 질을 낼 수는 없다. 기술적으로 비슷한 수준의 것이 나오기는 하였지만, 이 경우 디지털 하이비전 방식의 거대한 모니터(적어도 30인치)가 필요하며, 종이 책을 읽는 것 같은 가벼운 느낌은 살릴 수가 없다. 물론, 거대한 모니터로 디지털 하이비전의 영상을 보는 경험은 각별하고(최근 나도 집에 들여놓았는데, 하이비전으로 보면 육안으로 보는 것보다 자세하게 보인다는 표현이 거짓말이 아님을 실감하였다), 그 나름대로 큰 장래성을 지니고 있다고는 생각하지만, 그럼에도 불구하고 해상도와 편리성 면에서 종이로 된 책이 훨씬 앞선다고 본다.

최근 비주얼한 책 가운데 '정말 훌륭하구나' 하고 생각한 작품은, 작년 가을에 교토 국립 박물관에서 개최한 이토 쟈쿠츄伊藤若冲 서거 200년 특별 전람회의 해설 도록圖錄이다. 서거 200년 기념전인 만큼 구나이쵸宮內廳, 로쿠온지鹿苑寺, 쇼코쿠지相國寺, 만푸쿠지万福寺, 사이후쿠지西福寺, 보스턴 미술관, 덴버 미술관, 에츠코 조 플라이스 콜렉션 등 세계적인 소장가가 전면적으로 협력한, 앞으로도 이 정도의 작품이 한곳에 모여 전시되기는 어렵다고 할 정도의 대규모 전람회여서(나는 일부러 이 전람회를 보기 위해 교토에 가서 하룻밤을 자고 왔는데, 상당히 많은 사람들이 그렇게 하였다고 한다), 이토 쟈쿠츄의 주요 작품 중 병풍, 장벽화障壁畵, 그림족자, 판화 등 거의 모든 작품이 전시되었다.

해설 도록은 출품작 전부를 컬러로 수록하여 병풍 등 커다란 작품은 접어 넣을 수 있도록 커다란 도판으로 만들었고, 주요 작품에는 부분 확대 사진을 많이 넣는 등 모두 404쪽(컬러 도판 256쪽, 접어 넣는 도판 6쪽), 무게 2kg의 중량급이다. 또한 해설은 가노 히로유키狩野博幸, 사진은 가나이 모리오金井杜男 등 모두 그 분야의 일인자들이 맡았다. 이토 쟈쿠츄의 작품집 가운데 이 이상의 것은 당분간 나오지 않을 거라는 이 해설 도록의 가격은 불과 2,500엔이다. 미술 서적 분야에 대해 아시는 분은 잘 알겠지만 이 가격은 경탄할 만큼 싼 것이다. 지금까지 간행된 이토 쟈쿠츄의 작품집 가운데 가장 호화판은 시코샤紫紅社의 『쟈쿠츄若冲』로 정가는 56,311엔이다. 그러나 내용 면에서는(사진, 인쇄 모두) 이번 해설 도록이 훨씬 훌륭하다. 그런데 전람회에서 일반인에게 판매하는 해설 도록이라는 성격상, 판매가를 낮추기 위해 제본을 소프트 커버로 하는 등 비용을 맞추기 위해 호화로운 미술 서적으로 완성하지는 못했다. 하지만 만약 제본을 멋지게 양장으로 꾸몄다면 정가는 즉시 수만 엔으로 결정되고도 남음 직한 작품집이다. 이 작품집이 이렇게 싼 가격에 팔렸다는 것은 경이적이라고까지 할 수 있다. 입장객 약 92,000명 가운데 세 사람 중 한 사람이 사서 총 판매 부수가 32,000부나 되었기 때문이겠지만, 이 정도의 호화로운 비주얼 서적을 이 정도의 가격으로 만들 수 있다는 모델이 될 만한 것(이는 종이로 된 책에 어느 정도의 장래성이 숨어 있는가를 보여 주는 모델이기도 하다)이므로, 관심 있는 분은 꼭 한 번 보기를 권하고 싶다(재고가 있으면 교토 국립 박물관과 도쿄 국립 박물관의 뮤지엄 숍에서 판매중일 것이다).

이 해설 도록을 사서 펼쳐 보면, 종이 책이 전자 미디어에 대해 압도적으로 우월하다는 사실을 누구나 알 수 있을 것이다. 이 한 권의 책을 그대로 CD-ROM으로 만드는 일은 기술적인 면에서 어렵지 않다. 비용도 그다지 많이 들지 않기 때문에, 가격도 비교적 싸게 책정할 수 있다. 그러나 집에 돌아와 그것을 모니터로 보더라도, 이 도록을 펼쳐 보았을 때 얻을 수 있는 시각 체험의 몇 분의 1도 얻을 수 없다는(일람성에서도, 화상의 질이라는 측면에서도) 것은 분명하다.

여기에서 내가 주목하고 싶은 것은 미술 서적처럼 비주얼한 요소 그 자체를 중심으로 만들어진 책이 아니라, 비주얼한 요소가 부차적인 요소로 사용되는 일반 서적의 경우이다. 어떤 책이라도 비주얼한 요소가 책의 이해를 돕는 데 얼마나 많은 도움이 되는지 알게 되었고, 실제로 대부분의 책들이 되도록 많은 사진, 도판, 도표 등을 넣어 정보 전달의 효과를 한층 높이고 있다.

책과 비주얼한 요소와의 관계는 그 반대로도 설명할 수 있다. 다시 말해, 비주얼한 것을 정말 깊은 수준에서 이해하기 위해서는 무엇보다 활자가 필요하다.

인간은 일반적으로 언어를 사용하여 생각을 한다고 한다. 확실히 그것은 사실이며, "지금 당신은 무엇을 어떻게 생각하고 있는가"라는 질문을 받는다면, 분명 언어로 자신의 사고 내용을 표현하지 않을 수 없다. 그리고 언어로 표현했을 때 자신의 생각을 실제로 표현하였다는 느낌을 갖는다. 사고 그 자체를 언어를 사용하여 표현하고 있다고 모두들 생각하고 있는 것이다. 따라서 무엇을 생각하는 데 가장 도움이 되는 것은 활자로 된 책을 읽는 것이라고 생각한다. 그것은 상당 부분 맞는 말이며, 그렇기 때문에 책을 읽는 것은 누구에게나 중요하고, 책 없이는 깊이 있는 사고를 할 수가 없다. 그러나 언어의 사용이 사고를 위한 절대 필요 조건일까? 사고의 모든 것이 언어로 이루어져 있는 것일까? 언어를 사용하지 않으면 인간은 생각할 수 없는 것일까?

결코 그렇지 않다. 만약 그렇다면 인간은 언어 능력을 획득하기 전에는 아무것도 생각하지 않았다는 얘기가 된다. 그럴 리가 없다. 동물조차 원시적이나마 사고 능력을 가지고 있다는 것은 동물 행동학 실험을 통해 명확히 밝혀진 사실이다. 본래 언어 획득 이전부터 인간이 원시적인 사고를 시작하였기 때문에 언어 획득이 가능했다고 생각해야 할 것이다. 언어의 시작은 '이것, 그것, 저

것' 정도의 지시어 수준이었겠지만, 점차 개념이라고 할 만한 것을 획득함으로써 인간의 사고 능력은 비약적으로 신장하기 시작하였다. 구상 개념에서 출발하여 추상 개념을 획득함으로써 그 능력은 더욱 비약적으로 발전한다. 우리들이 보통 생각을 할 때는 언제나 개념을 이용하여 생각하기 때문에, 개념 획득 이전의 인간 머리 속에 무엇이 있었고 그것을 어떻게 사용하는 것이 그 당시 인간에게 '생각한다'는 것이었는지, 지금의 우리들은 상상하기조차 어렵다.

하지만 뇌의 구조를 고려할 때, 개념 획득 이전 인간의 뇌 속에 가득 차 있던 것은 비주얼한 이미지가 아니었을까. 좀더 구체적으로 말하면 그것은 비주얼한 이미지에 청각, 촉각, 후각 이미지 등이 더해져서 만들어진, 육체의 전 감각 기관과 리얼리티와의 만남을 통해 생긴 '전숓 감각 복합적 기억 단편(이미지)'이다. 이런 이미지로 뇌 속에 남아 있는 여러 가지 원시 기억 단편이야말로 틀림없이 언어 이전, 개념 이전의 인간 머리 속에 가득 차 있던 뇌의 원시적 사고 활동의 대상이었을 것이다. 이것이 바로 개념 이전의 개념이며, 여기서 개념이 생겨났으므로 '원개념原概念' 또는 '전개념前概念'이라고 해야 할 것이다.

이런 이미지로서의 원시 기억이 뇌 속에 넘쳐날 정도로 있어서 뇌가 조절하려고만 하면 할 수 있었기 때문에, 비로소 인간은 생각을 하기 시작하였던 것이다. 그리고 뇌 속의 조절 대상을 분류하기 위해 이미지를 그린 다음, 그 그려진 이미지를 단순화시켜 기호화하고, 나아가 그것을 음성으로 지시하여 나타내는 과정을 인식함으로써, 회화 표현, 기호화, 음성 표현 이 세 가지가 하나가 되어 언어를 획득할 수 있었다. 그 과정에서 몇 만 년이라는 시간이 소비되었으며, 그 지식이 세대를 넘어 전해졌고, 전해지는 가운데 조금씩 내용이 풍부해지다가, 이윽고 그 초기 획득 과정이 어떠하였는지를 완전히 잊어버리게 되었다. 그후 세대를 넘어 부모에서 자식으로, 자식에서 손자·손녀에게로 전해져 오면서 일정한 지식으로 굳어졌을 때, 비로소 인간은 언어를 자유자재로 사용할 수 있게 되었다. 그리하여 오직 언어로만 생각할 수 있게 되어 언어로 다른 사람에게 의지나 감정, 생각 등을 전달하게 되었으며, 마침내 뇌 속에서 생각하고 있는 모든 것은 뇌 속의 개념 조절에 불과하다는 완전히 뒤바뀐 생각을 하게 되었다는 것이다.

그러나 진실은 그 반대여서 인간은 언어 이전, 추상 개념 이전의 원체험原體驗으로서, 언어 이전의 육체의 전 감각 기관을 통한 리얼리티와의 소통 체험을 아주 많이 축적하고 있어, 그 위에 개념 세계를 구축하였던 것이다. 그러나 이런 원체험이 없었다면 인간은 어떤 사고도 할 수 없었을 것이고, 어떤 개념도 만들어 내지 못하였을 것이다. 그러나 그것이 언어 이전의 원체험이라서 그런지, 그것은 언어로 표현하려는 순간 달아나 버린다. 이런 이유 때문에 자기 자신이 언어로 분류해 내는 일도 다른 사람에게 전달하는 일도 할 수 없는 것이지만, 원시적 체험으로서 누구나 가지고 있는 것만은 분명하다. 그리고 앞에서 언급하였듯이, 그 원시적 체험의 언어 이전 부분은 개인의 뇌 속에 비주얼한 원시 기억으로 축적되어 있다. 그 언어 이전의 기억이 언어 표현을 획득하였을 때 비로소 인간은 '알았다'고 말하는 것이다. 인간은 그 이전에는 '알았다'는 말을 할 수 없으므로, 자신은 언어로 생각하고 있는데도 언어를 사용하기 이전에는 생각 같은 것은 하지 않았다고 믿는 것이다. 그러나 실제로 인간은 언어로 생각하고 있는 것이 아니라, 언어를 사용하기 이전부터 생각하고 있던 것을 단지 언어로 표현하는 것일 뿐이다.

그렇다면 언어로 표현되기 이전의 생각이란 무엇인가. 주로(이 것뿐이라고 말할 수는 없지만) 머리 속의 비주얼한 소박한 원시 기억과, 그것들을 머리 속에서 집합하고 조합하는 가운데 이제는 언어로 표현될 수 있을 만한 수준까지 왔다 싶을 때 생기는 '비언어적 원시 개념'이라고 말할 수 있다. 이것은 아직 언어로는 표현되지 못하지만 '조금만 더 있으면 적절한 언어가 발견될 것 같다'고 생각될 때 느껴지는, 안개 속에 가려져 있는 듯한 개운치 않은 기분이다. 인간이 진정 무엇인가를 생각한다는 것은, 이런 느낌 속에서 어떻게든 그 안개를 조금이라도 날려 버리고 싶어 손을 길게 뻗어 몸부림치면서 손을 더듬거리고 있는 상태, 바로 그것을 말한다.

그런 수준에서 생각한다는 것이 어떤 것인지를 살펴보려고 한다면, 언어 이전에 이미지와 이미지를 조합함으로써 생겨 나는 '개념 이전의 개운치 않은 느낌'의 수준으로 돌아가 볼 필요가 있다.

그런 수준에서 사물을 생각하기 위해서는 원시적 이미지 단계의 소재를 돌아보거나 그 이미지에서 생겨 나는 것을 분석해 보는 일이 필요하다. 즉, 여러 가지 비주얼한 요소를 소재로 하여 생기는 추상적인 이미지에 대해 도상圖像 해석학적인 분석을 첨가하는 것이다.

내가 소개하는 책이 종종 소재로서의 이미지로 넘치거나 도상 해석학적 요소가 많이 포함되어 있는 것은 이런 이유 때문이다(예를 들어 『일각수一角獸』, 『미궁迷宮』, 『괴물의 르네상스怪物のルネサンス』 등). 다시 말해 나는 비주얼한 요소를 단순히 무엇인가를 알기 쉽게 혹은 재미있고 지루하지 않게 예증하기 위해 사용하는 것이 아니라, 훨씬 본원적인 부분으로 다시 돌아가 비주얼한 요소를 사물을 생각하는 데 이용하고 있다고 여겨지는 책을 소개하고자 노력했던 것이다. 그런 책을 펼쳐 보고 독자들도 이미지의 원체험을 축적하여 누구나 깊이 있는 수준(언어를 사용함으로써 얻게 되는 깊이가 아니라, 원체험으로서의 깊이)에서 사물을 깨달았으면 하는 바람에서이다.

왜 책이 사물을 생각하는 데 그토록 중요한가 하면, 생각한다는 행위는 기본적으로 언어를 나열하는 행위이며, 그것을 잘 하기 위해서는 활자를 나열한 책을 읽거나 활자를 나열한 책을 만드는 행위가 가장 큰 도움이 되기 때문이다. 그런데 생각한다는 행위를 더욱 높은 수준으로 끌어올리려고 할 때, 즉 원초적 이미지까지 거슬러 올라가 생각한다는 행위를 하려고 할 때도 책이 가장 큰 도움이 된다. 왜냐하면 이미지와 언어를 연결하는 데 가장 큰 도움이 되는 것은 책을 만들거나 읽는 과정에서 이미지와 언어를 연결하여 여러 가지 시행 착오를 겪으면서 해석을 시도해 보는 일이기 때문이다.

그런 원초적 이미지 체험의 소재로서도, 그 밖에 더욱 구체적인 현실 이해의 소재로서도 이미지는 중요하다. 구체적 이미지를 갖지 못하면 인간은 종종 근원적으로 잘못된 인식을 하고 만다. 그 예가 『남몰래 신앙을 지켜 온 크리스천의 성화かくれキリシタンの聖畵』에 나와 있는 성화이다. 이 성화를 직접 보지 않고는 남몰래 신앙을 지켜 온 크리스천에 관한 책을 아무리 많이 읽어도 이들의 신앙심을 실감 있게 이해하지는 못할 것이다. 그 당시 크리스천의 마음 속을 전혀 알 수 없는 것이다. 마찬가지로 『전시하 표어집戰時下標語集』에 실려 있는 전쟁 중 발행된 갖가지 포스터나 슬로건을 보았을 때, 그 시절 일본인들의 내면 풍경을 비로소 알 수 있게 된다. 사물을 생각할 때는 언어도 중요하지만, 생각하는 소재로서 올바른 이미지 소재를 갖는 것이 무엇보다 중요한 것이다.

이제 마지막으로 한마디 하자면, 나는 책이란 만인의 대학이라고 생각한다. 어느 대학에 들어가건 사람이 대학에서 배울 수 있는 것은 양적으로든 질적으로든 극히 일부분에 불과하다. 대학에서도, 대학을 졸업하고 나서도 무엇인가를 배우려고 한다면 인간은 결국 책을 읽지 않을 수 없다. 대학을 나왔건 나오지 않았건, 일생 동안 책이라는 대학을 계속 다니지 않는다면 아무것도 배울 수 없다. 나는 지금까지 살아오면서 책이라는 대학에 지속적으로 그 누구보다 열심히 다니고 있다. 때로는 책이라는 대학의 한가운데를 하염없이 거닐거나, 노는 기분으로 긴장을 늦추는 행동을 다양하게 취해 보면서 공부를 계속해 왔다. 그런 선배가 쓴 가이드 북인 이 책이 책의 숲이라는 대학 안에서 때로 길을 잃고 헤매는 사람들에게 안내자로서 도움이 된다면 다행이겠다. 그리고 마지막으로 어떤 책을 읽더라도 잊지 말아야 할 충고 한마디!

책에 쓰여 있다고 해서 무엇이건 다 믿지는 말아라. 자신이 직접 손에 들고 확인할 때까지 다른 사람들의 말은 믿지 말아라. 이 책도 포함하여.

*   *   *

참고로, 『Tokyo Book Map』으로 잘 알려진 서적정보사書籍情報社(내 책도 두 권 출간하였다)에서 자체적으로 〈다치바나 다카시의 책의 세계立花隆の本の世界〉(http://www.ttbooks.com)라는 홈페이지를 만들었으니, 관심 있는 분은 방문해 주길 바란다. 이 홈페이지에는 고양이 빌딩의 서고 전체 모습이 나와 있으며, 새로 구입한 책의 목록도 거의 대부분 실시간(고작해야 일 주일 늦는 정도)으로 올려져 있다. 책의 내용을 소개한 것도 있고, 온라인으로 구입할 수 있는 방법도 나와 있다. 그러나 그곳에 보여지는 것이 지금의 서고 전체의 모습이라고는 할 수 없다. 홈페이지를 만든 뒤에도 자주 책을 이쪽 저쪽으로 옮겨 놓은 데다가 사 놓고 싣지 못한 책들도 꽤 많기 때문이다.

(이 장은 원래 〈나의 독서일기〉(「주간 문춘」 1992년 8월~1995년 10월 연재분) 부분이
었다. 그러나 소개되어 있는 책들이 한국에 대부분 알려지지 않았고, 너무 전문적인 내용
이라 어렵다는 이유로, 저자의 요청에 따라 2001년 4월에 발간된 저자의 신간인 『내가
읽은 재미있는 책·재미없는 책, 그리고 나의 대량 독서술·경이의 속독술ぼくが讀んだ
面白い本・タメな本 そしてぼくの大量讀書術・驚異の速讀術』(문예춘추)의 서론으로 대
체하였다. 그러니까 이 부분은 지금도 「주간 문춘」에 연재 중인 〈나의 독서일기〉 가운데
1995년 11월 30일~2001년 2월 8일까지 약 5년분을 다시 정리한 책 중 서평론·출판
론에 관한 글이다.)

역자 후기

이 책은 다치바나 다카시의 『나는 이런 책을 읽어 왔다ぼくはこんな本を讀んできた』(文藝春秋, 1995)와 『내가 읽은 재미있는 책·재미없는 책 그리고 나의 대량독서술·경이의 속독술ぼくが讀んだ面白い本·ダメな本 そしてぼくの大量讀書術·驚異の速讀術』(文藝春秋, 2001), 두 권의 저술을 저자의 동의 아래 번역한 것입니다.

그렇다고 두 권 모두를 완역한 것은 아닙니다. 처음에는 앞의 책만 완역할 예정이었으나, 이 책의 3분의 1 정도를 차지하는 다섯 번째 장 〈나의 독서 일기私の讀書日記〉의 내용이 한국의 독자들에게는 생소한 부분이 많고, 소개된 책들도 한국 내에서 쉽게 구할 수 없어 그리 큰 도움이 될 것 같지 않다는 다치바나 다카시의 권고가 있어서 저자의 추천으로 『내가 읽은 재미있는 책·재미없는

책 그리고 나의 대량독서술·경이의 속독술』의 서론에 해당하는
〈우주·인류·책字宙·人類·書物〉 부분을 이 책의 다섯 번째 장으로
구성하게 되었습니다.

『내가 읽은 재미있는 책·재미없는 책 그리고 나의 대량독서
술·경이의 속독술』은 2001년에 출간된 다치바나 다카시의 최근
저서입니다. 다치바나 다카시는 한국에서 번역될 자신의 책에 대
해 최선을 다하는 모습을 보여 주었습니다. 일본에서 그토록 유명
한 현대의 대표적인 저술가이자 논객이 보여 준 이러한 모습은 아
직 번역을 하는 사람으로서 걸음마 단계라고 할 수 있는 역자에게
커다란 부담이자 배움의 대상으로 다가왔습니다. 번역을 하는 중
간 중간 이러한 부담은 글의 방향을 흐리게 하기도 하였고, 글 한
구절을 번역하는 데 반나절 이상을 헤매게 하기도 하였습니다. 그
러나 번역하는 과정 역시 독서 과정의 일부가 아닐까 하는 생각을
하면서 독서의 달인이 안내해 주는 길을 따라 번역도 방향키를 잡
았습니다.

저자가 가진 독서 세계의 깊이와 폭은 역자의 그릇으로는 도저
히 따라잡을 수 없어, 번역된 이 글이 저자의 그 깊이와 폭에 누가
되지 않았을까 하는 걱정이 여전히 앞섭니다. 누가 되지 않도록
나름대로 노력은 하였다고 생각하지만 지식의 깊이와 연륜의 차
는 너무나 확연한 것이기에.

그리고 이 책을 번역하면서 눈길을 끈 것은 마치 만화를 보는
듯 재미있게 그려진, 저 유명한 '고양이 빌딩'의 모습을 볼 수 있

는 일러스트입니다. 이 일러스트는 한국에도 번역 출간된 적이 있는 『소년 H』(講談社)의 저자 세노 갓파妹尾河童의 작품입니다. 세노 갓파는 일본의 유명한 무대 미술가입니다. 무대 미술가가 본업인 세노 갓파의 작품인 이 일러스트의 판권은 세노 갓파에게 있다는 사실을 참고로 밝혀 둡니다.

워낙 유명한 저자의 글을 번역한다는 부담은 있었으나 독서에 대해 여러 가지 생각해 볼 수 있는 기회가 되었습니다. 책 읽기를 좋아하는 독자라면 이 책을 한 번 읽어보면서 자신의 독서 방향이나 자신의 독서 내용을 한 번쯤 정리해 보는 기회를 마련해 보면 어떨까 생각합니다. 그리고 이제부터 책 읽기를 좋아해 볼까 생각하는 독자라면 이 책을 읽어 보고 책 고르는 방법부터 시작하여 자신의 독서 방향을 잡아 보는 것은 어떨까 생각합니다. 그리고 또, 여전히 책 읽기가 좋아지지 않는 분이라면 어쩔 수 없지요. 그래도 한 번쯤은 펼쳐 보십시오. 그냥이라도.

이 책을 번역할 수 있도록 여러 가지로 힘써 주신 청어람미디어의 정종호 대표님 이하 김원한 주간님, 그리고 편집부 여러분께 진심으로 감사 드립니다.

2001년 7월

이 언 숙

다치바나 다카시 연보

1940년
5월 28일 일본 나가사키長崎 현 나가사키 시 나루타키鳴瀧에서 출생. 본명은 다치바나 다카시橘隆志.

1942년~1944년(2~4세)
중국 베이징北京에서 지내다.

1945년(5세)
일본으로 귀국하여 이바라키茨城 현 나카사이那珂西에서 지내다.

1946년(6세)
미토水戸 시로 이사하다.

1957년(17세)
치바千葉 현 가시와柏 시로 이사하다. 이바라키 현립 미토일고水戸一高에서 도립 우에노 고교上野高校로 전학.

1959년(19세)
도립 우에노 고교 졸업. 도쿄 대학東京大學 문과 이류文科二類 입학.

1960년(20세)
영국에서 열린 국제 반핵 회의에 출석하기 위해 캠페인을 전개하여 유럽으로 출발. 4월부터 10월까지 각국을 돌아다님.

1964년(24세)
도쿄 대학 문학부 불문과 졸업, 문예춘추사文藝春秋社에 입사. 「주간 문춘週刊文春」에 배속되다.

1966년(26세)
사원 회보에 「퇴사의 변」을 기고한 뒤 문예춘추사를 퇴사.

1967년(27세)
도쿄 대학 문학부 철학과에 학사 입학. 1966년부터 고단샤講談社의 여성지인 「영 레이디ヤングレディ」에서 앵커맨으로 일하면서 학비를 벌다.

1968년(28세)
10월,「맨 주먹으로 일어선 사나이들素手でのし上がった男たち」을 '다치바나 다카시立花隆'라는 필명으로 「문예춘추」의 임시 증간호에 발표, 언론 활동을 시작하다.

1969년(29세)
『맨 주먹으로 일어선 사나이들』(番町書房, 5월) 간행

★

「60년 안보 영웅의 영광과 비참60年安保英雄の榮光と悲慘」(「문예춘추」 2월호), 「도쿄대 게발트벽 어록東大ゲバルト壁語錄」(「문예춘추」 3월호), 「이 끝없는 단절この果てしなき斷絶」(「제군諸君!」 7월호), 「『소년 매거진』은 현대 최고의 종합잡지인가『少年マガジン』は現代最高の綜合雜誌か」(「제군!」 9월호), 「실상·야마모토 요시타카와 아키타 아키히로實像·山本義隆と秋田明大」(「문예춘추」 10월호) 등.

1970년(30세)
「이것이 세계 최대의 싱크탱크다これが世界最大のシンクタンクだ」(「제군!」 3월호), 「생물학 혁명—인류는 오래 살 수 있을까生物學革命—人類は生き延びられるか」(「제군!」 8월호), 「인간으로서의 당신의 한계와 가능성人間としてのあなたの限界と可能性」(「물결潮」 10월호), 「모택동의 철저한 해명毛澤東の徹底的解明」(「물결」 11월호) 등.

1971년(31세)
『사고의 기술思考の技術』(日經新書, 5월) 간행.

★

「우주선 지구호의 구조宇宙船地球號の構造」(「제군!」 4월호), 「'이상 기상'은 지구 멸망의 조짐인가異常氣象」は地球滅亡の兆か」(「문예춘추」 5월호), 「인간 그 죄와 벌의 기록人間この罪と罰の記錄」(「물결」 5월호), 「석유의 모든 것—그 화학 구조에서 정치학까지石油のすべて—その化學構造から政治學まで」(「제군!」 6월호), 「만화가 죠지 아키야마의 실종漫畵家ジョージ秋山の失踪」(「문예춘추」 7월호), 「붉은 시체와 검은 시체赤い屍體と黑い屍體」(「물결」 8월호) 등.
이후 한때 붓을 꺾고 신쥬쿠新宿 골든 거리에서 〈가루간츄아ガルガンチュア〉라는 바를 약 반 년 간 경영하다.

1972년(32세)
〈가루간츄아〉의 경영권을 매각하고 난 뒤 이스라엘로 여행을 떠나다. 유럽, 중동 등을 여행하다가 텔아비브 사건과 조우. 「주간 문춘」(7월 24일호)에 「텔아비브에서 오카모토 고죠와 일문일답テルアビブで岡本公三と一問一答」을 발표하여 언론 활동을 재개하다.
「시대와 상황의 병리학時代と狀況の病理學」(「월간 리쿠르트月刊リクルート」 및 「이치いち」에 비정기적으로 연재), 「세기의 미·소 두뇌 결전世紀の米ソ頭腦決戰」

(「문예춘추」10월호),「상사·일본 원산의 몬스터商社·日本原産のモンスター—」(「문예춘추」11월호),「자녀 살해의 미래학子殺しの未來學」(「문예춘추」73년 1월호) 등.

1973년(33세)
기쿠이리 류스케菊入龍介라는 이름으로 「일본 경제·자괴의 구조日本經濟·自壞の構造」(日本實業出版社, 11월)를 간행.

★

「종합상사 해체론綜合商社解體論」(「문예춘추」5월호),「미래 르포 1980년의 일본未來ルポ 1980年のニッポン(제1~4회·완결)」(「주간 문춘」10월 29일호부터 연재),「일본 열도 석유 패닉日本列島石油パニック〔기쿠이리 류스케菊入龍介〕(제1~5회·완결)」(「주간 문춘」11월 26일호부터 연재),「자원 소국·예전에도 지금도資源小國·昔も今も」(「문예춘추」74년 1월호) 등.

1974년(34세)
이 해의 전반기에는 중동 지역을 여행.
「팔레스타인 보고パレスチナ報告」(「제군!」8월호),「의외! 다나카 수상이 산푸쿠에게 압승을 거둔 7월 정변의 내막意外! 田中首相が三福に壓勝した七月政變の內幕」(「주간 현대週刊現代」8월 23일호),「다나카 가쿠에이 연구—그 금맥과 인맥田中角榮研究—その金脈と人脈」(「문예춘추」11월호),「중핵·혁마르의 '인의 없는 투쟁' 中

核·革マルの '仁義なき闘い' (제1~3회·완결)」(「현대現代」11월호부터 연재),「다나카 가쿠에이 연구의 내막田中角榮研究の內幕」(「문예춘추」75년 1월호) 등.

1975년(35세)
『중핵 vs 혁마르中核 vs 革マル(상·하)』(講談社, 11월) 간행.

★

「『다나카 가쿠에이 금맥의 결착』에 이의 있다『田中角榮金脈の決着』に異議あり」(「월간 현대」5월호),「신성기업 금맥 상법의 의혹을 마침내 파헤치다新星企業金脈商法の疑惑をついに追い詰めた」(「현대」7월호),「연속 기업 폭파사건과 관련된 중대 의혹連續企業爆破事件への重大疑惑(제1~4회·완결)」(「현대」9월호부터 연재),「다나카 금맥 재판 방청기田中金脈裁判傍聽記(제1~4회·완결)」(「아사히 저널朝日ジャーナル」11월 14일호부터 연재),「일본 공산당 연구日本共産黨の研究(제1회)」(「문예춘추」76년 1월호부터 연재) 등.

1976년(36세)
『다나카 가쿠에이 연구 전기록田中角榮研究 全記錄(상·하)』(講談社, 10월),『문명의 역설文明の逆說』(講談社, 12월) 간행.

★

7월 27일, 다나카 가쿠에이 체포.
「일본 공산당 연구(제2~11회)」,「사건의 핵심—록히드 뇌물 사건을 좇아事件の核心—ロッキード疑獄を追って」(「문예춘추」4

월호), 「록히드 사건 추적 리포트ロッキー
ド事件追及レポート(제1~3회・완결)」(「주
간 문춘」 3월 11일호부터 연재), 「고다마
요시오는 누구인가兒玉譽士夫とは何か」
(「문예춘추」 5월호), 「CIA와 고다마 요시
오CIAと兒玉譽士夫(제1~5회・완결)」(「주
간 문춘」 4월 22일호부터 연재), 「다나카
가쿠에이 씨에게 보내는 공개 질문서田中
角榮氏への公開質問狀」(「주간 아사히週刊朝
日」 7월 16일호), 「신・다나카 가쿠에이
연구」(「문예춘추」 9월호), 「'다나카 가쿠
에이'에게 대승을 안겨 준 일본은 끝났는
가 '田中角榮'を大勝させた日本は終わったか」
(「주간 문춘」 12월 16일호) 등.

1977년(37세)
1월 27일, 다나카 재판의 첫 공판.
「일본 공산당의 연구(제12~21회・완결)」,
「록히드 재판 방청기ロッキード裁判傍聽記
(제1~11회)」(「아사히 저널」 2월 11일호
부터 연재), 「저널리즘을 생각해 보는 여
행ジャーナリズムを考える旅(제1~4회・완
결)」(「제군!」 8월호부터 연재) 등.

1978년(38세)
『일본 공산당 연구(상)』(講談社, 3월), 『저
널리즘을 생각해 보는 여행』(文藝春秋, 5
월), 『일본 공산당 연구(하)』(講談社, 9월)
간행.
★
「록히드 재판 방청기(제12~21회)」, 「미
국 SEX 혁명 보고アメリカSEX革命報告(제

1~9회・완결)」(「제군!」 2월호부터 연재),
「불파・우에다 형제론不破・上田兄弟論(제
1~5회・완결)」(「문예춘추」 7월호부터 연
재) 등.

1979년(39세)
『일본 공산당 연구』로 고단샤 논픽션 상
수상.
★
『미국 성혁명 보고アメリカ性革命報告』(文
藝春秋, 9월) 간행.
★
「록히드 재판 방청기(제22~26회)」, 「더글
러스 뇌물 사건ダグラス疑獄(제1~7회・완
결)」(「아사히 저널」 1월 5일호부터 연
재), 「하얀 흑막白い黑幕」(「문예춘추」 3월
호), 「농협 거대한 도전農協 巨大な挑戰(제
1~14회)」(「주간 아사히」 10월 5일호부
터 연재) 등.

1980년(40세)
『농협農協』(朝日新聞社, 7월) 간행.
★
「록히드 재판 방청기(제27~31회)」, 「농협
거대한 도전(제15~21회・완결)」, 「『지옥
의 묵시록』 연구『地獄の默示錄』研究」(「제
군!」 5월호), 「신・다나카 가쿠에이의 연
구, 피고인과 재상新・田中角榮の研究 被告
人と宰相」(「문예춘추」 7월호), 「피고인의
선택을 기다리는 수상 후보들被告人の選
擇を待つ首相候補たち」(「문예춘추」 8월호)
등.

1981년(41세)
『록히드 재판 방청기 1』(朝日新聞社, 7월) 간행.

★

「록히드 재판 방청기(제32~48회)」, 「『다나카 가쿠에이 독점 인터뷰』 전비판『田中角榮獨占インタビュー』全批判」(「문예춘추」 3월호), 「『다나카 가쿠에이 무죄』인가『田中角榮無罪』はあるか」(「문예춘추」 9월호), 「뉴욕 '81 ニューヨーク '81」(「쿠리마くりま」 봄호), 「우주로부터의 귀환宇宙からの歸還(제1~2회)」(「중앙공론中央公論」 11월 임시 증간호부터 연재) 등.

1982년(42세)
『다나카 가쿠에이 아직도 해명이 없다田中角榮いまだ釋明せず』(朝日新聞社, 11월) 간행.

★

「우주로부터의 귀환(제3~7회·완결)」, 「록히드 재판 방청기(제49~58회)」, 「"다나카 신 금맥" 추적"田中新金脈"追及(제1~10회·완결)」(「주간 아사히」 1월 22일호부터 연재), 「후루이 요시미의『수상 직무 권한론』을 반박한다古井喜實『首相職務權限論』を駁す」(「중앙공론」 5월호), 「무인도 생활 6일간無人島生活六日間(제1~2회·완결)」(「주간 문춘」 7월 1일호와 8일호), 「가쿠에이를 완전히 청산하지 못하는 일본 정치의 참상角榮を清算しきれぬ日本政治の慘狀」(「중앙공론」 8월호), 「정보의 입력과 출력情報のインプット&アウトプ

ット(제1회)」(「도서圖書」 83년 1월호부터 연재) 등.

1983년(43세)
'철저한 취재와 탁월한 분석력으로 폭 넓은 뉴저널리즘을 확립한 문필 활동'을 인정받아 기쿠치 간 상菊池寬賞 수상.

★

『우주로부터의 귀환』(中央公論社, 1월), 『록히드 재판 방청기 2』『록히드 재판 방청기 3』(朝日新聞社, 10월) 간행.

★

10월 12일, 다나카 재판 1심에서 유죄 판결.
「록히드 재판 방청기(제59~68회·완결)」, 「정보의 입력과 출력(제2~12회·완결)」, 「거대한 악의 연결고리를 끊고巨大な惡の連鎖を斷て」(「문예춘추」 3월호), 「렌터카—오딧세이 8,000킬로レンタカーオデュッセイ 8,000キロ(제1~4회·완결)」(「플레이보이プレイボーイ」 5월호부터 연재), 「뷰·프롬 더 탑ヴュ・フロム・ザ・トップ(제1~9회)」(「펜트하우스ペントハウス」 5월호부터 연재), 「NASA 우주비행 특훈으로부터의 귀환NASA宇宙飛行特訓からの歸還」(「펜트하우스」 8월호), 「다나카 가쿠에이와 나의 9년 간田中角榮と私の9年間」(「문예춘추」 11월호), 「허구가 무너졌을 때—10·12 판결을 통해 느낀 점虛構が崩れた時—10·12判決で感じたこと」(「중앙공론」 11월 임시 증간호), 「다나카를 옹호하는 모든 속론을 배격한다

田中擁護のあらゆる俗論を排す」(「문예춘추」
12월호) 등.

1984년(44세)

『'지'의 소프트웨어 '知'のソフトウエア』
(講談社 現代新書, 3월) 간행.

★

「뷰·프롬 더 탑(제10회·완결)」, 「청춘표
류青春漂流(제1~12회·완결)」(「스코라ス
コラ」 3월 8일호부터 연재), 「다치바나 다
카시의 대반론立花隆の大反論」(「제군!」 7
월호), 「다시 『가쿠에이 재판 비판』에 반
론한다ふたたび『角榮裁判批判』に反論する」
(「제군!」 9월호), 「재개 "다나카 신금맥"
추적(제1~10회·완결)」(「주간 아사히」 7
월 27일호부터 연재), 「록히드 재판 비판
을 재단한다ロッキード 裁判批判を斬る(제1
~13회)」(「아사히 저널」 10월 12일호부
터 연재) 등.

1985년(45세)

『록히드 재판 방청기 4』(朝日新聞社, 2
월), 『청춘표류』(スコラ, 8월), 『다나카
가쿠에이 신금맥 추적』(朝日文庫, 8월),
『논박論駁 Ⅰ』(朝日新聞社, 12월) 간행.
사가판 레코드私家版レコード 「RAGA
GAUD MALHAR RAGA YAMAN」
(「쉐·다치바나シエ·タチバナ」 레벨) 발
매.

★

2월 27일, 다나카 가쿠에이 쓰러지다.
「록히드 재판 비판을 재단한다(제14~48

회)」, 「록히드 재판 비판을 재단한다·번
외편番外篇(제1~5회)」, 「'쓰러지기' 전
에 '쓰러뜨려야' 했다 '倒れる' 前に '倒す' べ
きだった」(「아사히 저널」 3월 15일호),
「뇌사腦死(제1~3회)」(「중앙공론」 11월
호부터 연재) 등.

1986년(46세)

『논박 Ⅱ』(朝日新聞社, 4월), 『논박 Ⅲ』
(朝日新聞社, 9월), 『뇌사』(中央公論社,
10월) 간행.

★

「록히드 재판 비판을 재단한다(제49~62
회·완결)」, 「뇌사(제4~10회·완결)」, 「다
치바나 다카시 유럽 치즈 여행立花隆 ヨー
ロッパ·チーズの旅」(「별책 전문요리別冊
專門料理」 3월호), 「독서 노트讀書ノート
(제1~3회·완결)」(「문학계文學界」 4월호
부터), 「원숭이에게서 배우는 인간サルに
學ぶヒト(제1~4회)」(「아니마アニマ」 10월
호부터 연재), 「인간 존재의 본질을 살펴
본다人間存在の本質を見る」(「낫싱 투데이
ナーシング·トゥディ」 10월호부터), 「갓파
의 방문 대담河童のお邪魔對談」(「태양太
陽」 11월호) 등.

1987년(47세)

『로봇이 거리를 활보할 날ロボットが街を
歩く日』(三田出版會, 2월) 간행. 사가판
레코드 제2탄 「왕래 끊긴 어둠とぎれた
闇」(요시와라 스미레吉原すみれ) 발매.

★

7월 29일, 다나카 재판 2심에서 유죄 판결.

「원숭이에게서 배우는 인간(제5~15회)」, 「정보 워칭情報ウォッチング(제1~49회)」(「주간 현대」 1월 24일호부터 연재), 「우주를 향한 길宇宙への道(제1~7회·완결)」(「중앙공론」 2월호부터 연재), 「의사들은 뇌사를 얼버무리지 마라腦死を醫者はごまかすな」(「중앙공론」 4월호), 「신의 왕국 이구아스 기행神の王國イグアス紀行」(「문예춘추」 5월호), 「AIDS의 황야를 가다AIDSの荒野を行く(제1~5회·완결)」(「펜트하우스」 6월호부터 연재), 「라틴 아메리카의 기독교 미술—인디오들의 성상ラテン・アメリカのキリスト教美術—インディオたちの聖像」(「태양」 8월호), 「〔록히드 재판 공소심 판결〕 변호인 측의 주장을 『논박』, 최고 재판에서도 버틸 수 있는 판결〔ロッキード 裁判公訴審判決〕弁護側の主張を『論駁』, 最高裁でも耐え得る判決」(「아사히 저널」 8월 21일호), 「음악 과잉의 시대音樂過剰の時代」(「포리폰ポリフォーン」 10월호), 「유럽 명주 기행—프랑스의 암반 깊은 곳에서ヨーロッパ名酒紀行—フランスの岩盤深きところより」(「태양」 12월호) 등.

1988년(48세)
『동시대를 말한다同時代を撃つ 1』(講談社, 4월), 『뇌사(재론)腦死(再論)』(中央公論社, 11월) 간행.

★

「원숭이에게서 배우는 인간(제16~26회)」, 「정보 워칭(제50~99회)」, 「오직 체질인 야당에게도 汚職體質 野黨にも」(「아사히 신문」 1월 18일), 「보르도의 샤토에서 태양 빛이 쏟아지는 포도밭 기행ボルドーのシャトーより 陽のあたるブドウ園紀行」(「펜트하우스」 2월호), 「그 날의 서울—대통령 선거 전날, 선거 당일, 선거 다음 날에 바라본 이웃 나라의 얼굴その日のソウル—大統領選擧前日,當日,翌日に見た隣國の素顔」(「펜트하우스」 3월호), 「뇌사(재론)」(「중앙공론」 3월~6월·8월호), 「다치바나 다카시의 이것이 알고 싶다立花隆のこれが知りたい(제1~4회)」(「사운드톱스サウンドトップス」 봄호부터 연재), 「시나노가와 하천부지 소송 판결을 읽고信濃川河川敷訴訟判決を讀んで」(「아사히 신문」 6월 16일), 「안보 반대에서 노벨상으로安保反對からノーベル賞へ(제1~4회)」(「문예춘추」 8월호부터 연재), 「〔리쿠르트 사건〕 검찰은 잠에서 깨어나라〔リクルート 事件〕檢察は眠りから覺めよ」(「마이니치 신문每日新聞」 7월 16일), 「거악은 잠들어 있다—『록히드』 이후의 정치가와 검찰巨惡は眠っている—『ロッキード』以後の政治家と檢察(대담/구니마사 다케시게國正武重)」(「세계世界」 10월호), 「세제 개혁, 이 부분의 논의가 부족하다(좌담회)稅制改革 ここが議論不足(座談會)」(「아사히 신문」 10월 11일), 「다치바나 다카시가 간다—연구 최전선立花隆が步く—研究最前線(제1회)」(「과학 아사히科學朝日」 89년 1월호부터 연재) 등.

1989년(49세)

『동시대를 말한다 2』(講談社, 3월) 간행.
「다치바나 다카시의 사색 기행—남미 실
락 500년立花隆の思索紀行—南米・失樂500
年」(NHK TV 6월 20일~22일) 발표.

★

「원숭이에게서 배우는 인간(제27~34회)」,
「정보 워칭(제100~147회·완결)」, 「안보
반대에서 노벨상으로(제5~8회·완결)」,
「다치바나 다카시가 간다—연구 최전선
(제2~13회)」, 「다치바나 다카시의 이것이
알고 싶다(제5~8회)」, 「나의 천황 감각—
대다수는 무관심, 무감각파わたしの天皇感
覺—大多數は無關心,無感覺派」(「아사히 저
널」 1월 25일 임시 증간호), 「리쿠르트
사건·정계 수사 소식에リクルート事件·
政界搜査の報に」(「아사히 신문」 5월 18
일), 「'표지'도 '내용'도 바뀌지 않았다—
총괄 리쿠르트 사건 '表紙' も '中身' も 變わ
らなかった—總括リクルート事件(대담/구니
마사 다케시게)」(「세계」 8월호), 「[아사히
산고 보도] 왜 시간을 낭비하는가—심도
있는 배경 파악이 부족하다[朝日サンゴ報
道] この程度になぜ時間—背景の掘り下げ足
りない」(「아사히 신문」 10월 9일) 등.

1990년(50세)

『동시대를 말한다 3』(講談社, 3월), 『정신
과 물질精神と物質』(文藝春秋, 7월) 간행.
「다치바나 다카시 우주를 향한 길立花隆
宇宙への道」(TBS TV 7월 23일~26일)
발표.

★

「원숭이에게서 배우는 인간(제35~36
회·완결)」, 「다치바나 다카시가 간다—
연구 최전선(제14~18회·완결)」, 「다치
바나 다카시의 이것이 알고 싶다(제9~
12회)」, 「네이처 토크/자연을 생각한다
ネイチャー・トーク/自然を考える(제1~2
회)」(「마더 네이처즈マザーネイチャーズ」
여름호부터 연재), 「동구 해체—이것이
새로운 현실이다東歐解體—これが新しい現
實だ(토론)」(「문예춘추」 2월호), 「다치바
나 임시 강사가 본 도쿄 대학생立花臨時講
師が見た東大生」(「문예춘추」 12월호) 등.

1991년(51세)

『정신과 물질』로 신쵸 학예상新潮學藝賞
수상.

★

『사이언스 나우サイエンス・ナウ』(朝日新
聞社, 2월), 『원숭이학의 현재サル學の現
在』(平凡社, 8월), 『랜덤한 세계를 연구한
다ランダムな世界を究める』(三田出版會, 11
월) 간행. 「임사 체험臨死體驗」(NHK TV
3월 17일), 「임사 체험을 찾아서臨死體驗
を探る」(NHK 교육 TV 3월 18일~20일)
발표.

★

「다치바나 다카시의 이것이 알고 싶다(제
13~16회)」, 「우주비행사 아키야마 도요
히로의 '심리'와 '생리'宇宙飛行士秋山豊
寬の'心理'と'生理'」(「문예춘추」 2월호),
「나의 제언—유엔군을 상비군으로 하여

병력과 비용을 지불한다私の提言—國連軍を常備軍とし兵力と費用を出す」(「월간 ASAHI」 4월호), 〔걸프전〕산정 근거도 없는 전비 지원 이해할 수 없다湾岸戦争算定の根據なく戰費支援おかしい」(「마이니치 신문」 3월 5일), 「나의 '유엔군' 합헌론私の'國連軍'合憲論」(「월간 ASAHI」 5월호), 「컴퓨터 최전선コンピューター最前線(제1~10회)」(「과학 아사히」 4월호부터 연재), 「임사체험」(NHK TV 3월 17일), 「네이처 토크/자연을 생각한다(제3~4회)」, 「뇌사 임조 이대로 좋은가脳死臨調これでいいのか」(「중앙공론」 6월호), 「뇌사 임조 '중간 의견'을 비판한다脳死臨調'中間意見'を批判する」(「중앙공론」 9월호), 「역시 문제 많은 뇌사 판정 기준やはり問題多い脳死判定基準」(「아사히 신문」 7월 4일), 「임사 체험(제1~6회)」(「문예춘추」 8월호부터 연재), 「다치바나 다카시가 아라타다 히로시의 모든 것을 듣다立花隆が荒俣宏のすべてを聞く」(「태양」 11월호), 「자민당을 살펴보다自民黨を考える」(「마이니치 신문」 11월 17일) 등.

1992년(52세)

『우주여宇宙よ』(文藝春秋, 9월), 『뇌사 임조 비판脳死臨調批判』(中央公論社, 9월) 간행.

★

12월, 〈고양이 빌딩〉 준공.

「컴퓨터 최전선(제11~15회)」, 「임사 체험(제7~17회)」, 「뇌사 임조의 위험한 논

리脳死臨調の危険な論理(제1~4회·완결)」(「중앙공론」 4월호부터 연재), 「네이처 토크/자연을 생각한다(제5~6회)」, 「21세기를 향한 대담 오에 겐자부로 vs 다치바나 다카시21世紀への對談 大江健三郎 vs 立花隆」(NHK 1월 1일), 「생명의 근원에서 인류의 궁극으로—다치바나 다카시가 하니야 유타카의 모든 것을 듣다生命の根源から人類の究極へ—立花隆が埴谷雄高のすべてを聞く」(「태양」 6월호), 「다케미쓰 도오루·음악 창조를 위한 여행武満徹·音樂創造のための旅(제1~7회)」(「문학계」 6월호부터 연재), 「나의 독서일기私の讀書日記(제1~3회)」(「주간 문춘」 8월 27일호부터 연재), 「검찰 간부는 전원 사직하라検察幹部は全員辭職せよ」(「주간문춘」 10월 15일호), 「신문의 이점을 살려라新聞の利点を生かせ」(「아사히 신문」 10월 15일), 「검찰의 자질도 긴 잠 속에檢察のかくも長き眠り」(「문예춘추」 12월호) 등.

1993년(53세)

『전뇌 진화론電腦進化論』(朝日新聞社, 2월), 『바바라 해리스의 「임사 체험」バーバラ·ハリスの「臨死體驗」』(번역, 講談社, 8월), 『거악 vs 언론巨惡 vs 言論』(文藝春秋, 8월), 『마더 네이처스 토크マザーネイチャーズ·トーク』(新潮社, 12월) 간행.

★

「임사 체험(제18~26회)」, 「다케미쓰 도오루·음악 창조를 위한 여행(제8~18회)」, 「나의 독서일기(제4~10회)」, 「다큐멘터

리란 무엇인가ドキュメンタリーとは何か」
(NHK TV 3월 22일), 「무엇이 가네마루
사건을 낳았는가何が金丸事件を生んだの
か」(「문예춘추」 5월호), 「미지를 향한 대
화未知への對話(대담/콜린 윌슨)」(NHK 교
육 TV 4월 12일·13일), 「네이처 토크/
자연을 생각한다(제7회·완결)」, 「때늦은
종언遲すぎた終焉」(「문예춘추」 8월호),
「나의 비서 공모 500명 전말기僕の秘書公
募 500人顛末記」(「부인공론婦人公論」 8월
호), 「신생당에게 묻는다―과거와 단절
하지 않은 채 무슨 신생인가新生黨に問う
―過去にけじめをつけずに何が新生」(「아사
히 신문」 6월 24일), 「다치바나 다카시의
'가네마루 재판 방청기'立花隆 '金丸裁判
傍聽記'」(「주간 현대」 8월 7일호), 「오자
와 이치로 신생당 대표 간사의 대죄小澤
一郎新生黨代表幹事の大罪」(「주간 현대」 8
월 21일호), 「뇌 연구 최전선腦研究最前線
(제1~3회)」(「과학 아사히」 10월호부터
연재), 「신생당이 '단독 여당'이 되는 날
新生黨が'單獨與黨'になる日(대담/구니마사
다케시게)」(「세계」 11월호) 등.

1994년(54세)

『〔다치바나 다카시·대화편〕생, 사, 신비
체험〔立花隆·對話篇〕生, 死, 神秘體驗』(書
籍情報社, 6월), 『아폴로 13호 기적의 생
환アポロ13 奇跡の生還』(번역, 新潮社, 6
월), 『임사 체험(상·하)』(文藝春秋, 9월)
간행.

★

「임사 체험(제27~29회·완결)」, 「다케미
쓰 도오루·음악 창조를 위한 여행(제19
~28회)」, 「나의 독서일기(제13~20회)」,
「뇌 연구 최전선(제4~15회)」, 「다나카 가
쿠에이와 나의 20년田中角榮と私の二十年」
(「문예춘추」 2월호), 「마지막 다나카파인
오자와 이치로最後の田中派·小澤一郎(대
담/구니마사 다케시게)」(「세계」 2월호),
「신문 vs 잡지新聞 vs 雜誌(대담/다치바나
히로미치橘弘道)」(「문예춘추」 4월호), 「일
본판 스페이스 셔틀이 비상하는 날日本版
スペースシャトルが翔む日(대담/고다이 도
미부미五代富文)」(「문예춘추」 6월호), 「다
나카 히데유키, 하토야마 유키오와 철저
연구! 다케무라 마사요시 vs 다치바나 다
카시―오자와 이치로와의 정쟁 270일田
中秀征, 鳩山由起夫と徹底研究!武村正義 vs 立
花隆―小澤一郎との政爭270日」(「현대」 6월
호), 「오자와인가 반 오자와인가―호소
카와 사임과 신 정권의 구도小澤か反小澤
か―細川辭任と新政權の構圖(대담/구니마
사 다케시게)」(「세계」 6월호), 「'자민당으
로 CIA 자금이' 미 언론의 보도를 생각한
다'自民黨へCIA資金' 米紙の報道を考える(좌
담회)」(「마이니치 신문」 10월 16일), 「일
본 나의 진단서⑨ 직권 남용을 낳는 불투
명한 결정 과정にっぽん私の診斷書⑨ 汚職
生む不透明な決定過程」(「마이니치 신문」
12월 19일) 등.

1995년(55세)

『〔다치바나 다카시·대화편〕우주를 말

하다〔立花隆·對話篇〕宇宙を語る』(書籍情報社, 10월), 『나는 이런 책을 읽어 왔다 ぼくはこんな本を讀んできた』(文藝春秋, 12월) 간행.

★

「다케미쓰 도오루·음악 창조를 위한 여행(제29~37회)」, 「나의 독서일기(제21~30회)」, 「뇌 연구 최전선(제16~18회·완결)」, 「고독한 리더 '정치꾼' 오자와 이치로孤獨なリーダー,'政治屋' 小澤一郎」(「문예춘추」 2월호), 「도쿄 공동은행 철저 연구東京共同銀行徹底硏究① 대장성 관료들이여, 부끄러움을 알라大藏官僚よ,恥を知れ」, 「도쿄 공동은행 철저 연구② 니신소보다 못한 대장성의 일본 난맥 경영二信組よりひどい大藏省の日本國亂脈經營」(「주간 문춘」 3월 23일호, 30일호), 「록히드 재판 마루베니 루트 최고재판 판결에 부쳐ロッキード裁判丸紅ルート最高裁判判決に寄せて」(「마이니치 신문」, 「요미우리 신문」, 「도쿄 신문」, 「아사히 신문」, 「공동 통신」, 「시사 통신」, 2월 23일, 각 신문별), 「옴과 사린의 '깊은 어둠' オウムとサリンの'深い闇'①」, 「옴과 사린의 '깊은 어둠' ② 공안과 옴의 정보전公安とオウムの情報戰」, 「옴과 사린의 '깊은 어둠' ③ 왜 지하철 사린 사건이 일어났는가なぜ地下鐵サリン事件は起ったか」, 「옴과 사린의 '깊은 어둠' ④ 공안 조작의 감춰진 부분公安操作の秘められた部分」(「주간 문춘」 5월 4일/11일호, 6월 1일호), 「옴을 통해 본 '종교와 살인' オウムにみる'宗敎と殺人'」(「주

간 문춘」 7월 20일호), 「옴 '금강승'이란 무엇인가オウム '金剛乘'とは何か」(「주간 문춘」 7월 27일호), 「철저 인터뷰·시바료타로徹底インタビュー·司馬遼太郎① 아사시게 쇼코는 역사상 최악의 인간麻重彰晃は史上最惡の人間」, 「철저 인터뷰·시바료타로② 옴 진리교와 일본군オウム眞理敎と日本軍」(「주간 문춘」 8월 17일, 24일호, 31일호).

1996년(56세)

4월, 도쿄대학 교양학부에 〈응용윤리학〉 강좌 개설. 다치바나 다카시 홈페이지 개설.

『인터넷 탐험インターネット探險』(講談社, 4월), 『뇌를 연구한다腦を究める』(朝日新聞社, 5월), 『증언·임사체험證言·臨死體驗』(文藝春秋, 10월) 간행.

★

「꿈의 '고켄기'와 일본의 기술幻の'航研機'と日本の技術(좌담회)」(「문예춘추」 1월호), 「나의 동대 첫 강의私の東大初講義」(「문예춘추」 6월호), 「다이타쿠 상 선평大宅賞選評」(「문예춘추」 6월호), 「텔레비전이 '도깨비'에서 들판으로 떨어질 때テレビが'お化け'から野に下るとき」(「HBF Newspaper」 1월호), 「발굴! '선단 과학기술연구센터'라는 불가사의한 공간發掘! '先端硏'の不思議空間」(「동경인東京人」 5월호), 「인터넷 시대의 지적 독서술インターネット時代の知的讀書術」(「SAPIO」 4월 10일호), 「대담/노쿠치

유키오野口悠紀雄」(「주간 문춘」5월 2일
호~9일호), 「'금맥' 추적 무렵'金脈'追及
のころ」(「마이니치每日」 2월 28일호),
「다치바나 다카시 씨에게 열린 '인터넷
탐험' 立花隆に開く'インターネット探險'」
(「주간 문춘」5월 14일호), 「정보 선별
의 요령이 시급하다情報選別のコツ 切羽
詰まること」(「요미우리讀賣」 4월 6일호),
「환경 데이터 제공으로 세계에 공헌環境
デイータ提供で世界に貢獻」(「아사히」 8월
23일호), 「지의 현재知の現在」(「NHK 인
간대학 텍스트NHK人間大學テキスト」)

1997년(57세)

『다치바나 다카시의 동시대 노트立花隆
の同時代ノート』(講談社, 3월), 『20세 무
렵二十歲のころ』(第2~4集)(동대 교양학
부・다치바나 세미나, 1・4・11월), 『무
한의 모습 아래에서 하니야 유타카・다
치바나 다카시無限の相のもとに 埴谷雄
高・立花隆』(平凡社, 12월), 『인터넷은 글
로벌 브레인インターネットはグローバ
ル・ブレイン』(講談社, 12월) 간행.

★

「동대 강의東大講義─인간의 현재人間の
現在」(「신쵸新潮」 6월호부터 연재) 「21
세기를 살아가기 위한 토론─컴퓨터는
인간을 뛰어넘을 것인가21世紀を生きる
延びるための討論 コンピュータは人間を超
えるか(대담/빌 게이츠)」(「문예춘추」 2월
호), 「뇌가 여기까지 이해되었다. ① 『뇌
를 연구한다』의 저자와 세계적인 권위

자가 말하는 뇌 연구의 최전선腦がここ
までわかった ① 『腦を究める』の著者と世界
的權威が語り尽くした腦研究の最前線(대담
/이토 마사오伊藤正男)」(「문예춘추」 2월
호), 「21세기 일본과 국제 공헌─개발과
문화21世紀の日本と國際貢獻─開發と文化」
(「아사히」 3월 21일호), 「20세기 일본인
의 세계 체험20世紀日本人の世界體驗(대
담/우메사오 다다오梅棹忠夫)」(「민족학」
1월호), 「대해적 이론에 대한 도전大海
賊理論への挑戰」(「문리 시너지文理シナ
ジー」 2월호), 「일본의 고등교육의 위
기─수험체제와 교양학부의 문제日本の
高等教育の危機─受驗體制と敎養學部の問題」
(「문리 시너지」 9월호), 「컴퓨터 세계와
현실 세계コンピュータワールドとリアル
ワールド」(「RWC NEWS」 5월호), 「인터
넷과 로봇インターネットとロボット」(「일
본 로봇 학회지日本ロボット學會誌」 6월
호), 「다치바나 다카시 선생을 방문하
여─21세기 유화학을 말한다立花隆先生
を訪ねて─21世紀の油化學を語る」(「일본
유화학회지日本油化學會誌」 6월호), 「선
단 과학기술연구센터 탐험단 보고서 3
先端研探險團報告書 3」(「선단 과학기술
연구센터 탐험단先端研探險團」 11월호),
「기량도 능력도 없는 하시모토 수상에
대해器量も能力もない橋本首相について」
(「주간 현대」 11월 29일호)

1998년(58세)

2월, 제1회 시바 료타로司馬遼太郎상 수상.

『다치바나 다카시의 모든 것立花隆のすべて』(文藝春秋, 3월), 『다치바나 다카시・백억 년의 여행立花隆・百億年の旅』(朝日新聞社, 3월), 『생명론 패러다임의 시대生命論パラダイムの時代』(第三文明社・レグルス文庫, 6월, 일리야 프리고진 외 공저), 동대 공개 강좌(東大出版會) 간행.

★

「나의 동대론私の東大論」(「문예춘추」 2월호부터 연재), 「시리즈 대담・다치바나 다카시의 수퍼 호기심シリーズ對談・立花隆のスーパー好奇心」(「중앙공론」 9월호부터 연재)
「디지털 혁명이 대학을 변화시킨다デジタル革命が大學を變える(NHK)」(「미디어와 교육メディアと教育」 1월호), 「정상과 이상 사이正常と異常の間」(「문예춘추」 3월호), 「환경 호르몬은 인류를 파멸시킨다環境ホルモンは人類を滅ぼす(대담/사사오 게이코笹尾敬子)」(「중앙공론」 4월호), 「일본의 우주과학은 어디로 가고 있는가日本の宇宙科學はどこへ行く(좌담회)」(「중앙공론」 6월호), 「막부 말기, 패전의 교훈 ʻ제3의 개국ʼ은 성공할 것인가幕末,敗戰の教訓ʻ第三開國ʼは成功するか」(「프레지던트プレジデント」 7월호), 「Closing The Knowledge Gap Between Scientist And Noscientist」(「Science」), 「시바 선생의 ʻ일ʼ의 의미司馬さんの ʻ仕事ʼ の意味」(「주간 아사히」 3월 6일호), 「일본은 세계 제일의 다이옥신 오염 천국! 인류를 좀먹는 환경 호르몬의 공포日本は世界一のタイオキシン汚染天國! 人類を蝕む環境ホルモンの恐怖」(「주간 현대」 1월 3일호, 10일호) 「인터넷을 뛰어넘는 거대 정보화 사회의 충격インターネットを超える巨大情報化社會の衝擊」(「주간 현대」 4월 4일호), 「ʻ욕망 확대ʼ형 경제의 종언 ʻ慾望擴大ʼ 型經濟の終焉」(「주간 현대」 4월 11일호), 「환경 호르몬과 ʻ몸 안 좋은 아이ʼ의 상관 관계環境ホルモンと ʻキレる子供ʼ の相關關係」(「주간 현대」 8월 22일호, 29일호)

1999년(59세)
『20세 무렵二十歲のころ』(新潮社, 1월), 『다치바나 다카시・백억 년의 여행2・우주, 지구, 생명, 뇌宇宙, 地球, 生命, 腦』(朝日新聞社, 6월), 『사이언스 밀레니엄サイエンス・ミレニアム』(中央公論新社, 12월) 간행.

★

「사이버 유니버시티의 시도サイバーユニヴァーシティの試み(상・중・하)」(「UP」 1월호~3월호), 「20세기 지의 폭발20世紀 知の爆發」(「문예춘추」 2월호), 「20세기 지의 폭발・생명과학편—바이오 혁명 최전선을 가다バイオ革命最前線を行く」(「문예춘추」 7월호), 「문예춘추와 나文藝春秋と私」(「문예춘추」 11월호), 「재생 의공학의 장래와 과제再生醫工學の將來と課題(좌담회)」(「학술월보學術月報」 12월호), 「의학의 인간화와 비인간화醫

學の人間化と非人間化」(「제25회 일본학회총회회지日本學會總會會誌」)

2000년(60세)

『동대 강의東大講義―인간의 현재 人間の現在 1 뇌를 단련한다 脳を鍛える』(新潮社, 3월), 『인체 재생 人體再生』(中央公論新社, 6월), 『다치바나 다카시·백억 년의 여행 3·뇌와 빅뱅 脳とビッグバン』(朝日新聞社, 6월), 『21세기 지의 도전』(文藝春秋, 7월), 『신세기 디지털 강의 新世紀デジタル講義』(新潮社, 7월) 간행.

★

「20세기의 한 권의 책―비트겐슈타인 20世紀の一冊 ヴィトゲンシュタイン(논리철학논고)」(「신쵸」 1월호), 「스페셜 재록―이 사람과의 한 주일 スペシャル再録」(「주간 문춘」 1월 6일호, 13일호), 「남겨진 세기의 수수께끼 '퉁구스카의 대폭발'을 쫓다 残された世紀の謎 'ツングースカ大爆發'を追う」(「문예춘추」 2월호), 「현대의 카리스마 노벨상에 가장 근접한 소장 연구자의 기백 '2인의 연구자' 現代のカリスマ·ノーベル償に最も近い少壯氣銳 '2人の研究者'(도쓰카 요지戸塚洋二 씨에 관한 취재를 맡다)」(「주간 신쵸」 2월 24일호), 「21세기 지의 도전, DNA 혁명은 여기까지 왔다 DNA革命はここまで來た」(「문예춘추」 3월호), 「왜 지금 '인간의 현재'인가, 『뇌를 단련한다―동대 강의 '인간의 현재' 1』에 대해 なぜいま '人間の現在'か『脳を鍛える 東大講義 '人間の現

在' 1』について(인터뷰)」(「파도」 3월호), 「저자에게 물어라! 사이언스 밀레니엄 著者に訊け! サイエンス·ミレニアム」(「주간 포스트」 3월호), 「21세기 지의 도전 2―암을 정복하라 ガンを制壓せよ」(「문예춘추」 4월호), 「문예춘추 3월호, 21세기 지의 도전을 싣다」(한국 「emerge」 4월호), 「21세기 지의 도전 3―천재 마우스에서 슈퍼 인간으로 天才マウスからスーパー人間へ」(「문예춘추」 5월호), 「21세기 지의 도전 번외편 番外編―젊은이들이 21세기를 떠맡을 수 있을까 若者たちは21世紀を擔えるか」(「문예춘추」 8월호), 「라디오 소년의 열의는 끝없이 소리를 규명한다 ラジオ少年の熱意は,際限なく音を極める」(「문예춘추」 8월호)

2001년(61세)

『사이언스 리포트 그게 뭐지? サイエンスレポート なになにそれは?「구석기 발굴 날조」 사건을 쫓다 舊石器發掘ねつ造」事件を追う』(朝日新聞社, 3월), 『내가 읽은 재미있는 책·재미없는 책 그리고 나의 대량 독서술·경이의 속독술 ぼくが讀んだ面白い本·ダメな本 そしてぼくの大量讀書術·驚異の速讀術』(文藝春秋, 4월)

★

「KSD 의혹 자민당의 죄를 묻다 KSD疑惑 自民黨の罪を問う」(「주간 현대」 2월 24일호), 「긴급 대담 다치바나 다카시 VS 구니마사 다케시게 立花隆 VS 國正武重」(「주간 현대」 3월 17일호)

나는 이런 책을 읽어 왔다

1판 1쇄 펴낸날 2001년 9월 10일
1판 36쇄 펴낸날 2024년 3월 29일

지은이 다치바나 다카시
옮긴이 이언숙
펴낸이 정종호
펴낸곳 ㈜청어람미디어

편집 박세희
디자인 기민주
마케팅 강유은
제작·관리 정수진

등록 1998년 12월 8일 제22-1469호
주소 04045 서울특별시 마포구 양화로56(서교동, 동양한강트레벨) 1122호
이메일 chungaram@naver.com
전화 02)3143-4006~8
팩스 02)3143-4003

ISBN 978-89-89722-00-7 03800